風燃ゆる

芝村涼也

角川文庫
23866

JN104201

目次

第一部　佐双領小館

一、福坂幹是軒

1

なだらかな傾斜のある坂道を、三人の男が登っていく。

先頭を歩くのは四十を過ぎたころかと見える侍。さほど大柄というわけではないが、身幅が厚く、泰然自若《たいぜんじじゃく》とした落ち着きを漂わせ、対する者に圧迫感を覚えさせるほどの押し出しがある。

山道ゆえ足拵《あしごしら》えはしっかりしているものの、小袖《こそで》一枚に野袴《のばかま》だけの軽装である。身に着けているのは新しい物ではないし、質素な染めの麻衣《あさぎぬ》ではあるが、上質な生地で手入れも行き届いており、この小国では相応に高い身分にある者と思われた。

周囲を見回しながらゆったりと足を進めていた侍が、異様な音を耳にしてその方角をしばらくじっと見つめていたかと思えば、一転して供として連れた鑓《やり》持ちと荷物持ちの小者を追い立てるように急がせ始めた。侍自身も、身分にそぐわぬような焦《あせ》りを見せている。

　するとさほどのときも経たぬうちに、先を急ぐ三人の背後から馬蹄《ばてい》の響《ひび》きが聞こえてきた。数頭の、早駆けする馬の跫音《あしおと》である。

　道を急いでいた侍は、立ち止まって背後の様子を確認しようと振り返った。と、すぐさま脇に寄り、二人の従者にも手真似《てまね》で同じようにさせた。

　間もなく、三人が先ほど通ったばかりの曲がり角の向こうから、六、七騎の騎馬が現れた。馬に跨《また》がる男たちは、いずれも普段着のまま鉢巻《はちまき》に襷掛《たすきが》けをしただけの軽装で、必死に馬を駆っている様子が見て取れた。

　騎乗する男たちは、立ち止まって見送る三人を、馬上から一瞥《いちべつ》して害のない者どもと判ずるや、それ以上に気にする余裕もなく脇を駆け抜けていった。

　が、半町から一町（一町は百メートル強）ばかり駆け過ぎたあたりで、半ばほどに位置する一騎が急に横へそれて足を止めた。後ろから追い抜いた二騎がやや遅れて止まると、先行していた者らも気づいて手綱《たづな》を引き馬の足を緩めさせる。

　男たちは馬を寄せてふた言み言言葉を交わすと、最初に馬を止めた者を含む三騎が、だく足に馬を抑えながら、道の脇にのいて自分らを見送った三人のほうへ戻ってきた。

「率爾《そつじ》ながらお尋ね申します。そちら様はもしや、福坂幹是《ふくざかかんぜ》軒《けん》様にございましょうや」

「いかにも幹是軒であるが」

頷《うなず》いて幹是軒と名乗った侍の応《いら》えを最後まで聞かず、肯定の様子が見て取れた時点で、男たちは次々と馬から下りた。形式的に声は掛けたが、問う前から相手が誰か見知っていたようだった。

頭を下げつつ、さらに丁重な口ぶりで用件を告げてくる。

「馬上からたいへん失礼致しました。これなるは清川文輔《きよかわぶんすけ》とその一統。お館《やかた》様より、丈西砦《じょうさいとりで》へ急ぎ駆けつけるよう命を受け、ただ今馳《は》せ参じるところにございます。が、お見受けしたところ福坂様も砦へ急がれるご様子。よろしければ我ら三騎、馬をお譲り致しましょうや」

うやうやしい態度で問われた幹是軒は、答える前に、自らが向かおうとする先を仰《あお》ぎ見た。従者二人と足を急がせることになる前に、しばらく目を据《す》えていた場所である。

幹是軒の視線の先、小高い山——というよりは丘ともいうべき膨《ふく》らみを形作る木々の上空へ、一条の煙が立ち昇っていた。

その煙を見やったまま、幹是軒は口を開く。

「ご丁寧に痛み入る。しかし、今さら儂《わし》が急いだところで、何の役にも立つまい」

問うてきた男へ視線を戻し、さらに続けた。

「儂に構わず、お館様の命を急ぎ果たされよ。追って、我らも行き着こうほどに」

幹是軒の返答を聞いた三人は、それぞれ一礼して馬に跨がった。

清川と名乗った男は「しからば御免」とのひと言を残し、障泥《あおり》を打って（鞍《くら》の下、馬《ば》腹部《ふく》分につける泥除《どろよ》け用の馬具を、鐙《あぶみ》に乗せた足で蹴《け》って）馬を急ぎ進めんとする。残る二人も幹是軒へ軽く会釈《えしゃく》するや、馬の首を巡らせて我勝ちに駆け出した。

ほんの一瞬、男たちが駆け去る姿に目を留めていた幹是軒は、再び行く手に立ち昇る煙に視線を移し、ひと言呟《つぶや》いた。

「すでに、遅かろうほどに」

しかし、気を取り直して従者に「急ぐぞ」と声を掛け、自らもまた足を進め始めた。


季節はようやく梅雨《つゆ》も終わり、陽《ひ》が燃え盛るほんの一歩手前のころであった。小走りとも見える速さで道を急ぐ幹是軒たちを取り巻く緑の木々は、どれも皆、もう濃密な息を吐きだし始めていた。

2

幹是軒たちがようやく砦に辿《たど》り着いたとき、麓《ふもと》の館からも見えていた煙は、ほんの細い筋になっていた。消し止められたのではなく、火が出た場所では燃える物が尽きたからである。

最後の坂を登り切って、砦が見える場所に着いた幹是軒の目に最初に入ってきたのは、打ち破られ傾いた、入り口の柵門《さくもん》だった。

用をなさなくなった柵門を無言のまま潜《くぐ》った幹是軒は、そこでいったん足を止め、砦の内を見渡した。

営所《えいしょ》、兵糧倉《ひょうろうぐら》、厩《うまや》、どこを向いても戦いの跡が見て取れた。丸太を組んだだけの物見櫓《やぐら》は完全に倒壊《とうかい》して、これも粗末な造りの厩を真っ二つに割り倒していた。

馬は、厩が建てられていた場所ではなく、砦を囲む柵に繋《つな》ぎ止められている。数頭纏《まと》められて繋がれているのは、おそらく先ほど幹是軒たちを追い抜いていった清川らの馬だ。

他の馬は、離れたところに一頭ずつ、合わせて三頭ほどが、所在なげに草を食《は》んでいるのが見えた。一頭だけはいまだ昂奮《こうふん》が冷めやらぬのか、辺りを落ち着きなく歩き回ろうとしては、柵に結ばれた縄《なわ》に動きを制約されている。

人も、ある者は深く傷ついたか蹲《うずくま》ったまま動かず、またある者は怪我人の搬送や損壊した建物の後片付けなどに従事していたが、疲れ果てた様子で緩慢《かんまん》な動き方をしていた。ほんの数人だけ、キビキビと動き張りのある声を上げて指図する者たちが見られたのは、おそらく全て清川らの一行であろう。

幹是軒は二人の従者に作業を手伝うよう申し付けると、独り砦の奥へ踏み込んでいった。

一見しただけではほとんど損傷がなさそうな営所の中には、いろいろなところに晒《さらし》を巻かれた者たちが何人も、床の上へ直《じか》に寝かされていた。痛いと大声で喚《わめ》き、あるいは力なく呻《うめ》く者、身動きすることなく胸だけを大きく上下させている者……中には、息をしているかも定かならぬ者もいる。

そうやって幹是軒は、一つひとつの建物や戦いの跡を丹念に見ていった。

最後に幹是軒が向かったのは、砦の最奥《さいおう》に位置する武器倉であった。

武器倉は、ほとんど跡形もないほどに破壊され、焼け落ちて無残な姿を曝《さら》していた。

幹是軒の足を急がせ、領主に早馬を走らせた煙の多くは、ここから立ち昇っていたのだろう。

幹是軒は筋交《すじか》いか何かの一部だったのか、端の焼けた棒状の木片を拾い上げ、元は武器倉の一部であったはずの残骸《ざんがい》を突《つつ》き回した。何か気になる物でも見つかれば、という程度の行為である。

すると棒を手にした幹是軒の耳に、どこからともなく声が聞こえてきた。

「何か見つけたか」

幹是軒はただ一人で佇《たたず》んでおり、周囲には人影一つない。にもかかわらず、幹是軒に動ずる様子はいっさい見られなかった。

「小才次《こさいじ》、戻ったか」

そう問い返した声も落ち着いている。相手の返事も待たず、幹是軒は続けた。

「ここを除いてさほど荒らされてもいない様子からすると、儂の目には、襲い来た者はせいぜい二十人ほどの小勢《こぜい》としか思えぬが、お主《ぬし》にはどう見える」

ごく自然な問い掛けに、姿の見えない相手からも当然のように返事がなされた。

「あんたの目にそう見えるなら、そうなんだろうさ」

「しかし、小なりとはいえ砦が、その程度の手勢で陥《お》ちるか」

少しだけ間が空いてから、人の目に触れない小才次の声がした。

「ここには煙硝《えんしょう》をどれだけ置いていた」

「山の砦だ。そう多くはあるまい……襲撃がある前に、まずここから火の手が上がったということか」

敵が正面から強襲し、柵門を破って順繰りに奥へ攻め入ったのだとすると、武器倉の損傷が一番激しいこの状況は、確かに不自然だ。もっとも安全な場所にあり、またもっとも大事な武器倉から出火したその混乱に乗じ、少数で攻め落としたというほうが確かに筋は通る。

「内応か」

「裏切り者がいたかどうかは、簡単に判ろう」

怪我人を含む生存者に死者を合わせた数を、砦に駐在するはずの人数と突き合わせれば、いなくなった者があるかはすぐに判る。裏切りの場面を目撃された場合の危険を考えるまでもなく、ことが成った後まで内通者が残るとは考えにくい。

ここは、たとえ全壊した後でもすぐに再建されて重要な決定が行われるような、領主《りょうしゅ》館《やかた》などではないのだから。

「内応ではない、という口ぶりだな」

「判らぬ。が……」

そこで、見えない小才次の声が途切れた。

幹是軒は、つまらぬ棒きれを持ち続けていることに今さら気づいたとでもいうように、燃え残りに向かって放り捨てる。

「が、何だ。内応でなくて、襲撃前にこのようなところから火が上がるか」

「俺ならできる」

幹是軒の顔に、初めて驚きの色が浮かんだ。

「このような小国に、お主以外の忍《しのび》がおるか」

「俺はここの生まれで、生き残りだ。他に生き残った奴がおっても、おかしくはあるまい」

幹是軒は何か言いかけ、口を噤《つぐ》んだ。改めて辺りを見回す。

「忍なれば、気づかれずに何人、この砦へ導いてこられる」

「忍だけなれば多かろう。問いが『普通の兵を』ということであれば、先導する忍の人数にもよるが、この近くまでは三十人ほどか」

最大で三十ということであれば、二十人ほどと読んだ幹是軒の予測にも近い。

「近くまでは、か」

「どうしても物見櫓が邪魔になる」

――それで、櫓が倒されたのか。砦《とりで》近くの繁《しげ》みまで兵を導き、別の忍が奥の武器倉へ火を放って注意を逸《そ》らす。次に櫓を倒すのは、混乱に拍車を掛けるとともに、砦への最後の接近を図る兵が発見されるのを防ぐため。

理屈はつく。しかしこれでは、平仄《ひょうそく》が合いすぎた。どこかで一つ拍子《ひょうし》が狂えば、齟齬《そご》が生じて簡単に見つかってしまい、襲撃は失敗する。そうなった際には成果のないまま発生する、味方の兵の損失も少なくはなかろう。

まだ何か欠けているものがあるような気がしたが、ではそれは何だとなると思いつかない。


兵糧倉のほうから、清川と名乗った領主の使者が、幹是軒のほうへ向かってきた。その表情からは、狼狽《ろうばい》と困惑が読み取れる。

と同時に、幹是軒は小才次の気配が去るのを感じていた。

「清川殿、いかがなされた」

そう問うたのに対する清川の答えも、幹是軒を驚かすに十分なものだった。

「どうやらお方様が――お蓮《れん》の方様が拐《かどわ》かされたようにござる」

3

日《ひ》の本《もと》の各地で争乱が続く時代に、福坂幹是軒はこの小館《おだて》の地に流れ着いた。どのような伝手《つて》があったのか、すぐに領主である佐双顕猛《さそうあきたけ》の知遇《ちぐう》を得、客分として遇されるや二、三の小競《こぜ》り合《あ》いで戦闘に参加し、たちまち頭角《とうかく》を現した。

寄食してから二年ほど後に生じた、世に言う『蓬莱寺合戦《ほうらいじかっせん》』で一番の軍功を挙げたことにより、顕猛の信頼を確たるものにした男である。

蓬莱寺合戦は、小領主や戦国の大小名の間で行われた、覇権争いや領土の取り合いといった戦いではない。他者が治める地へ侵攻し勢力を強めんとする前に、まずは自領内の勢力全てを掌握しようとした領主・佐双顕猛に対し、自らの生存権を守るために立ち上がった民衆が地元に根付いた信仰と結びついて反乱を起こした、一種の宗教戦争であった。

宗門にとっても、統治者が絶対君主となってしまっては、せっかく乱世で伸ばしてきた利権を奪われることになる。蓬莱寺合戦は、一面、宗門が民衆を扇動《せんどう》して引き起こした戦《いくさ》でもあった。

領主が宗教と戦う場合は、通常の戦闘とは違った問題が発生する。宗教は、人間を狂信者にする魔力を持つ。仏の教えは使い方次第で、もともと子羊のように従順な百姓を、死をも怖れない勇猛な戦士に変える力を持っていた。

さらにもう一つ、他の領主との争いでは信頼の置ける配下が、信仰を優先し自分に牙《きば》を剝《む》いてくる危険があった。この物語よりは後の時代になるが、たとえば天下統一を果たした徳川家康《とくがわいえやす》も、領国内の一向宗《いっこうしゅう》との戦いでは、幾度《いくたび》も自身の家臣に煮え湯を飲まされている。

結局、蓬萊寺合戦で顕猛の主要な配下から叛逆《はんぎゃく》する者は出なかったが、普段は離合集散《りごうしゅうさん》を繰り返す近隣の国人衆《こくじんしゅう》や小豪族が、この合戦においてはことごとく宗門側に付いて反抗した。これにより、宗門側と全面対決となった最終場面において、顕猛は戦力の数的優位が保てなくなった。

これまでとは勝手の違う戦いに、顕猛は苦戦した。あわや宗門と領民に滅《ほろ》ぼされるかという、瀬戸際《せとぎわ》まで追い詰められたのだ。

その劣勢を盛り返すことができたのは、有力な配下から離反者が出なかったことに加え、当時の周辺の領主たちもそれぞれに様々な問題を抱え、顕猛が最も苦しいときに佐双領へ干渉できる者がいなかったという、幸運にも恵まれたからであった。

得体《えたい》の知れぬところはあっても宗教とは無縁なことだけは明らかな幹是軒を手許《てもと》に置いていたことも、結果的には顕猛に幸いした。

この蓬萊寺合戦の勝利で、佐双顕猛は名実ともに領内唯一の統治者となり得た。そして幹是軒も、食客という立場のままながら、佐双家で指折り数えられる部将《ぶしょう》（侍大将《さむらいだいしょう》）

となったのである。

4

丈西砦から戻った幹是軒は、翌日、領主の館にいた。

中庭に面した広間である。陽の光を入れるため、庭に面する側の仕切りは全て取り払われていた。上座に座る領主を前に、広間には側近や主だった家臣がずらりと並ぶ。

幹是軒は領主から見て左側の列に控え、砦が陥とされた経緯が報告されるのを静かに聞いていた。

この地の領主である佐双顕猛は、顔つきだけからすれば細面《ほそおもて》で色白な、四十前の優《やさ》男《おとこ》であった。小なりとはいえ戦国の世を乗り切ってここまで至った領地の主《あるじ》というよりは、荘園《しょうえん》貴族のような相貌《そうぼう》である。

しかし、その面立《おもだ》ちとは裏腹に、狂気と見紛《みまが》うばかりの苛烈《かれつ》さをもった男であった。周りの者はそれを、蓬莱寺合戦をはじめとするいくつもの戦の中で、あるいは裏切りや大失敗《おおしくじ》りを犯した配下を処断する際に、いやというほど見せつけられてきた。

こたびの報告を受けている間も、無言のままときに顳顬《こめかみ》に青筋を浮かべ、またときには報告者を脅《おど》しつけるかのように睨《にら》みつけた。顕猛の前で報告する目付《めつけ》衆や使い番らの侍たちは皆、下げた頭の向こうに絶えず顕猛の気配を窺《うかが》い、中には報告の声を震わす者もいた。

顕猛の隣には、嫡男である壬四郎《じんしろう》が苦い顔をして座していた。壬四郎は父に似た顔つきをしているが、もっと大柄な若者である。めったに感情を面《おもて》に出さず、自らの意志をはっきり口にすることも少ない。

顕猛の側近くに仕《つか》える重臣たちからは、陰で「何をお考えか判らぬ」とも言われている。この人物については、もっぱら世間知らずの貴公子、といった風評が流されていた。蓬萊寺合戦の折にはまだ歳若《としわか》であり、その後、小競り合い程度のものを除けば戦のない年が数年続いたためいまだ初陣《ういじん》を済ませていないことから、壬四郎を軽んずる風潮が続いているとも言えた。

壬四郎がこの合議の間中一貫して苦い顔になっているのは、形の上だけのことではあっても、自身が顕猛から丈西砦の宰領《さいりょう》を任されていたからである。


目付衆らが砦の生存者から聞き取ったことを纏《まと》めると、おおよそ次のような経緯となる。

昨日突然、お蓮の方が、輿《こし》に乗り少数の供だけを連れて、砦へと到着した。お蓮の方には、四歳になる顕猛の子小太郎《こたろう》がいたが、その小太郎が風邪《かぜ》をひいて以来元気のない状態が続くため、砦近辺の山々でわざわざ自ら薬草を摘《つ》みに赴《おもむ》いたということであった。

丈西の砦は、山裾《やますそ》から中腹へと至る途中の平地に急造で設けられたばかりの、最低限の機能しか持たない拠点である。そんなところへ前触れもなく突然現れた貴賓《きひん》への対応に、守兵たちは右往左往する羽目になった。

そうした混乱の中、砦で一番奥に位置する武器倉が、突如爆音とともに燃え上がった。砦の指揮を任されていた物頭《ものがしら》は、柵門《さくもん》を守る少数を除いて、武器倉の鎮火に半数の人員を、お方様の安全確保に残りの人数を割《さ》いた。

お方様の身柄を託された者たちは、出火場所から遠い柵門のほうへお方様一行を退避させようと考えた。そのまま輿を警固しながら、砦を出てお方様が普段住まいする領主《りようしゆ》館《やかた》の別邸までお送りしてもよい。

が、警固役となった者らのその考えは、柵門近くに建つ物見櫓《ものみやぐら》が、これも爆音とともに急に倒壊したことで覆《くつがえ》されたのだった。

物見櫓は、根元近くから四本の脚《あし》のうちの並んだ二本をへし折られ、厩《うまや》にのし掛かった。これも急造の粗末な厩は衝撃と重みに耐えられず、あっさりと二つに割れた。

建物の倒壊に運よく巻き込まれずに済んだだけでなく、束縛も解かれ、あるいは自ら断ち切った馬たちが、狂逸《きようい》して走り回ったことも砦の内の混乱に拍車を掛けた。

砦の兵たちがただの失火などではないと気づいたときには、もう斬り合いが始まっていた。といっても、砦の兵の中にはろくな武器も持たないまま鎮火に従事していたような者も多く、一方的な殺戮《さつりく》に近い状況が発生していた。

ようやく混乱が収まったとき、襲い掛かってきた者たちの姿はすでになく、そればかりかお蓮の方も輿とともに消えていた。襲い来た者たちの格好は牢人《ろうにん》や野伏《のぶ》せりのようであり、おそらくは風嶽党《ふうがくとう》による襲撃であったろうと判断される。

風嶽党とは、蓬萊寺合戦で宗門側に付き、破れて離散した国人衆や小豪族たちが、反佐双勢力として再集結した戦闘集団である。

風嶽党は佐双領内の村々を襲い、あるいは佐双家が隣国と抗争に及ばんとする際には、領内で蠢動《しゅんどう》することにより軍事的な牽制《けんせい》を行うなどの、現代で言うところのゲリラ活動を継続して佐双家を悩ませていた。

丈西砦《とりで》に話を戻すと、襲撃後にいち早く到着した清川らは、お蓮の方誘拐に気づいてすぐ、追跡隊を組織した。しかしながら、発覚までにときが経ちすぎていたし、掛けられる人数にも制約があった。

追跡隊は、山奥へと向かう道筋で、たちまち追うべき相手の痕跡《こんせき》を見失った。夕刻に降り出した雨がさらに探索行を困難にしたし、雨が上がったころにはもう山の陽は落ちていた。その後は、無駄に藪《やぶ》を搔《か》き分け、沢に踏み入り、虚《むな》しくときを費やすばかりに終わっている。

丈西砦に関する報告が終わりに近づいたころ、下役の一人が、広間に面する中庭へ一人の男を縄付きで引っ立ててきた。後ろ手に縛られた男は、背中を突き飛ばされるようにしてその場に引き据えられる。と、自ら地に額《ひたい》を擦《こす》りつけるほどに深々と頭を下げた。

「足軽頭《あしがるがしら》の甚助《じんすけ》にござります」

縄付きの男の隣で片膝《かたひざ》をついた下役が、頭《こうべ》を垂れつつ屋内へ向けて言上《ごんじょう》した。

この当時も家により、組織の有りようも役職の名称も大きく違いがあるが、佐双家においで足軽頭は士分ではない。領民から徴発した足軽の中で、戦場経験が豊富で仲間の取り纏め役になれる者を抜擢《ばってき》した地位となる。

従って身分は庶民のままで世襲もされず、若干待遇がよい以外は、ほとんどただの足軽と変わらぬ存在だった。

甚助と呼ばれた男は、己を縛る縄に身を拘束されたまま、額を地べたに擦りつけて震えていた。

「その足軽頭がどうした」

幹是軒と並んで座る重臣の中で、より領主に近い位置を占める日下《くさか》部弾正《べだんじょう》が、不機嫌そうな声で問うた。大男で猛々《たけだけ》しい面構《つらがま》えの弾正は佐双家譜代《ふだい》の臣で、幹是軒以上の勇将とされる漢《おとこ》である。

「こやつ、砦が襲われた際、物見櫓の上で寝呆《ねほう》けておりました」

下役に代わり、報告のためまだ脇に控えていた目付が、顔だけを甚助へ向けて答えた。

何っ、と弾正が吼《ほ》える。

その大声にビクリと反応した甚助を横目に、目付は淡々と続けた。

「本人が申すには、櫓に上がったとたん急に眠気を催《もよお》し、後は仲間に揺すり起こされるまで何も判らぬままだったとの由《よし》。武器倉の爆発炎上も知らず、悪党どもが砦に寄せることも皆に知らせず、倒れた櫓から己が放り出されても起きずに、砦が陥《お》ちた後、怪我人の介抱《かいほう》に回っていた者どもに見つけられてござる」

「下郎っ、しかと左様か！」

弾正の胴間声《どうまごえ》が一段と跳《は》ね上がった。相変わらず芝居がかったもの言いだと、周囲の者の表情が語っている。

幹是軒の視線も、庭先で声もなく震えている甚助に向けられていた。

着物を剝《は》げば痣《あざ》や瘤《こぶ》ぐらいはできているかもしれないが、それ以外は擦《す》り傷《きず》程度しか負ってはいないようだ。高さのある櫓の上から横倒しになったときに放り出されたにしては、奇跡的な怪我の軽さだった。

――しかし、それを幸運と呼べるかどうか。

幹是軒の懸念は、弾正の張り上げる声に中断されると同時に肯定されもした。

「不届き千万っ。この場で儂《わし》が斬ってくりょう！」

座を蹴《け》るように立ち上がった弾正の両手は、合議の場ということで床に置いていた己の刀を、すでに抜こうとしている。

――欠けていたのはこれか。

幹是軒は思った。と同時に、庭で震えている甚助に憐《あわ》れみを覚える。

目付が述べた砦襲撃の様子は、幹是軒が想像したとおりであった。そして甚助は、一服盛られたのである。

そうでもなければ、いくら何でも崩落した櫓から転《ころ》げ落ちて、目醒《めざ》めもせぬはずがない。櫓の上の目を塞《ふさ》いでおけば、爆破と外からの侵攻に多少のズレが生じても、発見される危険性は大幅に下げられるのだ。

上方から見張る目を潰《つぶ》しておきながらお櫓自体も倒したのは、その場の混乱を大きくするため、そして斬り合いになった後に上から全体を俯瞰《ふかん》しての指揮を佐双家側に執られることを、嫌ったからであろう。

甚助は、敵の策に乗せられた犠牲者としてではなく、怠慢《たいまん》によって味方に大きな損害を与えたという濡《ぬ》れ衣《ぎぬ》を着せられて裁かれるのだ。

しかし、助命を願い出てやる気にまではならなかった。甚助が敵にしてやられたことは確《たし》かであり、その結果は重大である。足軽頭程度の身分でここまでの責を問われるのは可哀想《かわいそう》ではあるが、やむを得ない。

甚助にとっての救《たす》けは、意外なところからもたらされた。

「待て」の声が発せられたとき、制止が掛かることなど考えてもいなかった弾正は困惑した。

この場で弾正にそのようなもの言いができる人物は二人しかいない。弾正はまず、そのようなことを言い出しかねないほう、壬四郎の顔を見た。ついで壬四郎の視線を辿《たど》って、その隣に座る自らの主《あるじ》に目を向ける。

顕猛は、己の意に染まぬときに見せるはずの激情はどこへやら、庭に這《は》いつくばる甚助を、まるで道端の石ころや雑草を見るような目で見下ろしていた。

「壬四郎」

視線を庭へ向けたまま、隣の嫡男へ呼び掛ける。

「丈西砦は、そなたに任せたところ。この不始末をどう償《つぐな》う」

問うてから、初めて壬四郎へ目をやる。

「は……」

壬四郎は両の拳《こぶし》を膝において顔を伏せたまま、言葉に詰まっていた。いつもなら激して怒鳴りまくっていてもおかしくない場面で、この父がむしろ静かに問うてきたことが、却《かえ》って怖ろしかった。

壬四郎は生まれてこの方、父親である顕猛から情愛の念を向けられた記憶がない。生みの母である顕猛の正室が病没して以後、元服するまでの期間は、避けられているのかと思うほど接触なく暮らしていた。

その後は佐双家の跡取りとして遇され、顕猛もそのように振る舞っているようには見えたが、果たしてそれが父の本意なのか、壬四郎は確信を持つことができずにいる。

そして顕猛の側室、お蓮の方に男児が生まれてからは、自分はむしろ疎《うと》まれているのではないかとの疑念が湧き出していた。

父の問いに、壬四郎は焦躁《しょうそう》を覚えた。領主である男の問いに、答えないわけにはいかない。しかしいったい何と答えたものか、焦《あせ》れば焦るほど言葉が見当たらなかった。

壬四郎からまともな返事はなされないと判断したのか、顕猛のほうが答えを示してきた。

「壬四郎、お蓮を連れ戻して来よ。それが、こたびの始末のつけ方ぞ」

壬四郎は父の言葉に耳を疑った。

息子の表情など気に掛ける素振《そぶ》りもなく、顕猛は続ける。

「そこな下郎は、お主にくれてやる。この場で斬ってもよいが、連れていけば命懸けで働こう——いずれでも、好きにするがよい」

そっけないほどに感情の籠《こ》もらぬ平淡《へいたん》な言い方だった。

「お館《やかた》様、それは……」

居並ぶ重臣から、絶句する声が漏れた。

「壬四郎、しかと申し付けたぞ」

顕猛は重臣どもの様子を無視し、嫡子に念を押した。

壬四郎には、口にする言葉がなかった。

自分が砦《とりで》の宰領を任されていたといっても、それは形の上だけだったはずだ。その自分に責を問う無体、命令の中身の無理難題、実の父親であるはずの男に対する不満と反発が、頭の中で錯綜《さくそう》する。

壬四郎にすれば感情を面に出さないだけで、精一杯であった。

究明の場は、重苦しい沈黙に包まれた。

「お待ちくださりませ」

落ち着いた声が、その場の緊張を断ち割った。発したのは、幹是軒である。

「お館様より若様が砦を任されたのは仰《おお》せのとおり。さりながらこの幹是軒も、お館様より任を受けた一人にござります」

丈西砦は名目上、風嶽党をはじめとする領内の悪党どもへの備えとして造られたということになってはいるが、顕猛の本心は、今の館を出て新たに城を築くことにあった。砦はいわば、将来の城を陣取るための拠点、準備段階の仮屋《かりや》として設けたものなのだ。

領主の嫡男がこの砦の責任者に据えられたのも、こうした先々を見越してのことだった。

幹是軒が砦襲撃の折、馬にも乗らずあのような山の中にいたのも、本格築城のための縄張り（測量）、水の手《みずて》周りの確認といった実作業に先行する下検分をするためであった。幹是軒の「自分も任を受けた」と言うのは、そうした意味である。

顕猛が怒っているのは、砦を陥とされたという不面目《ふめんぼく》は当然あろうが、そこに造るはずだった城にアヤをつけられたということのほうが、むしろ大きいのかもしれない。

「幹是軒、おことは砦周りを見ていただけ。陥とされた責はない」

顕猛が珍しく取りなすように言った。客将という立場をとり続ける幹是軒に、遠慮のあるもの言いに聞こえる。

「お言葉ながら、それなれば若も、砦にはおられませなんだ。されば幹是軒にも、若と同じ責がござる」

幹是軒は自身の責任に自ら言及したにもかかわらず、むしろ胸を張るように反論した。

壬四郎は、この突然の助勢に戸惑《とまど》いを覚えた。

無論、佐双家の中で一定の重きをなす幹是軒を、見知ってはいる。しかし、見掛ければ向こうから会釈してくる程度で、親しい付き合いどころか、これまではろくに話をしたことすらなかった。

そういえば壬四郎には、股肱《ここう》の臣と呼べるような者は一人としていなかった。近習《きんじゅ》は幼少時からついたが、数は少なく、またどうしたわけか交替が多かった。長く仕えるのは老人や女中――若い男といえば身分の低い小者ばかりである。

近習であった者たちも、ある者は戦場《いくさば》に散るか勤めに耐えぬほどの深手《ふかで》を負い、またある者はこの家での前途を見限って小館の地から立ち去っていった。

壬四郎はこれまで、自分の立場に疑念を覚えるのも無理のない境遇に置かれてきたと言えるのだ。

一方の幹是軒は、ただの同情からこの若者に助け船を出したわけではなかった。幹是軒には幹是軒なりの、思惑があった。

しかしながらこの男は、そのようなことはおくびにも出さず、無頓着《むとんちゃく》な表情で領主を仰ぎ見た。

視線の合った顕猛は「壬四郎に命は下したぞ」と断ずる。

すでに口にした以上、撤回はできない。顕猛の口ぶりには、幹是軒の意図を確かめるような、慎重さが含まれているように聞こえた。

「承知。しからば、我に若のお供をお許しくだされたく」

幹是軒は、顕猛に平伏して願った。

室内に声のない驚きが走った。

野伏せりに捕らえられた側妾《そくしょう》を救け出すなど、普通に考えてできるものではない。手があるとすれば、なんとか手蔓《てづる》を探し出して身代金を支払い返してもらうぐらいであろうが、佐双家とは完全に敵対する風嶽党が相手となれば、それもほとんど不可能と言ってよい。

さらに万一、奇跡と幸運が重なって無事に救い出せたとしても、女を奪った下人どもが、その女をどう扱うかは「推《お》して知るべし」、である。連れ戻したことが正当に評価されるかは、非常に怪しいと言わざるを得ない。

幹是軒にとっても、労ばかり多く何の益も期待できない願い出のはずであった。

しばらくの間平伏する幹是軒を黙って眺めた後、顕猛は「好きにせよ」とひと言残して席を立った。幹是軒からの「ありがたき幸せ」との言葉を背に受け、小姓を従えて振り返ることなくその場を後にする。

残された広間では、壬四郎が平伏したままの幹是軒を茫然《ぼうぜん》と見下ろしていた。

日下部弾正をはじめとする一部の重臣が、こたびまたもしゃしゃり出てきた新参の成り上がり者を苦い顔で睨《にら》んだ。

幹是軒だけは、自分に向けられる視線などまるで感じてはおらぬかのように、平然とした顔で平伏から直るのだった。

5

領主顕猛が退席した後、合議の場は自然と解散する流れになった。

三々五々席を立つ側近や重臣らのほとんどは、幹是軒には声も掛けず、その存在を無視するように広間を後にした。その光景が、佐双家における幹是軒の立場を象徴していると言えるのかもしれない。

中には短く退席の断りを述べる者もいるにはいたが、幹是軒のほうも、心から丁寧に応《こた》えるほどの余裕はなかった。会釈は返しても、意識のほとんどは、まだ上席で虚脱したように座ったままのお世継ぎ壬四郎に向いていた。

そういえば、丁寧な挨拶《あいさつ》をした後ではあっても、主君の嫡男がまだ在室しているにもかかわらず重臣どもが席を立つこと自体、次期領主たるべき壬四郎の今の立場を如実に表していた。

幹是軒は、わずかに残った重臣らに席を立つよう目で願った。その上で、呆《ほう》けたように座したままの壬四郎の下へと足を向ける。

「若様」

目の前に座しての声掛けにも即座の反応はなく、しばらくしてからようやく幹是軒のほうへ顔が向けられた。

「大事なお役目を授《さず》かりましたな」

「む……ああ」

「この幹是軒、身を賭《と》して若様のお役に立つ所存。どうぞいかようにもお使いくだされ」

「ああ……頼む」

人から聞く評判以上の知識はほとんどないが、それでも幹是軒は壬四郎のことを悪くとも人並み以上、とは見ていた。が、はかばかしい応《いら》えが返ってこない。父親から受けた仕打ちの衝撃は、それほど大きかったようだ。

ろくに会話にもならないほぼ一方的な声掛けを、それからまだふた言み言続けた後、幹是軒もさすがに困って、やり場のない目を外へと向けた。

もう誰もいないと思っていた中庭には、退出する機会を逃して居心地が悪そうに控えたままの目付の下役と、縄を打たれた姿で蹲《つくば》う格好を戻さぬ足軽頭の甚助が残っていた。

幹是軒にとっては、場をもたせる恰好《かっこう》の材料であった。

幹是軒は壬四郎に軽く低頭して腰を上げると、甚助を見下ろすように縁側に立った。

「そのほう、甚助と申したか」

甚助は、返事とも思えぬほどの掠《かす》れた声を上げた。幹是軒は構わず続ける。

「命冥加《いのちみようが》な奴。したが、これで間違いなく首がつながったなどとは思うな。本当に救《たす》かるかどうかは、これからのお前次第ぞ」

甚助は畏《かしこ》まり、悲鳴のような弱々しい声を上げると、さらに頭を地べたへ擦《こす》りつけた。

――これでは、使い物にならぬか。

見限って、「領主と世継ぎに感謝せよ」とのありきたりの言葉で切り上げようとした幹是軒の口を、甚助の必死の言上が遮《さえぎ》った。

「わ、我はどうなろうと構いはしねえ。だども、だども子や兄弟らは何とか、何とか救けてくだされ。このとおり、このとおりお願《ねげ》え申し上げやす」

掠れた上に裏返って聞き取りにくい声を、甚助は必死に上げた。

「なにとぞ、なにとぞ」

泣き声を押し殺し、甚助は懸命に嘆願した。

しばらく黙って甚助を見下ろしていた幹是軒は、ゆっくりとその場に屈《かが》んだ。自分の命乞《いのちご》いに必死かと思っていたが、この男が怯《おび》えていたのは他のことであった。

「甚助。面《おもて》を上げよ」

ただひたすら地面に額を擦りつけていた甚助は、その声の穏《おだ》やかさにようやく気づき、おずおずと顔を上げた。

屈むことで甚助との距離を縮めた幹是軒は、その目の奥を覗《のぞ》き込んだ。そこには、恐怖と絶望が見えた。

「励め。よいか、励め」

噛《か》んで含めるような口調で、幹是軒は言った。

ただ茫然と、自分を見下ろす侍の顔を見上げていた甚助の顔に、徐々に理解の色が浮かぶ。その瞳《ひとみ》に、微《かす》かな希望が灯《とも》った。

「励むことこそ肝要《かんよう》。お主に途《みち》が拓《ひら》かれるかは、それ次第であろう」

気休めは言わず、幹是軒はそれだけを口にした。

やおら甚助は、額を、地に叩《たた》きつけるように擦りつけた。甚助にとっては、今の言葉が聞けただけでも十分以上のことであった。

幹是軒は領主館《りようしゆやかた》の本館の前で、自分の住まいする別館に戻る壬四郎を見送った。甚助についてはその後で、壬四郎の手の者に預けた。

ただそれだけのことに、幹是軒は普段にない疲れを覚えていた。

二、壬四郎勝元《かつもと》

1

壬四郎とお蓮の方様の間柄《あいだがら》については、様々な噂《うわさ》がまことしやかに囁《ささや》かれていた。

いわく——

蓬莱寺合戦の際、一部の重臣が壬四郎の初陣を顕猛に勧めたものの、まだ壬四郎が歳若であることと、その若年者が出るにはあまりにも厳《きび》しい戦になると予想されることを理由に、お蓮の方様が強く反対を唱《とな》えられたこと。

その後に起こったいくつかの小戦《こいくさ》において、今度はつまらぬ小競り合いでは嫡子の初陣に相応《ふさわ》しくないと、これにも反対なされたこと。

そのため、壬四郎はいまだ戦場にも出たことのない、軟弱者と見なされかねない立場に置かれていること。

壬四郎の元服の折の烏帽子親《えぼしおや》に、領主側室でしかないお蓮の方様が、本来の血筋はさほどよくない日下部弾正を勇将であるとして推挙《すいきょ》なされたこと。

壬四郎命名の際、朔日《ついたち》より四日目の壬《みずのえ》の日生まれが由来であったのに、後から生まれた小太郎に「太郎」の字を宛《あ》てさせたこと。

近習が壬四郎の側近に育たぬように気を配り、凡庸な者だけを付けた上に絶えず人を入れ替えさせたこと。

またそうした中でも親しくなった者については、近習よりはずした後に激戦地へ送り出し、討ち死にや館勤めの適《かな》わぬ身体《からだ》にさせたこと。

激戦を何度か生き抜いた者は、つらい勤めに当て、陰より手を回し陥《おとしい》れるなどして、お家から退転させたこと――。

などなど、いずれも壬四郎の生母であるご正室様が亡くなられる前から、自分が男児を出生した後まで、お蓮の方様が仕向けたと噂のあることどもである。

なお、顕猛正室の逝去《せいきょ》や、他の側室の死亡、ご奉公構い（免職）についても、お蓮の方様にはいくつかの暗い噂があった。

2

その夜、幹是軒は改めて壬四郎から呼び出しを受け、領主館の別館にある世継ぎの住まいへ向かった。中に入ってすぐの客間には、壬四郎と壬四郎付きの家宰《かさい》、平河《ひらかわ》老人がいた。

領主世子の御前で、幹是軒はしばらくの間、平河老人の愚痴《ぐち》を聞かされた。

お館様のご無理ご難題、壬四郎様に対する実の親とも思えぬ冷たさ、世継ぎの苦難を助けようともせぬ重臣どもの無能――言葉を選んではいたが、要はそういうことだった。口にせぬ言葉の裏には、なぜ幹是軒が顕猛に、命令を撤回するよう仕向けてはくれなかったのかとの恨《うら》み言《ごと》が含まれている。

その間、壬四郎は上座にただ座しているだけで、老人の零《こぼ》すままにさせていた。身体は下座の二人のほうへ向けられてはいるが、脇息《きょうそく》に凭《もた》れ掛かり、あらぬほうを見ている。その表情は暗く、老人の話に耳を傾けているようにも、自らの考えにうち沈んでいるようにも見えた。

「ご老体、お館様のご気性は昔からよくご存じのはず。いったん言い出されたことを取りやめるようなお方ではござるまい。ましてやこの幹是軒は外様《とざま》の身。お考えを改めよなぞと、増上慢《ぞうじょうまん》に言える立場ではありませぬぞ」

幹是軒は、老人の話がひと渡り終わるのを辛抱強く待った上で、静かに口を挟んだ。

平河老人は、わずかに残った味方に心変わりされては困るとばかりに、話の方向を転換した。

「いや、幹是軒殿には感謝こそすれ、不満などはこれっぽっちもありませぬ。情けなきは重臣どもの無分別。過分な領地を拝領しておりながら、この大事のときに何の役にも立ち申さぬ。かような有り様で、壬四郎様が棟梁《とうりょう》となられて後、十分なご奉公が適うなど果たして思うておるのやら」

次代には、幹是軒のさらなる立身が約束されている、との意を含ませた口ぶりである。

――若君が果たして本当にご領主となることができるのか、一番危ぶんでいるのはこの老人やもしれぬ。

表情に出さぬまま、老人の言葉を真剣に聞いているふりの裏で、幹是軒はそのようなことを考えていた。

少なくとも宿老たちは、昼に顕猛から壬四郎へ下された命を聞き、半分見放してしまっている。

「爺《じい》、少しはずせ」

それまでずっと口を噤《つぐ》んでいた壬四郎が、不意に平河老人の言葉を遮った。

二人《サシ》きりで話をしたいとの意向を受け改めて壬四郎に低頭した幹是軒は、「今日は老人に話をさせて終わりか」と思い始めていたところだった。

「これは老いぼれが長々と繰り言を」などと、言い訳半分、半分は自分が本題からはずされることへの不満を匂《にお》わせながら平河老人が退出しても、壬四郎はしばらくの間口を開かなかった。平河老人がいたときのままの姿勢で、どこかに想いを飛ばしているふうだ。

「福坂」

次にこの地を継ぐべき若者が、ようやく声を発した。

「父は何を考えている」

「この福坂程度の者に、お館様のお考えを推《お》し量《はか》ることなぞできませぬ」

一拍置いて、幹是軒は静かに答えた。

壬四郎の目が鋭く動き、幹是軒を捉《とら》える。

「父は俺を疎んじておる。でなければ、あのようなことを言い出しはせぬ。

そうであろう。嫡男が父親の妾《めかけ》を取り戻しに、山賊退治に山へいくだと？　たかが妾だぞっ!?

供は、大事の際に眠りこけて役にも立たぬ足軽一人だと。

ハッ、お世継ぎ様が、聞いて呆《あき》れるわ！」

胸に閊《つか》えていた鬱屈《うっくつ》が、一気に噴き出したようであった。

この若者が感情的になるのを初めて見た幹是軒だったが、悪くはない。少なくとも、困難にうち拉《ひし》がれるばかりであったり、狼狽《ろうばい》して為《な》す術《すべ》もないような、乳母日傘《おんばひがさ》の御曹司《おんぞうし》ではないということだ。

「若君」

幹是軒は、壬四郎を諫《いさ》め、励ます意を込めて強く答えた。

「若君のお母上であったご正室様がお亡くなりになった後、ただ今お蓮の方様は、お館様唯一の御側室。若にとっては、ただ一人の義理のお母上にあたるお方でございましょう。たとえこのような場であっても、お言葉が過ぎますぞ。

それに、お館様は確かに甚助をお付けくだされましたが、甚助一人とおっしゃってはおられませぬ。この幹是軒に供を許されたのが、その何よりの証《あかし》」

「福坂、俺ももう子供ではない。下人に連れ去られた女子《おなご》がどのような目に遭《あ》うか、まんざら知らぬわけではない。

もし連れ戻せたとして、父はどう扱う？」

「今この場で、お方様のお身の上を憶測《おくそく》しても詮無《せんな》いこと。それは、お連れ戻しして後の、お館《やかた》様のお考えについても同じ。

今の大事は、いかにすればお連れ戻しすることが叶《かな》うか、ただそれ一つにござる」

壬四郎は、嫌な物を見るような目で幹是軒を見やった。幹是軒は平然と返す。

「他人事《ひとごと》だから何とでも申せるというお顔ですな――お忘れあるな。この幹是軒も、若のお供をし、お方様ご救出にあたる者の一人ですぞ」

その言葉を聞き、壬四郎の表情が急に弱々しいものになった。

「福坂、できるのか？　そのようなことが、本当に……山の中は奴らの領分。そうでなくとも、佐双の兵は、奴らにしてやられたばかりであろう」

「これは弱気な。たかが山賊ずれに何を仰せになる。我が手の者が捕まえきれぬのは、きゃつらが我らのいないところを狙《ねら》って現れる鼠賊《そぞく》であり、我らが向かえば群れた鼠《ねずみ》のように逃げ散るからでござる。決して、きゃつらが強いからというわけではござりませぬぞ」

「丈西の砦《とりで》は、その鼠どもに破られたと申すか」

「油断がござりましたな。油断すれば、川の堤《つつみ》も蟻《あり》の一穴《いっけつ》から決壊すると申します。それに、お方様不意のご到来での混乱が加わった。油断に偶然が重なり、一番不幸な結果となっただけにござろう」

「そなた、鑓遣《やりづか》いばかりでなく、口も達者であるな」

「若。さような皮肉を言って何となされる。

山賊ずれなど恐るるに足りませぬが、かといってお方様をご無事に連れ戻すことが簡単なわけもない。今はお味方同士、心を一つにすることこそが肝要でござろうに」

壬四郎が沈黙した。幹是軒の言は正論であろう。が、何ら具体的な方策を示してはいない。心の中に不安が渦巻《うずま》いたままであって当然だった。

「この福坂幹是軒、佐双の家にご厄介になってより数年来、いまだ勝ち馬以外に乗ったことはございませぬ。お気を強くお持ちあれ」

壬四郎は、意を決したように再び口を開いた。

「福坂、正直に言おう。

本日父よりあのような命を受け、ただただ動転した。何をどうすればよいやら、皆目《かいもく》見当がつかぬ有り様よ。そこへ、お主から助太刀《すけだち》の話が出た。これほど勇気づけられたことはなかったぞ――しかし、なぜだ。

なぜ俺を助ける。俺とお主は、単に互いを見知っているというだけで、お主は俺に何の恩義もあるわけではない。

今、福坂は励ましてくれたが、この壬四郎にも、こたびの命の困難さぐらいは判るつもりだ。かような頼りない馬に乗っても、お主には何の得もないはず。重臣どものように、見放してしまえばよかったではないか」

壬四郎の話を聞いていた幹是軒の表情が引き締まった。

「若、それではこの幹是軒も、正直に申し上げましょう」

目上の者との対応で辞《じ》を低くしていた幹是軒が、背筋を伸ばし、胸を張った。

「この福坂幹是軒、今が佐双家を見限るかどうかの瀬戸際にござる」

「なっ⁉」

思ってもみなかったことを言い出され、壬四郎は仰天《ぎょうてん》した。大それたことを言い出したにもかかわらず、幹是軒のほうは落ち着いていた。

「若。お館様の歳をお考えになったことがおありか。いかにご聡明《そうめい》な殿でも、神仏ではなし、やがてお迎えは必ず参るもの。そのときに、だれがこのご領地をお継ぎになる」

穏やかな目で壬四郎を見る。

「小太郎様か――いや、小太郎様はまだご幼年。畏《おそ》れながら、今後ともご無事にお育ちになるかも判り申さぬ。それに、これより小太郎様が一本立ちなさるまでの長い年月、お館様がずっと、息災《そくさい》で在り続けるとは限りますまい。

さすれば、このご領地をお継ぎなされるお方は一人のみ。そのお方が本当にこの地をお守りになれるのか、我が目でしっかりと確かめる所存にござる――無論、無理と判ればお暇《いとま》を頂戴《ちょうだい》致すまで」

「福坂……」

壬四郎は、茫然《ぼうぜん》と幹是軒の顔を見た。

「じっくりと確かめさせていただきますぞ。よろしいな」

穏やかな中に凄《すご》みを滲《にじ》ませた笑みを浮かべ、幹是軒は頷《うなず》いてみせた。

3

幹是軒を去らせた後、壬四郎はまた独りで深く考え込んだ。

――福坂の考えは聞いた。しかし、あれが本当にあの男の本心なのか？　もし違うとして、それならばなぜ貧乏籤《びんぼうくじ》を引かされた自分のような者に付いて、無謀な命に従おうとするのか。

思いは、堂々巡りをするばかりであった。

幹是軒を呼ぶ前より、自分の心がずっと軽くなっていることに、壬四郎はまだ気づいてはいない。

幹是軒も、別館を辞して己の屋敷へ戻る道すがら、先ほどの謁見《えっけん》を思い返していた。

最後に壬四郎へ述べた言葉に、嘘はなかった。自分の馬鹿正直さに、話しながらむしろ自身で呆《あき》れていたぐらいだ。

が、話の前半はかなり意図して脚色していた。

顕猛が、なぜこのような無謀な命を嫡子に下したかは不明だ。それは、あの場で口にしたとおり。しかし、今そのようなことを詮索《せんさく》しても仕方がないとは、単なる言葉の綾《あや》でしかない。

自分が無理な要求をしたことを、あの聡明な顕猛が理解していないとは考えづらい。そうであるからには、顕猛が壬四郎を山へ向かわせる本当の目的を知ることが、かなり重要だと思えていた。それが何か知ることができれば、愚直《ぐちょく》に山へ向かわずとも、他に事態を好転させる手立てが見つかるかもしれない。

このように考える一方で、幹是軒の胸は暗澹《あんたん》たる想いに包《つつ》まれてもいた。

顕猛が壬四郎を疎んじ、あわよくば亡き者にするため、そこまでいかずとも命令の不履行《りこう》を理由に小太郎を後継に据え直す――それが、こたびの下命の最も納得がいく理由であることは揺るぎない。何より、周囲からすればそうとしか見えないことが問題だった。

このままでは、顕猛の真意が奈辺《なへん》にあるかにかかわらず、壬四郎の廃嫡が重臣どもの間で既成事実と見なされてしまう――その、懼《おそ》れがあった。

理由の立たない壬四郎の廃嫡が無理筋なら、小太郎成人まで顕猛が間違いなく家督を見続けられるというのも無理筋。自分らの知らぬ正当な理由がもし他にあったとしても、それを明かさないこともそうだ。

——激情に駆られることはあっても、その裏側ではいつも醒《さ》めたものの見方と冷静な判断を続けてきた顕猛が、なぜこのような状況を家中に作っているのか。

壬四郎に下した命の理由以上に、幹是軒にすればそちらのほうがずっと不可解だった。幹是軒は大きな溜息《ためいき》をついた。本日の収穫と言えるのは、壬四郎の為人《ひととなり》を己の目で見られたことだけだった。

4

佐双家当主の顕猛は、またあの夢を見ていた。

着物とは呼べぬような襤褸《ぼろ》切《き》れだけを身に纏《まと》った百姓町人の女子供が、肋《あばら》を浮き上がらせ、頬骨《ほおぼね》だけが突き出た顔でこちらを向いている。肉のひと欠片《かけら》もないようなその顔は、落《お》ち窪《くぼ》んだ眼窩《がんか》の底にある黒々とした目ばかりが大きく見えた。

憎んでも余りある男を見ているはずなのに、その目は何の感情も持たない漆黒《しっこく》の玻璃《はり》の玉のように凪《な》いだままだ。

痩《や》せた乳房まで露《あら》わにした女の腕に抱かれた赤子は、むずかるどころか身じろぎもしていない。よく見れば、赤子を抱いていないほうの女の二の腕と、自身の体に半ば隠された赤子の左手は、途中から骨だけになって垂れ下がっていた。

周りには何の景色も見えず、天も地もなく茫漠《ぼうばく》とした中で、ところどころから上がる炎が黒天を赤々と照らし上げている。

どことも知れぬ場所だが、そこがどこか、顕猛はよく知っていた。

気づけば、顕猛を見やる人々の目だけがどんどんと大きくなり、やがて顕猛をすっぽりと呑《の》み込んだ。

黒々とした闇に呑まれた顕猛は、次の瞬間には馬に跨《また》がり、名も無い暗き大地に立っていた。

そうして、遠巻きに己を見つめる人々の目にまた気づくのだ。

目が醒めた。いつもと変わらぬ、短く浅い眠りだった。

顕猛は目を瞑《つむ》ることなく、黒々として視覚に捉《とら》えられない天井を見上げた。

三、小此木参右衛門

1

翌日、丈西砦《とりで》陥落より二日目。

幹是軒は、自分に与えられた屋敷の縁側で、初夏とは思えぬほどの穏やかな陽射しを浴びていた。

その住まいは、身分に相応《ふさわ》しいだけの広さはあるが、どこか閑散《かんさん》としている。小者二人の他は身の回りの世話をする老夫婦を置いているだけであり、幹是軒自身、妻子はおろか妾《めかけ》すら持たない全くの独り身であったため、あるいは空き家かと思われるほどに人の気配の薄い家であった。

通常、どの戦国大小名の家臣でも、与えられた領地や禄米《ろくまい》の中で子飼いの家来を養い、個々の戦闘集団を維持している。しかしながら幹是軒は、戦場にあってすら、自ら引き連れるのは鑓《やり》持ちと、馬の口取りをさせる二人の小者だけであり、旗持ちすら領主顕猛に借りて間に合わせていた。

戦時に顕猛は、そのときそのときの必要に応じて、物頭を数騎、あるいは手許《てもと》の母衣《ほろ》衆《しゅう》の一部を割くなどして、臨時に幹是軒に預けた。

いつも違う配下を指揮しながら、幹是軒は与えられた任務をそつなくこなしてきた。佐双家にあって幹是軒は、いつもそうやって戦働《いくさばたら》きをしてきたのである。

また、一度配下とした者であっても、その戦が終われば親しい交わりを続けることのないのが、幹是軒の流儀であった。

家中で目立つような勢力にならずにいることが幹是軒の処世術《しょせいじゅつ》であり、それを認めているから顕猛は、出自の知れぬ幹是軒に一定の信を置いてきたのである。


幹是軒は濡《ぬ》れ縁に腰掛け、片胡坐《かたあぐら》でもう片方の足を沓脱石《くつぬぎいし》に下ろしていた。身体を斜めに向けて座すその顔は、大して手入れもしていない庭木を眺めるともなく見ている。

日常における喫茶の習慣などまだない時代であるが、手許には白湯《さゆ》を入れた碗《わん》もない。

幹是軒は、半分無意識に鼻毛を抜きながら、ぼんやりと昨夜のことを思い返していた。

領主館《りょうしゅやかた》での会合を終えた幹是軒は、目付衆のところへ赴いて話しているところを世子別館に呼び出され、その後やっと自分の屋敷へ戻った。

人前ではめったに見せぬがこの男、肝《きも》が太いように見えてなかなか気にしいなところがある。夕飯も要らぬような気分ではあったが、砂を嚙《か》むような思いで何とか腹に詰め込んだ。そのまま寝所に引っ込んではみたものの、頭の中で駆け巡っていることが多すぎて、すぐには眠れそうにない。

床に就くのは諦《あきら》め、灯明《とうみょう》を引き寄せて芯《しん》を立てると、その灯《あか》りを手に持ったまま書見《しょけん》台《だい》のほうへ移動した。

その途中から、どこからか自分を見る視線を感じていた。

「小才次か」

「御意」

どこからともなく聞こえてくる、こちらを揶揄《からか》うもの言いに苦笑が漏れる。

「それで、どうされておる」

一昨日拐《かどわ》かされたお蓮の方のことである。珍しく、応《こた》えが返ってこなかった。

「お主でも辿《たど》れなんだか」

「結界が張られていた。踏み込もうと思えば造作《ぞうさ》もないが、どこかで必ず気づかれる。だから、やめておいた」

「賢慮《けんりょ》であったな──しかし、結界か……」

小才次の言う結界とは、忍が張った警戒線のことであろう。どのようなものか幹是軒はよく知らぬが、これで相手に忍が付いていることは確かめられた。

「お方様の行方《ゆくえ》は判らず、か」

「ただ──」

「ただ、何だ？」

「結界に至る前の山中で、野伏せりらしき三人組に行き合《いお》うた。無論、向こうは気づいてなどいまいが——その男らが、『輿《こし》は奥《おく》の里《さと》へ向かった』と話していた。延々無駄話ばかりしておって、めぼしいことはそれぐらいしか聞けなんだがな。

しばらく尾《つ》けたけれど、結界の中に踏み込んでいったゆえ、どこに向かったかまでは突き止められなんだ。ただ、結界を抜けても襲われる気配も、様子をじっと探っている者の気配もせなんだから、連中が風嶽党の者であることはまず間違いあるまい」

「結界を抜けたのが仲間かどうか、先方は見に来ずとも判るということか?」

「相手も忍だ。その忍が遠くから見ただけで仲間と判断したため放置したというのであれば、さすがにどこから見張っているのか確実なところを知ることなどできぬ——せいぜいが、見当《あたり》をつけられるという程度になる」

ふと思いついた疑問に答えを得た幹是軒は、報告されたことへ意識を戻す。

「奥の里へ向かった、か……」

山の中で「輿」と言うからには、お蓮の方を乗せた物と見て間違いはなかろう。「向かった」という以上、輿の主が乗っていたのも確かだと思われる。

「奥の里というのは」

「俺は聞いたことがない」

小才次自身、その場所を知らないというだけでなく、これまで忍として様々見聞きしてきた中に、そのような呼び方をされる土地の記憶はない、ということである。

小才次がそう言う以上、誰かに聞けばすぐ判るといった、人口《じんこう》に膾炙《かいしゃ》した地名ではあるまい。仲間内の隠語、おそらくはその類《たぐい》であろう。

「ところで、相手の忍はお主の仲間か」

小才次は、この地に生まれた尾飼忍《おがいしのび》の一員であった。かつての蓬莱寺合戦の折に全滅した尾飼忍の生き残りであり、今ははぐれ忍として好き勝手に生きている。

忍者というのは当時足軽同様の雑兵《ぞうひょう》と見なされ、士分扱いを受けない軽輩として扱われた。そうした出自ながら、相手の身分に関わりなくぞんざいな口を利く男だが、幹是軒は好きにさせている。

この男、何が気に入ったのか、幹是軒の頼みに応じて動くことが多い。

小才次を使えるようになった幹是軒は、近隣諸領の情報を集めることに多用した。佐双の家中《かちゅう》の厄介ごとに首を突っ込まずに、領主の役に立つところを見せるには、それが一番手っ取り早かったからである。

「一族の生き残りか、という意味なら判らぬ」

幹是軒の問いに声が答えた。

「そんなものか」

「忍の術はそれぞれ一統の中だけのもの。他の忍に伝わることは少ない。

が、だから他の流派かどうか判らぬと言っているわけではない。あの折俺は、すぐに気づいたから踏み込まずに引き返せた。たとえば伊賀《いが》や甲賀《こうが》のものであれば、おそらく触れてしまうまでは気づかなんだろう」

「では、尾飼忍のものではないのか」

「違う。少なくとも、俺が教わった張り方ではない」

――では、何者か……。

陽だまりの縁側で思い出すともなくそのようなことを考えていた幹是軒の視野に、自分の様子を覗《うかが》う小者の姿が入った。

「どうした」

「殿様。小此木《おこのぎ》参右衛門《さんえもん》様がお見えでございます」

小者は、幹是軒に声を掛けられてから、遠慮がちに告げてきた。

2

小此木参右衛門の家は、代だけは重ねた佐双家譜代ではあるが、家柄としてはずいぶんと下のほうに列している。もともと領主が臨席する合議に顔を出せるほどの身分ではなかったが、実直と勤勉を武器にのし上がり、今や一族の出世頭《しゅっせがしら》となっていた。

昨日の砦《とりで》陥落の究明の場でも、末席とはいえ領主が開いた合議に顔を出している。幹是軒に促されるまで、退席することなく広間に居残っていた中の一人にこの男がいた。

その場で席を立つ際も、こちらに何か言いたそうにしていたことを思い出し、幹是軒は身軽に腰を上げて自ら迎えに出た。律儀にも軒下にすら入らず、陽の射す場に立ったまま待つ参右衛門の小柄な姿を、庭から回った幹是軒は素早く観察した。参右衛門が気づいたときには、いつもの悠揚迫《ゆうようせま》らぬ顔つきに戻っている。

わざわざ自ら出向いた幹是軒に、参右衛門は深々と頭を下げた。格上の者には辞を低くして、余分な敵を作らないのがこの男第一の戦略であると、幹是軒は常々見ていた。一瞬、参右衛門から何か妙なものを感じたような気がしたが、それが何かは判然としなかった。

丁寧に長々とした挨拶《あいさつ》を始めた参右衛門を遮り、幹是軒は「まずは中へお入りあれ」と誘った。

一瞬見せた躊躇《ためら》いは、辺りに人影がないのを確かめたのが半分、もう半分は誘いを断ることで幹是軒が気分を害するかどうかの判断に使ったのだと見て取った。

参右衛門はまずは礼を述べた後、軒先の立ち話のままいきなり本題に入った。

「昨日のお世継ぎ様の件にござるが」

幹是軒が無言でその先を促す。

「厚かましい申し入れをご容赦《ようしゃ》いただきたく――福坂様ならばどうなされるのか、昨晩寝ずに考え申したが、我の瓢箪頭《ひょうたんあたま》ではとうてい思案がつきませぬ。身の手本とするため、どうか存念をご教示いただけませぬか」

「はて。あの場では成り行きからあのように申したが、正直途方《とほう》に暮《く》れて、今までぼんやりと庭を眺めていたところにござった。手入れもろくにしておらぬ草木ではありますが、よくよく見ればこれはこれでなかなか味があると感じ入りましてな」

「これはお戯《たわむ》れを」

「小此木殿――」

ほんの微《かす》かに笑いを含んだ幹是軒の口調に、相手の目を直視して話すのを避けていた参右衛門の顔が上がった。

「お戯れはお手前にござろう。この石頭に、お示しいただけるご助言がおありなら、どうか遠慮のう聞かせてはくださらぬか」

知らず知らずのうちに緊張で引き上がっていた参右衛門の肩が落ちた。むしろ、ほっとした表情である。

「さすがは福坂様。手前のような底の浅い者の考えなぞ、全てお見通しでおられる――実は、お連れしたい先があって罷《まか》り越しました」

普段あまり付き合いのない相手に対して、どう切り出そうか散々迷った末のことだったのであろう。手の内を見抜かれたと知るや、むしろサバサバとした口調で告げてきた。

驚いたことに、幹是軒はその場で屋内に外出《そとで》をするとの声を掛けただけで、参右衛門を促し自ら歩き出した。小者を連れるどころか、帯には小脇差《こわきざし》があるだけで、太刀も持たない全く無防備な姿のままだ。

参右衛門が己に従う従者を振り返ると、苦笑いで見返された。自身の家来の中では一番屈強な男である。

従者が、幹是軒の身の安全まで担わされたと自覚しているのを確かめ、参右衛門はようやく、幹是軒とまともに話せるまでに落ち着けた。

軽装の徒歩で訪れたことから、目的地がそう遠くではないぐらいの見当はつけていようが、行く先を尋ねてくるわけでもない。のんびりと季候の話などを始めた幹是軒に、参右衛門のほうが焦《じ》れてきた。

「福坂様。先ほどの話の続きにござるが」

「お山の話でござるか」

「……まあ、そうとも申せましょう――福坂様、率直に申し上げまする。手前をお使いになりませぬか」

思い切って口にした提案に、いつも泰然自若としているように見える幹是軒も意表を衝《つ》かれたようであった。

「これは……ありがたいお申し出ではあるが、お館《やかた》様のご命令もなく勝手に徒党を組むことはなりますまい」

「無論、お館様にお認めいただいた上でのことにござる。もし福坂様がお許しくださるならば、すぐにもお館様へお願いに参上致します」

幹是軒は、わずかな間に様々に考えを巡らせた。この参右衛門――というよりは小此木の一統は、外見《そとみ》とは違い、なかなか底の掴《つか》めないところがあった。

戦で麾下《きか》に加えた中には、その後単純に幹是軒に親しみを感じ、あるいはそれぞれの思惑をもって、近づいてこようとする人物も少なくはなかったが、たいていは戦場とは違う幹是軒の素っ気なさに直面して一定の距離を空けるようになった。

そうした機微《きび》に疎く、いつまでも馴《な》れ馴れしくしてこようとする者には、幹是軒は様々な厄介ごとを押しつけた。領主館の石垣の積み直しや、川堤《かわづつみ》の嵩上《かさあ》げなど、「幹是軒のため」ではなく「ご領主、ご領地のため」の厄介ごとであり、片付ければ本人の名誉になることではあるが、その一方で幹是軒の利益にはつながらないものばかりである。

ところが、そうした評判は戦場の誉《ほま》れとは違い、苦労に比べて得られる栄誉はともすればすぐに忘れられそうな、ほんの名ばかりのものでしかない。終《しま》いには辟易《へきえき》して、そのような者どもも、幹是軒のそばには近寄らぬようになった。

が、小此木参右衛門だけは少し勝手が違った。

戦場ではいつも先陣を切って鑓《やり》合わせをしてきたような幹是軒とは違い、参右衛門は調略《ちょうりゃく》や糧秣《りょうまつ》運搬といった仕事に就かされることが多く、また当人にもそちらの方面に才があったため、これまで参右衛門が幹是軒の指揮下に入るようなことはなかった。

当然親しい付き合いもなかったが、幹是軒が自分に近づいてくる者に厄介ごとを押しつけた後、呆《あき》れられてろくに手も付けられぬまま放り出されたそれがいつの間にか片づいていることがあり、調べてみると参右衛門が後始末をしていることが判明した。

しかし、当人から幹是軒に挨拶が来るような様子もなかったので、そのまま気づかぬふりを続けていたのだ。以後も何ら働き掛けてくることはなかったから、評判どおりの実直な苦労人であろうと考え放置したままだったのだが、一方でどこか薄気味の悪さを覚えてはいた。

ともかく、こうした生真面目《きまじめ》さだけが取り柄《とりえ》のような当主を頭にいただき、なお便利使いされただけで終わらずに出世への複雑な世渡りを行い得たのには理由《わけ》がある。要するに、一族の中に相当切れる頭脳を擁《よう》していたのだ。

厄介ごとの後始末も、その知恵者が何らかの思惑で参右衛門をはじめとする周囲を動かしたのかとも思えたが、特に実害がなかったので探りを掛けることもせずにいた。

参右衛門が幹是軒に親しげな様子を見せるようになったのは、この男が物頭格に引き上げられてからである。軽輩から立身した者が、同じく後《うし》ろ楯《だて》を持たぬ流れ者と結ぼうとしているのかと、知らぬふりで観察していたが、参右衛門はこれまで、陰で親《ちか》しくする様子を見せることはあっても、公の場で幹是軒に付く素振りをしたこともなければ、便宜を図って取り入ろうとするようなこともなかった。

その男が、こたび初めて、自らの意志をここまで明らかにしたのである。何を考えてのことか二、三の想像はついても、実際のところを言い当てることはできなかった。

「手前は少なくとも百は集められます——いや、お世継ぎ様のお名があれば、その倍はいけましょう」

幹是軒の沈黙を逡巡《しゅんじゅん》と受け取ったのか、参右衛門はそう自分を売り込んできた。

「さて、そこが難しい」

幹是軒の言葉に、何がいけないのかという顔で見てくる。

「あまりに人数を繰り出せば、山賊どもは少人数に分かれて山奥へ逃げ込もう。その際に足手纏《あしでまと》いになったと考えられてしまえば、お方様がどのような目に遭わされるかも判らぬ。そして、三百、五百と手勢を繰り出したところで、分かれて逃げる山賊どもの、一々を追い切れはすまい。また人数を揃《そろ》えるとなると、支度《したく》を調えるにも糧秣を誂《あつら》えるにもときが掛かる。

お方様の無事を想うなれば、今はそのときが惜《お》しい」

幹是軒は「お方様の無事」を口実にしたが、ときがないと考えている実際の理由は領主顕猛にある。

果断な命を下した際に配下に遅滞《ちたい》が見られると、有無《うむ》を言わせず容赦なく責めを負わせるのが、顕猛のいつものやり方だった。嫡男に対するこたびの仕打ちについても同じつもりなのか定かではないが、万一のことを思えば軽く考えることはできないのだ。

「福坂様は山賊と仰せであったが、相手は風嶽党にございましょう」

幹是軒の理屈立てに、参右衛門が疑義を呈してきた。

「どういうことかな」

「ただの山賊なれば、山々を渡り歩いてどこまでも行きましょうが、風嶽党は蓬莱寺合戦でお館様に逆らい、覆滅《ふくめつ》された国人や豪族どもの生き残り。隠れ潜《ひそ》むとはいえ、ずっとこの領内で住み暮らしてきた、土着の者どもにござります」

「……何か、心当たりがお有りか」

わざわざこのような指摘をしてきたには、具体的な目算があるからだと思えた。

案の定、参右衛門は打てば響くように応ずる。

「これよりそこへ、ご案内仕《つかまつ》るところにございます」

参右衛門は、やや得意げに鼻をうごめかせた。


参右衛門が幹是軒を連れていった先は、小館の町はずれの会所《かいしょ》に付属する牢屋《ろうや》であった。

佐双領にあって会所とは、領民に対する行政の窓口を指す。町の中心に在る市場《いちば》会所、船荷《ふなに》の検閲や関銭《せきせん》（関税）徴収を行う川並《かわなみ》会所など、立地で主たる性格が違っている。

二人が向かったのは、現代で言えば裁判所、留置場、処刑場の機能を併せ持った、検《け》非《み》会所と呼ばれる場所であった。

「今朝早く、『みのや』なる河岸店《かわぎしだな》にて、胡乱《うろん》な牢人者二人が取り押さえられましてござる」

目的地について初めて、参右衛門は事情を明かし始めた。

河岸店とは、船荷の運搬人や乗船してきた商人目当てに始まった、当地のあいまい宿である。初めは稗粟《ひえあわ》の混じった屯食《とんじき》（握り飯）などを買い食いさせるような飲食の小見世《こみせ》ばかりであったものが、そのうちに席を設けて酒も飲ませるようになり、やがて女を抱かせるのを商いの柱とするように変わっていった。

このごろは、景気のよい商人や士分向けに、やや値の張る鄽《みせ》も現れている。大きな声で言うことではないが、そこには幹是軒馴染《なじ》みの妓《むすめ》もいた。

参右衛門の話に出た『みのや』は、河岸店が今の形態になった当初からの客層に合わせた場であろう。

「胡乱とは」

「これでござる。昨晩から散々飲み食いした上に女を抱き、ことが終わってから持ち金が足らぬと知ると、汚らしい身形《みなり》の男二人が、かような物で不足金を補《おぎな》おうとしました」

参右衛門が懐《ふところ》から折り畳んだ手拭《てぬぐい》を抜き出すと、幹是軒の目の前に広げてみせた。

中には、色鮮やかに刺繡《ししゅう》された絹製の小袋が納められていた。と同時に、辺りに場違いな芳香が漂う。貴人が持つ匂《にお》い袋《ぶくろ》の類《たぐい》らしい。

――屋敷の表で顔を合わせた際に妙な感覚がしたのは、この匂いであったか。

幹是軒は膨らみのある布きれを見ながら得心した。

参右衛門は手拭の中で匂い袋を転がし、香りを楽しんでいるようだ。

「どなたの持ち物か、確かめられたか」

幹是軒は平静な声で問うた。

「いや、とりあえずは福坂様に見ていただき、ご意見を伺おうと考えましてござる」

手拭を畳み直して懐へ戻しながら、参右衛門は答えた。いくぶん、ばつの悪さが顔に出ている。

そうであろう、偶々《たまたま》捕り物の場に居合わせたか、あるいは捕り方に知《し》る辺《べ》でもいたのかは知らないが、本来ならば目付衆に届けられて、その後の詮議《せんぎ》が始まるべきものである。

「その二人は何と」

「『みのや』に泊まる前日、この小館へ向かう途中の山道にて拾ったと申しております」

3

「あの二人にござる」

牢番とふた言み言話した後、小此木参右衛門は五間（十メートル弱）ほど離れた牢を、それとなく顎《あご》で示した。牢内には年齢もばらばらな男たち数人が入れられていたが、参右衛門が誰を指し示したのかは、ひと目見ればすぐに判った。

いずれもひと癖ありそうな男たちではあったが、その中で、他の囚人から遠ざけられたのか、二人だけ離れて腰を下ろす者がいた。垢《あか》だらけの粗末な着物に陽焼けした顔をしているところまでは一緒だが、態度が全く違っている。

一人は落ち着きなく視線を彷徨《さまよ》わせ、屋内に入ってきた幹是軒たちを大いに気にする様子を見せたが、もう一人のほうは覚悟を決めたように端座《たんざ》し、身じろぎもせずに目を閉じていた。

「あの落ち着いて見えるほうが赤田《あかだ》、落ち着きのないほうが袋井《ふくろい》と名乗ってござる」

参右衛門が幹是軒の耳元で囁《ささや》いた。いたずらそうな目をして、なおも続ける。

「神妙にさせるべく、少し脅かしてやろうと存ずる」

参右衛門の目顔での合図に応じて、牢役人が下人を伴い牢の前に立った。その指図で赤田と袋井を含む三人が引き出された。

三人は、後ろ手に縄を打たれて屋外に連れ出された。幹是軒たちもそれに続く。

出た先は、十五間四方ほどの広さの平地で、厚板の塀に囲まれていた。陽は燦々《さんさん》と照っているにもかかわらず、どこか陰湿な感じのする場所である。

その場で最初に目についたのは、中央やや奥に設けられた土壇《どだん》と、その脇に立って抜き身を引っ提げた侍だった。もう一人の侍が、水を湛《たた》えた桶《おけ》を前に片膝《かたひざ》をついている。

斬首《ざんしゅ》を行うための、処刑場であった。

赤田と袋井の前を歩かされていた囚人が、下人に後ろから肩を摑《つか》まれ、土壇へと引っ立てられていった。悲鳴を上げ、逃れようとする囚人を、下人たちが押さえ土壇に敷かれた筵《むしろ》の上に引き据えた。

残った下人たちが、赤田と袋井の背を押して、数歩処刑の場のほうへと歩ませる。

「お前らもああなる。よっく見ておくがよい」

建物に近いところに並べられた床机《しょうぎ》に、役人たちとともに座った参右衛門が、厳しい声を作って赤田らに言った。

「わ、我らは死罪になるようなことはしておらぬ」

袋井が振り向いて訴えようとし、下人に止められる。

「神妙に申し上げるならともかく、いっさい吐かぬとあれば斬るよりあるまい」

参右衛門は取り合おうともしない。

反発して暴れようとする袋井を、下人が数人懸かりで押さえつけた。

「袋井、無駄だ」

赤田が、諦《あきら》めたように言った。

「疑われておるのは貴人の拐《かど》わかしだ。認めたとて、どうせ打ち首になる」

いつの間にか赤田らのところまで近づいていた幹是軒が、無理矢理座らされた二人に何ごとか囁いた。

赤田は目を見開いて幹是軒を振り返り、下人に咎《とが》められて前へ向き直った。袋井のほうは、暴れていたのが急に鎮《しず》まり、これも驚いた顔で幹是軒を見やった。

幹是軒は二人の様子を確かめた後、参右衛門の隣に戻る。

目の前では、一人目の囚人の打ち首が行われようとしていた。

「どうも無駄足になって余計なお手間を取らせてしもうたようですな。考えてみれば、お蓮の方様略取《りゃくしゅ》の翌日に、その匂い袋を持って女を買いに来るということ自体がおかしかったやもしれぬ。浅慮《せんりょ》でありました」

刀が振り下ろされるのを淡々とした顔で見ながら、参右衛門が反省の弁を述べた。

視線の先の赤田と袋井は、次には同じ定めが己に降り掛かるのかと、目の前で首を失った男以外は目に入らぬ様子である。

「いや、なかなか」

幹是軒はそう言うと腰を上げ、死骸《しがい》の検分のため他の役人とは離れて土壇場近くにいた牢役人頭のほうへ足を向けた。

役人頭は、幹是軒から何か言われて驚いた顔になる。

幹是軒は構わず、手振りで残った赤田らを土壇のすぐそばまで連れてくるよう指図した。

参右衛門も驚いていたが、幹是軒が何をするつもりかまずは確かめようと、波立つ心を鎮めんとした。

幹是軒は、死骸を始末した後の土壇に赤田を座らせ、斬首役とは反対側に袋井を据えさせた。赤田の打ち首を、真横から見る位置である。

幹是軒が、視線で斬首役に催促《さいそく》する。

斬首役も無言で牢《ろう》役人頭へ目をやり確認した。

牢役人頭はわずかな逡巡《しゅんじゅん》の後、忌々《いまいま》しげに頷《うなず》いた。いずれ処刑することは確実だとしても、いまだ訊《き》くべきことは数多くある。しかしそれを即座に実行せよと命じてきたのが、客分とはいえお家の侍大将格の重臣となれば、逆らうこともできなかったのだ。

斬首役は役人頭の同意を確かめ、介添え役が水を打てるように使ったばかりの刀を差し出す。

刀身に水が掛けられるところまでは黙って見ていた参右衛門だったが、両脇の下人に押さえられた赤田が首を差し出すところへ斬首役が刀を振り上げるのを目にして、さすがに腰が浮いた。

が、幹是軒に目顔で抑えられ、無理矢理尻《しり》を床机に戻す。幹是軒は、首を斬られようとする赤田から目が離せない袋井に、何ごとか言っていた。

刀は、容赦なく振り下ろされた。

血しぶきが舞い、その細かな飛沫《ひまつ》が袋井と幹是軒にまで届いた。点々と人の血で染められた顔で、袋井は頭を落とされた赤田の首からいまだ迸《ほとばし》る血潮に釘付《くぎづ》けになっている。

しばらくそのまま見させた後で、幹是軒は袋井の腕を摑み、立ち上がらせた。袋井は、下人に引きずられるようにして牢へと戻されていく。建物で視界が遮られるまで、袋井は赤田から目が離せない様子で、引きずられても顔は土壇場の方をずっと向いたままだった。


帰途は、幹是軒も参右衛門も無言が続いた。

「さぞ驚かれたことにござろう」

道も半ば近くになって、ようやく幹是軒が口を開いた。

参右衛門には己の隣を歩く男が、顔だけ見知った人物に似た、赤の他人であるかのように感じられていた。己の知る幹是軒とは、勇猛ではあるが理性を兼ね備えた知将であったはずだ。

「あの者ども、やはり風嶽党の一味にござろうか」

掠《かす》れた声で、ようやく問うことができた。

「勘で言えば違うように思われますが、あるいはそうなのかもしれませぬ。が、いずれにせよ丈西砦を襲《とりで》った者らの中には入っておりますまい。

あの場で参右衛門殿が言われたとおり、領主の側室を拐かした翌晩に、その証《あかし》を持って領内で酒色に耽《ふけ》るようなことを配下に許す一党であれば、皆様、討伐にこれほど苦労をなさってはおられぬはず」

「では、あの匂い袋も」

「お方様の物ではありますまい」

参右衛門は苦い顔になった。

――では、福坂様はなぜ赤田を斬らせたのか。脅すだけのつもりだったのが、これではまるで、自分が罪なき者の首を落とす筋道をつけたようなものではないか。

参右衛門の内心などは知らぬげに、幹是軒は続ける。

「しかし、前日に山道で拾ったというのも嘘にござろう。

あの日は夕刻いったん雨が降って、お方様の探索にも支障が出申した。お方様が連れ去られる途中で落としたにしてはその匂い袋、わずかも泥に汚れたところが見られませぬ。湿った様子もなく、匂いもしっかり残っている――雨とその後の湿気は、香料の匂いを失わせるというのにの。

おそらくは、どこぞの屋敷を襲ったか道中の輿《こし》を襲ったか、他領で同じように拐かされた女性《にょしょう》の持ち物にござったろう。その拐かしも、ほんの数日前のこと。万が一にもこちらに通達が回っていると困るゆえ、別な疑いを掛けられるなどとは思いも寄らずに、つい一昨日《おととい》拾うたことにしてしまった」

ちらりと参右衛門の顔を見て、さらに言葉を足す。

「奴らの持ち物を検《あらた》めた目付によれば、二人の刀にはいずれも血曇りと刃毀《はこぼ》れが見られたそうな。その目付の経験から、最近人を斬ったに相違ないと申しております。おそらく、女人《にょにん》を攫《さら》ったときに斬った、家人か従者の血脂《もの》でござろう」

いつの間に目付からそのような話を聞いたのか。参右衛門が赤田ら二人を脅しつけていた間であろうか。

いずれにせよ、そうであるなら打ち首になっても仕方のない者どもである。参右衛門の後味悪さはほとんど消えた。が、今度はもう一人を生かした意味が判らない。

「なれば、なぜ赤田だけ斬首《ざんしゅ》を命ぜられたのでございますか」

「目付が検めた赤田の持ち物には、米も含まれておりまして」

「米、が？」

「丈西の砦が襲われたとき、儂《わし》は近くにおりましてな」

「城を築けるかの検分をなさっておったと聞きましたが」

「これはお耳が早い――それはともかく、砦へ至る前の青山村《あおやまむら》にて、十日ほど前に村長《むらおさ》の家へ盗人《ぬすびと》が入ったとの話を聞きまして。

盗人は、すぐに見つかって騒がれたためほとんど盗まれた物はなかったそうにござるが、逃げるにあたり騒いだ奴婢《ぬひ》一人を斬り殺しておりました」

「そのような話は、目付から聞いてはおりませぬが……」

「ほとんど盗《と》られた物がない上に、斬られたのも奴婢が一人のみ。盗人は後ろ姿のみ村長の家人に見られておりましたが、抜き身を手にした牢人者。下手《へた》に追いかけて怪我をする者を増やすよりはと、後を追いもせなんだそうな。それもあって村長は、届け出た後の面倒を嫌ったのでござる。

ところで、ほとんど盗られた物はないと申したが、『ほとんど』なればわずかにはあったということで——それが、一升かそこいらの米」

「その米を盗み、奴婢を斬ったのが赤田ら二人だと？」

「盗人は一人だけだったそうにござる。そして、かつて仲間だったこともある赤田と袋井が久しぶりに再会して行動を共にするようになったのは、五日前のこと——これは、土壇で二人に確認したゆえ確かなことでござろう」

——だからと言って赤田が米を盗み奴婢を斬ったと断ぜられるのか？

参右衛門が口に出さなかった疑念を、幹是軒はすぐに察した。

「村長の家から盗まれたのも、赤田が所持していたのも、餅米《もちごめ》にござった。あのような身形《みなり》しかしておらぬ者が、稗《ひえ》や粟《あわ》なればずっと多く手に入るはずなのに、わざわざ高直《こうじき》な（値の高い）米を欲しがるものか。しかも、ただの米ではなく餅米などを——土壇で赤田を問い詰めたところ、認めは致さなんだが、すっかりと諦《あきら》めた顔になり申した。『戦場なれば、咎《とが》められることなどありはせぬのに』——それが、赤田が口にした最期の言葉にござった」

わずかな盗みの、しかも疑いが濃いというだけで処刑が行われる一方で、戦場であれば御大将《おんたいしょう》から禁止の下知《げち》でも出ていない限り、盗みも殺しもやりたい放題——それが戦国の法であり、裁きであった。

幹是軒は、当時の常識に則《のっと》って刑を執行させたにすぎない。しかも、罪が明らかなほうだけを。

「なぜ赤田だけを斬らせたのかというお尋ねでしたな」

それは今説明されたはずだと、参右衛門は幹是軒を見やる。

「それはこの道を来るときに、参右衛門殿が言われたとおりにござる」

真意は別にあったということだ。さらに幹是軒は、新たに頼みごともしてきた。

これも意味はよく判らなかったが、参右衛門に否《いな》やはなかった。

この非常の際に願ってくる以上、ことはお世継ぎ様がご領主より命ぜられたことに何か関わりがあるはずだ。そして自分の手助けを願われたのであるから、こたびの一件で幹是軒の傘下に入るのを許されたものと解釈できたのである。

四、袋井茂造

1

袋井茂造《しげぞう》は、処刑場から戻された際に、大牢《たいろう》から独居房へ移されていた。大牢は人が多く煩《わずら》わしかったが、こうなると周りに誰もいない頼りなさが寂々《じゃくじゃく》と身に迫ってきた。

――つい先ほどまで自分の隣にいた赤田は、もうこの世の者ではない。

その事実に、茂造は背筋の凍る思いをしていた。

独り牢に放り込まれてしばらく茫然《ぼうぜん》としていた茂造は、何の気なしに視線を落とし――顔を引《ひ》き攣《つ》らせた。己の着物の袖《そで》に、赤黒い染みが点々と付いている。

ぼんやりと見つめて、それが何か不意に理解した。

――赤田が首を落とされたときの血！

肝が裏返るほどに仰天した。

慌てて己の衣装を見直す。襟《えり》にも、前身頃《まえみごろ》にも、袴《はかま》の膝《ひざ》から上にも、いまだ湿り気を残したままの血の染みが一面に貼り付いていた。

そして自分の見えないところがどうなっているかに思い至って、恐慌《きょうこう》を来《きた》した。手で顔中を撫《な》で回《まわ》し、それでは足らずに途中からは強く擦《こす》り出す。

粘り着き、気づかぬうちに己の顔を強張《こわば》らせていた物が、ぼろぼろと落ちていった。顔が擦《す》り剝《む》けるほどの痛みを感じても、茂造の手は止まらなかった。

ようやく顔から手を放した茂造は、両腕を緩慢な動作で下ろすと、また動かなくなった。

あらぬほうを見、俯《うつむ》く。

視線の先、膝元や床に落ちた細長く小さな黒い線のような塊《かたまり》が何かに気づいて、そこから逃げ出したくなった。二畳もない広さの牢の中では、どこにいようが、自分が撒《ま》き散《ち》らした赤田の血の塊を避けることなどできない気がしていた。

茂造はこれまで、まともに人には言えないような生き方をしてきた。己はいっぱしの悪党だと思っていた。命など、とうに無いものとの覚悟がついているつもりであった。

しかしこうなってみると、それはただの思い上がりにしか過ぎなかった。

今の茂造は、風の音にも怯《おび》えるただの小動物だった。

2

目を閉じれば、赤田が首を落とされたときの光景がまざまざと甦《よみがえ》ってくる。ごろりと転がってこちらを向いた首は、己の顔をしていた。

茂造は、暗くなった牢内で点《とも》されたままの灯りから目を離さないようにして、まんじりともせず一夜を明かした。昨夕も今朝も、飯は一粒も喉《のど》を通らなかった。


陽が昇ってしばらくすると、侍が一人、家来らしき男数人を連れてやってきた。昨日現れて、自分に災厄をもたらした二人のうちの一人によく似た顔をしている。

不機嫌そうではあったが、似ている相手が赤田の斬首を間近に見せつけてきたほうではなかったのは、まだマシであった。

やってきた侍が牢番に命じ、茂造を牢から出した。思わず抵抗しようとしたのに、手にも足にも力が入らなかった。

諦めではない。今日こそは斬られるという恐怖が、身を竦《すく》ませたのだ。

結局茂造は、素直に縄を打たれた。

歯の根も合わぬ茂造を見て、侍が蔑《さげす》む目で言った。

「安心しろ。今は殺さぬ」

そんなことを言われたとて安心できるはずもないが、侍は茂造のことなど構わず勝手に牢の外へ向かう。

茂造は、家来に突き飛ばされるようにして侍の後に従わせられた。

牢の外へ出て初めて、茂造は自分が処刑場とは違う場所へ連れ出されたことに気づいた。そこは、検非会所入り口の前であった。

先に出ていた侍が振り返る。欠け茶碗《ぢゃわん》でも見るような感情の籠《こ》もらぬ目で、茂造を見てきた。

「これより、外へ出る」

それだけ言うと、侍は門の外に停めていた馬に騎乗した。茂造は、侍の家来たちに乱暴に縄目を取られて従わされた。

――どこかの辻《つじ》で晒《さら》し者《もの》にでもされるのか。

これより先の自分がどうなるか、それ以外の想像はできなかった。力のない足取りで、侍の乗る馬の後に続いた。

そうやって、縄の端を侍の家来に握られながら、茂造は町中を歩かされる。町の者の好奇の視線など、気にする余裕もなかった。

侍は、町の家並みが途切れる山のほうへと馬首を向けていた。馬に跨《また》がった侍の脇には、口取りの従者の他に、案内らしい男が付いていた。

馬の後ろに茂造。その茂造を緩く取り囲むように、侍の家来どもが歩く。

町のはずれに至ると、馬上の侍の命で茂造を縛る縄がはずされた。一瞬だけ、解き放たれるのかという希望が湧いたが、そんなことのあるわけがないのは考えるまでもなく、期待はすぐに萎《しぼ》んだ。侍が馬の上から、冷たい目でこちらを見下ろしていた。

馬の足を止めた侍は、茂造と目が合うと顎《あご》でその背後を示した。見るまでもなく、そこには侍の家来どもが居並んでいる。

「この者どもが、お前の周りにいる。逃げられるなどと思うなよ。わずかでも逃げる素振りを見せれば、この者らは容赦なくお前を斬るぞ」

斬るぞ、と叩《たた》きつけるように言い放つと、侍は顔を前に向け直した。


どこまで行くのか皆目見当もつかなかったが、もはやどうでもよかった。

──何のためかは知らねえが、山の中まで連れ込んで斬りたいなら勝手にしろ。

束縛されておらずとも、これだけの人数を前にした茂造には、逃げる気力など湧きようもなかった。

独居房に独り置かれていたときの逃亡への渇望は、実際にそれができるかもしれないところに連れ出されているのに、どこかに消え失《う》せてしまった。死への怯えが茂造を萎《な》えさせた。

──逃げ出そうとして失敗《しくじ》れば、確実に斬られて死ぬ。

今は斬らぬとの侍の言葉が信じられずに、それでもなおその言葉に含まれる望みに縋《すが》って歩いた。

侍たちは茂造を連れ回し、山の中をあちこち歩き回らせた。何の目的でそんなことをさせるのか、茂造にはさっぱり判らなかった。

ときに開けた場所に出ると、侍たちは茂造に馬前へ並ぶように命じた。どこか山のほうを指させと言われたこともあった。

「見えるか」

馬上の侍から、急に問い掛けられた。視線を辿《たど》ると、谷向こうの山に、歩く人らしき姿が微《かす》かに見えた。ただ、侍の口にしたのがそのことなのかどうかは判らない。

侍は茂造の返事を待ちもせず、馬の首を巡らした。答えを期待されてはいないようだった。


「さすがに山賊。山歩きの足は達者なようだな」

侍が揶揄《やゆ》を口にしたのは、もう陽が傾きだしたころだった。茂造は山の育ちだ。しかし、馬上の侍にそんなことを教える気はない。

命乞《いのちご》いが叶《かな》うならばしたい。でも、昨日の二人の侍のうちの一人に似ている男に対し、そんなことを口にするのは躊躇《ためら》いがあった。

一緒に山を巡って、そんなことをしても無駄だと理解した。

——もし一生懸命命乞いをしたって、この男はせせら嗤《わら》うだけだろ。惨《みじ》めったらしって怒り出し、却《かえ》って斬り捨てられるかもな。

そう思わせる冷徹さと残虐性《ざんぎゃくせい》を、この侍に感じていた。

侍に虐《しいた》げられ続けてきた、先祖代々の血がそれを教えていた。

完全に陽が落ちてから、茂造は牢《ろう》に戻された。あの誰もいない、茂造だけが感じられる赤田の亡霊と、ただ二人だけの独居房だった。

3

茂造が山中を引きずり回されていたのと同じ日、幹是軒は、小館の町の中を歩いていた。

何か目当てがあってのことではない。これからどう動くべきか、早くも行き詰まっていたと言ってよかろう。

今幹是軒の頭にあるのは、領主顕猛の本意を探るべくその動向を見極める、ということなのだが、いかんせんこの短日では、まだ館《やかた》に動きのあるはずもなかった。少ない伝《つ》手《て》を頼り、ご領主様から無理難題を課せられた嫡男への同情に訴えるなど手は尽くしているものの、とにかく何かがあるまでは待たざるを得ない。

己の屋敷で無為《むい》なときを過ごすのがつらくて、逃げ出してきたというのが正直な心持ちだった。

町に出れば、幹是軒は町人たちより親しげに会釈をされたり、挨拶《あいさつ》されたりする。正式な役名ではないが、幹是軒は町人たちや会所の役人から『宰領様』と呼ばれていた。

幹是軒が、他の顕猛の家臣たちとは違い、領地や禄米《ろくまい》を扶持《ふち》されてはいなかったと以前に書いた。では幹是軒はどのように己の活計《たずき》を支えていたかというと、関銭や市銭《いちせん》（商人から徴収する商業法人税）の徴収権を得て、その一部を収得するのを認められることによってであった。

まださほど貨幣経済が発展していない時代であり、米とその生産力の源《みなもと》である土地を重視する家臣団の中にあって、幹是軒の報酬の在り方は奇異の目で見られることはあっても警戒されることはなかった。

幹是軒が主に行ったのは、簡単に言えば徴税基準の単純化であった。簡素で平明な制度にすることによって、私益を貪《むさぼ》っているとの疑いを避ける狙いであったのだが、これが人々の将来展望をはっきりさせることにつながり、その結果は商人の定着や物流の増大、商業活動の活発化として現れた。

町が栄える一方で、税率はむしろ下がったにもかかわらず税収は増えるという効果を生んだ。幹是軒に対する尊称や町家の親しみは、ここからきているのだった。

なお、領主に納めた後残った金について、幹是軒は小才次を使って京《きょう》や近江《おうみ》（現在の滋賀）の商人に預けることをしていた。小才次には、「自分の働きに見合う額を取れ」と言って残りを預けさせたのだが、果たしていくら取ったのか、今いくら貯まっているのか、幹是軒は無頓着《むとんちゃく》でいた。

日常の不自由さえなければ、後は関心の外のことだったのだ。

町の半ばに至ると、川並会所のほうから人が集団で歩いてくるのが見えた。連れ立っているというより、二人ほどの後を大勢がついてきている様子がある。

引っついてぞろぞろとやってくるほうの集団は、舟運《しゅううん》の人足たちのようであった。皆が汗染み、着崩したただらしのない格好で、顔に薄笑いを浮かべている。前を行く二人に向かって、何か言い掛かりをつけているように見えた。

人足たちに囲まれかけているほうは、六十は過ぎているのではないかと思われる老齢の武士と、二十歳《はたち》前後に見えるその従者である。

二人とも真っ黒に日焼けし、旅装は汗と埃《ほこり》にまみれていた。柄《がら》の悪い男どもに囲まれて若い従者は不機嫌を我慢する顔になっているが、老いた武士は何ごともないかのように平然と足を進めている。

自分らを相手にしようともせぬ二人の態度に、苛《いら》ついた人足どもの言葉遣いがますます荒くなった。

さすがに放置できなくなったのか、老いた武士が足を止め、穏やかな声で人足どもへ呼び掛ける。

「そう大勢で固まって騒いでおると、町の衆の迷惑になる。我らに用のある者がおるなら仲間の陰に隠れておらず、堂々と前に出てはっきり用件を申し述べたらどうかの」

人足どもがせせら嗤った。老いた武士と歳若い従者を、完全に嘗《な》めきっている様子である。

双方のやり取りを聞いていると、やはり人足どもが数を頼んで因縁をつけているようであった。いろいろ言ってはいるが、発端はどうやら、老いた武士の従者に何かの無礼を咎《とが》められたことが気に食わなかったらしい。

「はて。お主らの言い分を聞いたが、結局我らに恥をかかさねば気が済まぬということであろう。それなれば口だけではなく、やってみるがよい」

穏やかな口調で老いた武士が言うと、屈強な人足どもが二人の周りにさっと広がった。周囲で足を止めて言い合いを見ていた人たちが、巻き込まれては堪《たま》らぬと慌てて逃げ散る。

若い従者が前に出ようとして、老いた武士に後ろ手で制せられた。表情を変えぬまま、老いた武士が目の前に立つ人足を見る。

「お前が頭分《かしらぶん》か」

「だったら何でえ」

問われた人足が、下卑《げび》た嗤いを顔に貼り付かせたまま応じた。

「一遍死んでみるか」

そう言うと老いた武士は、突っ立ったような格好のまま、左手を軽く己の刀の鍔元《つばもと》に置いた。

ただそれだけのことで、まるで急に空が掻《か》き曇《くも》ったがごとく、周囲に漂う気配が一変した。息をするのもつらいような重みを、近くにいる皆が感じさせられていた。

当然、人足たちも同じものを感じたであろう、声にならない驚きが上がった。さらに周囲の仲間も同じ状態だと気づいたことで、人足どもの動揺はいや増した。手足を動かすこともままならぬほどの圧迫の中で、目だけを泳がせて左右の仲間の様子を確かめている。

老いた武士の前に立つ人足の頭分はと言えば、瞬《まばた》き一つすらできずに立ち竦《すく》んでいた。半ば開いた口は呼吸も覚束《おぼつか》ないらしく、顔色が段々と青くなっていく。

老いた武士が柄《つか》から手を放したとたん、目の前の人足が腰を抜かして道にへたり込んだ。

「こたびのみは見逃してつかわす。今後同じようなまねをすれば、即座に首が飛ぶと思え」

老いた武士は、尻《しり》を地べたにつけたままの人足を見下ろして告げると、そのまま踵《きびす》を返して歩き出した。若い従者が、何ごともなかったかのように後に従う。

人足どもは、ただ茫《ぼう》然《ぜん》と二人の後ろ姿を見送るだけだった。

老いた武士は、淡々と歩を進めながらちらりと幹是軒のほうへ目をやった。山間《やまあい》の、小国とも言えぬ程度の領の町とはいえ人通りはそれなりにあり、騒ぎに逃げ散りかけた者らもまだ遠巻きに事態の推移を眺めていた。士分も幹是軒だけではなかったが、老いた武士が意識したのは幹是軒だけのようであった。

「見事なお手並みでござるな」

幹是軒が二人に声を掛けたのは、川並会所のほうから下役が数人、走り来るところが見えたからであった。老いた武士は、幹是軒を見て軽く頭を下げる。

「少しお話をさせていただいてよろしいか」

相手が足を止めるのを見て、幹是軒は老いた武士に近づいた。

「お助けいただいたようで、忝《かたじけの》うござる」

老いた武士は、先ほどより深く頭を下げた。会所の下役が取り鎮めに来たことに、とうに気づいていたようだ。

「なんの、見たところお手前方に非《ひ》はござらなんだゆえ」

会所の下役たちは、老いた武士と話をしているのが幹是軒であることを認めて、手出しを控えていた。

「申し遅れたが、それがしは福坂幹是軒と申す。この佐双様のご領地で、客分として厄介になっている者にござる」

「武庫川《むこがわ》無二斎《むにさい》にござる。これなるは弟子の南八弥《みなみはちや》」

無二斎と名乗った老いた武芸者は、後ろの連れも紹介した。視線をやった幹是軒に、八弥という若者も軽く会釈してきた。

「ご流儀をお広めに旅をなさっておられるか」

そう訊《き》いたのは、武者修行や仕官の旅にしては歳を取りすぎているように思われたからだ。あるいは幹是軒は、同じような老齢で諸国を経巡《へめぐ》る新当流《しんとうりゅう》の達人、塚原卜伝《つかはらぼくでん》の話を聞き知っていたのかもしれない。

「いや。実は、人を捜しての旅にござる」

「ほう、人を」

「この八弥の前に取った弟子にて、村上矢之介《むらかみやのすけ》と申す。当年で二十八になる者にござる」

「村上殿……」

聞き憶《おぼ》えがあった。が、幹是軒はそれを顔には出さず、視線で話の先を促した。

「六年も前に廻国修行に出申したが、戻らぬゆえ捜しております」

不審な話ではあった。この時代、旅は今生《こんじょう》の別れを覚悟して行うものである。ましてや武者修行の旅、いつどこで斬り倒され、屍《しかばね》を晒《さら》していてもおかしくはない。それを、親兄弟ならまだしも、師が当《あ》て処《ど》もなく弟子を捜し歩いていると言う。

「よろしければ、詳しくお聞かせいただけまいか。お手伝いができるかもしれませぬゆえ」

「よしなに」

無二斎は、少しも迷いなく幹是軒の言葉に従った。後ろで、弟子の八弥も低頭した。

「我が流派は、神無しと書いて神無流《かんなりゅう》と申します。他流のように己の上達を神仏に頼り乞《こ》い願うのではなく、どこまでも己を律し突き詰めることにて頂《いただき》に達せんとする術技にござる」

席に腰を落ち着けると、無二斎はまずそう口火を切った。

幹是軒はあらかじめ断った上で、二人を市場会所に伴っていた。川並の下役は、それを見て己らの仕事へと戻っている。

「まずは威をもって相手を制する刀法に見え申したが」

「さすがに練達の将にあらせられる。我が流儀の要諦《ようてい》を、柄に手をやった様子を見るだけで看破なされた」

無二斎はわずかに頭を下げ、肯定と感服《かんぷく》を示した。

しかし、それだけの剣ではない。幹是軒には、抜いた後の太刀行きの疾《はや》さと靭《つよ》さまでが感じられた。

互いに戦場で一軍を率いて対峙《たいじ》するならばともかく、剣術家同士がやるような一対一の闘いでは、自分には全く勝ち目がなかろうと、幹是軒は見取っていた。

「村上矢之介は我が一番弟子にて、神無流をよく遣う者」

「なるほど」

「廻国修行は許しましたが、これほどの永きに亘《わた》るとは思いませなんだ」

「して、その村上殿をお捜しの理由は。お連れ戻しになりたいか」

「我が手許《てもと》に戻るかどうかは、矢之介の存念次第。捜しておるは、ただ我が道統を継がせんがためにござれば」

　無二斎はさらりと述べた。

　後ろの従者をそれとなく観察したが、南八弥という若者は平然と二人の話を聞いていた。己の未熟を自覚し、師の考えに納得しているように見えた。

「真《まこと》に失礼だが、武者修行となれば、不意のこともあろうかと存ずるが」

「それはそのとおり。そうであったとすれば、それもやむなきこと。死んだことがはっきりしたなら、諦《あきら》めも致しましょう。

　しかしながら、三、四年前、矢之介がこの近くを通ったことは確かなようにござる。また、その後どこへ行ったとの痕跡《こんせき》も見当たらぬ。この地が、我が探索の最後の場所となりましょう」

　淡々と、無二斎は語った。鬢《びん》からほつれた白髪《しらが》が、外から吹き込んでくる穏やかな風に揺れていた。

　ふと思いついたように、無二斎が幹是軒の顔を見た。

「ところで、先ほどより影のおる気配が致すが、お手前の連れであろうか」

　世間話と何ら変わるところのない口ぶりである。殺気も邪気もないことまで、感得しているのであろう。

幹是軒は、武芸を極めた者の感覚に改めて驚嘆した。幹是軒では、戦場で気が昂《たか》ぶっているような特別なときを除けば、気配を殺した小才次の存在を知覚することはできない。

「連れ、と言うべきか、気が向けば手前のところに立ち寄る者にござる」

無二斎は興味深げな顔になる。

「これは面白い。そのような忍の話は初めて聞き申す。でき得れば、お目に掛かりたいもの」

「小才次、どうだ？」

存在を知られたことに驚いたのか気分を害したのか、応《いら》えはなかった。

「このとおり、気紛《きまぐ》れ者にござる」

幹是軒は、苦笑しながら謝った。

「いや、忍なれば、そのようなものにござろう」

無二斎はこだわることなくあっさりと諦めた。若い従者の八弥が、半信半疑《はんしんはんぎ》で辺りを見回していた。


幹是軒は二人の話を聞き終え、会所の役人にも話を通しておこうと約束して別れた。会釈をして立ち去る二人の姿を建物の入り口で見送りながら、幹是軒はまだ、村上矢之介についての話をすべきかどうか迷っていた。

五、小此木与左衛門

1

明けて四日目。幹是軒は早朝から、小此木参右衛門の屋敷へ足を向けた。

参右衛門は幹是軒とは違って、妻子もあれば郎党も抱えている。また兄弟親族もそれぞれ家族を持ち家来を抱えて参右衛門に仕えているため、敷地の広さは幹是軒のところとは比べものにならぬほど大きかった。

陽が昇る前に起きて働き出し、沈めばさほどときを置くことなく就寝していた時代である。幹是軒が到着したころには、もう皆がそれぞれの活動を始めていた。

やってきた侍が幹是軒だと気づき、慌てて頭を下げる者もいた。幹是軒は、その者らにいちいち笑顔で応じた。

幹是軒が通り過ぎた長屋脇の空き地では、数人の若者が木刀や木槍《きやり》を持って稽古《けいこ》をしていた。

野太い、割《わ》れ鐘《がね》のような声が上がる。幹是軒には馴染《なじ》みの、戦場の声である。

ほとんどの者が上半身裸で汗を光らせていたが、中に一人、修験者《しゅげんじゃ》の装いをした者が混じっていた。よく見れば、修験者が木槍ではなくただの棒をもって稽古相手を勤めているのは、普段手にする錫杖《しゃくじょう》の代わりであろう。闘いに慣れた先達として招かれ、指導をしているものと思われた。

ふと幹是軒の足が止まり、その目がしばらく修験者の動きを追った。が、誰かが知らせたのであろう、屋敷から早足で迎えに来た者が声を掛けてくると、案内に笑顔を向けてまた足を進め出した。

「お知らせいただきますれば、こちらから参上致しましたものを」

わざわざ母屋《おもや》の外まで出迎えた参右衛門は、挨拶《あいさつ》しながら幹是軒が本日は従者を連れてきていることを確認し、内心安堵《あんど》した。

「なに、突然お邪魔して申し訳ないが、ただの朝の散歩にござる」

幹是軒は笑顔で応じ、稽古を続ける若者らのほうを顧《かえり》みる。

「しばらく戦働きもないゆえ、身体も鈍《なま》ってござれば」

「これはご謙遜《けんそん》を。あの者らに一手ご指南いただきますれば、よい勉強になりましょう」

「いや、年寄りの冷や水、やめておきましょう。ところで珍《めずら》かなお方がいるようじゃが、行者《ぎょうじゃ》でいらっしゃるか」

「いかにもあの者、杉山唱専坊《すぎやましょうせんぼう》と申す修験者にござる。熊野《くまの》権現《ごんげん》に仕える者で、近年この辺りの山々を修行場としてたびたび往来しておると聞き及び、呼び寄せ申した——実は、我らの山入りの案内人としてどうかと考えた次第」

「修験者が、お味方してくだされるのか」

「そこはそれ、地獄の沙汰《さた》も何とやらでござる。権現様へのご寄進を申し出たところ、喜んで応じてくだされた」

無論、寄進は唱専坊殿にお運びいただくが、と参右衛門は秘密めかして付け加える。

「仲間内で、胆力も錫杖の腕前も評判の男だそうにござる」

人物を調べた上での招致《しょうち》であることを、参右衛門は示した。

「後でご紹介くださるか」

幹是軒の依頼に、「喜んで」と参右衛門は応じた。自分の手配りを認めてもらえたようで、気分がよかった。


「ところで今日は」

席を改め、屋敷内に招じ入れた上で参右衛門は問うた。

「一昨日お願いしていた件にござる。お館《やかた》様のご様子がお耳に入っておれば、お聞かせいただきたく参上した次第」

「あの折は訊《き》きませせなんだが、福坂様なればいくらでも直《じか》にお会いになれましょうに、なぜわざわざそれがしのところに」

「いや、ご存じのとおり、今の手前はお世継ぎに寄騎《よりき》（味方、助勢）する立場にござる。

手前が知りたいのは、手前を含めた壬四郎君の手の者がいないときのお館様のご様子——それと、手前がおらぬときの壬四郎君のご様子も」

最後の言葉に参右衛門の片眉《かたまゆ》が吊《つ》り上がるのを見て、幹是軒は付け足した。

「外様《とざま》なれば、この新米寄騎のいない場の様子を知りとうござる」

なるほど、と言って参右衛門は瞑目《めいもく》した。しばらく考えた後、言葉を選びながら口にする。

「お館様のところからも壬四郎君のところからも、特段変わった話は出てきておりませぬ。丈西砦《とりで》の一件以降で申せば、ずっと同じご様子かと存じまするが」

幹是軒は、話の中身というより参右衛門の言い方に違和を覚える。

「丈西砦以降ということは、それ以前とは違いが？」

「……あったことを考えれば、壬四郎君については申すまでもなきかと。お館様については——この場限りのこととしてお聞きいただきたいが——以前よりその気味が見られてはおりましたものの、ますますご勘気《かんき》が強くなられているご様子。突然の怒気に周囲が周章狼狽《しゅうしょうろうばい》することも、このごろは増えておるとか」

「……お館様より壬四郎君へのご催促は」

「そのような使者が出たとも、呼びつけて尻《しり》を叩《たた》いたとも聞いてはおりませぬ」

「この間に、お二人はお会いになっておられるか」

「いや、それぞれ別に過ごされておりまする」

普段から疎遠《そえん》な親子である。泣き付いて免除を乞《こ》うのは矜持《きょうじ》が許さないし、向こうから免除を言ってくるはずもなく、また催促も受けたくないとなれば、壬四郎から会いにいくことはないだろう。

壬四郎の振る舞いは幹是軒の予想どおりだった。問題は顕猛だ。あのような命を発していながら何の動きもないことを、幹是軒はむしろ危ぶんでいた。

しかし、様子見を続けてばかりもいられない。

──やはり、「命を果たそうとしていない」として壬四郎君が突然槍玉に挙げられることは危惧《きぐ》しておかなければなるまい。その際に言い渡される咎《とが》は、果たして受け入れられる程度で留《とど》まってくれるものかどうか……。

楽観してはならぬと、数多くの戦場で鍛え上げられてきた幹是軒の勘が囁《ささや》いていた。

──お館様が動かぬならば、こちらが動かざるを得まい。

参右衛門をはじめ、周囲の者は皆、壬四郎の山入りは既定の事実だと思っていた。しかし幹是軒がしっかりと肚《はら》を括《くく》ったのは、ようやくこのときであった。

2

参右衛門と幹是軒が話をしている座敷に、断りを入れて一人の侍が入室してきた。参右衛門のやや後ろに座すと、幹是軒へ深々と頭を下げる。

「これなるは我が弟、与左衛門《よざえもん》にござる。不束者《ふつつかもの》ではござりますが、お見知りおきのほどよろしく願い奉る《たてまつ》」

参右衛門の紹介を受けてもう一度頭を下げた侍が、直って幹是軒と目を合わせた。参右衛門より五歳ほど歳下か、いくぶん若い以外は、兄とよく似た面立ちをしていた。ともに表情に乏しいが、その理由は兄が生真面目一本だからなのに対して、弟のほうは感情の起伏が面に出ない質《たち》だからであろうか。

「そこもとが与左衛門殿か。お噂はかねがね。しっかりした縁者をお持ちで、参右衛門殿が羨《うらや》ましゅうござる」

幹是軒の言は、世辞ばかりではない。「小此木の家は与左衛門で保《も》つ」とか、「小此木の陰の軍師」、などという世評もある。「お館様より仰せつかった調略は、まず与左衛門が下絵を描き、参右衛門がその実直な人柄で成《な》し遂《と》げる」とも言われていた。

一昨日、幹是軒のところへの突然の訪問も話の持っていき方も、おおかた与左衛門の描いた構図であろうかと、幹是軒は考えた。

「昨日、お指図のとおり、袋井を連れ回しました」

来客へとも兄へともつかぬ口調で与左衛門は言った。自ら挨拶の口上を述べるでもなく、用件だけを直截《ちょくせつ》に口にしてきた。

「これはお手数をお掛けした。このとおりでござる」

表情を穏やかに保ったまま、幹是軒は一揖《いちゆう》する。すると、袋井茂造なる小悪党を山中で引きずり回したのは与左衛門であり、それは幹是軒の依頼を参右衛門が受けたから、ということになろう。

「何の、兄の命にござれば」

与左衛門は無表情のまま、感情の籠《こ》もらぬ声で返してきた。木で鼻を括ったよう、という表現がぴったり当てはまりそうな対応だ。

参右衛門は眉を曇らせ口を開こうとしたが、幹是軒は素知《そし》らぬふりで与左衛門への問いを発する。

「それで、首尾はいかがでござった」

「たぶん、大丈夫かと。少なくともあの男は、そうだと言われれば信ぜざるを得ないでしょう」

「それは重畳《ちょうじょう》」

幹是軒は満足の意を表した。

今度は与左衛門が一揖する。この男、評判に違《たが》わぬ者のようだと、幹是軒は値踏みした。

「ところで兄上」

何か言いたそうな参右衛門に、与左衛門が呼び掛ける。

「福坂様に唱専坊殿をご紹介なさるのでは」

「おお、そうであった。連れて参るゆえ、お主に福坂様の相手を頼む」

参右衛門はそう言うと、「ちと御免」と幹是軒に断りを入れ、気さくに腰を上げた。当人は気づいていなかろうが、与左衛門が席をはずさせたのだ。

幹是軒は、兄のいない場で与左衛門の口からどのような言葉が吐き出されるのか、興味を惹《ひ》かれた。

わずかに沈黙を続けた後、「福坂様」と与左衛門が呼び掛けてきた。

「一昨日のことは、兄から伺い申した。聞く限り、福坂様は率直がお好みのご様子」

「いかにも。回りくどいは性に合わぬ。聞きたいことがあらば、真っ直ぐお訊きなされ」

その言葉に、与左衛門はぐいと相手を見据えた。

「さればまず申し上げる。拙者正直なところ、こたびの一件で福坂様にお味方することには反対でござった」

「なるほど、至極もっともなご意見。正直この幹是軒も、こたびの件でお味方いただいても、参右衛門殿には何の益もなかろうと存ずる」

「兄は、私利私欲のない男。こたびの件に手を出す謂《い》われがないわけではないが、些細《ささい》なことゆえ手を出さずとも周りより非難を受けることはありませぬ。それでも手を出すは福坂様に惚《ほ》れたか、お世継ぎ様に義理立てしたいが本音か、このたびばかりは拙者の言うことに耳を貸そうとしてはくれませぬ」

「何と、この幹是軒が、参右衛門殿に惚れられたかもしれぬと仰せか」

「福坂様。当家にとっては笑いごとではありませぬ――お味方をした、失敗《しくじ》ったでは、お館《やかた》様の怒りの矛先《ほこさき》はお世継ぎ様に向けられるだけでは済みますまい。この小此木家にも災《わざわ》いが降り掛かるは必定と、いたく案じられまする」

「これまた、ごもっともに存ずる――されば幹是軒も与左衛門殿にお尋ねがござる」

何か、という顔で与左衛門は見返した。

「こたびの一件で傍観《ぼうかん》されたとして、小此木家はどうなさる」

「どう、とは？」

「与左衛門殿がおっしゃるとおり、仮に壬四郎君が山入りなされ、何の手柄もなくお戻りになって、お館様よりお叱りを蒙《こうむ》ったと致しましょう。この幹是軒も、蟄居閉門《ちっきょへいもん》になったと致します。

それで、小此木家はどうなさる――儂《わし》が申しておるのは、佐双のお家を、小此木家はどう守《も》り立てるつもりか、ということでござるが」

「それは……我が家だけでどうこう、という問題ではござるまい」

「いかにも。佐双のお家に仕える者、皆の問題にござる」

与左衛門は沈黙した。幹是軒は、静かに言葉を続ける。

「与左衛門殿。この幹是軒も、できるなれば参右衛門殿や小此木のご一統を、巻き込みたくはなかった。一昨日《おととい》、参右衛門殿より合力したいとのお申し出を頂戴《ちょうだい》し、涙が出るほど嬉《うれ》しゅうござったが、それはそれ、これはこれ」

与左衛門は、幹是軒の顔を見つめながら耳を傾けていた。幹是軒の言葉に少しでも嘘があれば、即座に論破しようとの意気込みを胸の内に秘めてのことだ。

「この幹是軒、これまでずっと一人働きを通して参った。それがこの幹是軒のやりよう。だが、こたびばかりは勝手が違い申した。目の前の敵には、己でどうとでも対処致し申す。されど気配はあっても居所の判らぬ相手には、手の出しようがござらぬ。与左衛門殿。参右衛門殿は、やると言ったならば必ずやり遂げてくれる男。こたびの件では、誰より頼りにしております。こたびのみ、どうかこの幹是軒にお力を貸してはくださらぬか」

このとおり、と幹是軒は深く頭を下げた。

「福坂様、お直りくだされ」

先ほどまでよりずっと和らいだ声で、与左衛門が言った。

「さればもう一つ、お訊《き》きしたいことができ申した――そこまでお頼りくださるならば、なぜこたびのみ、なのでござろうか」

思い掛けずも、幹是軒はこの問いにしばし沈黙した。

「されば与左衛門殿」

視線を上げたその顔には、凄《すご》みのある笑みが浮かんでいた。

「この幹是軒の二つ名をご存じか」

——味方殺しの幹是《かんぜ》。

この異名も、かの蓬萊寺合戦の後より人の口に上るようになったものである。

3

与左衛門は、幹是軒の笑みの凄《すさ》まじさに背筋が凍る思いをした。一昨日の出来事についての兄の言葉からは、幹是軒のことを多少は知恵が回る口達者《くちだっしゃ》かと軽《かろ》んずる気持ちがあった。

しかし、今自分の目の前にいる男は、内に野獣を飼っている。戦場に生きる者の迫力を、間近に見る思いがした。

与左衛門が、己の考えを淡々と述べる幹是軒を茫然《ぼうぜん》と見ているところに、参右衛門が唱専坊を引き連れて戻ってきた。唱専坊は幹是軒らのいる部屋の中までは入らず、仕切りの外の廊下で膝《ひざ》を折り平伏した。

「熊野の修験者、杉山唱専坊殿にござる」

参右衛門が紹介すると、唱専坊も自ら野太い声で名乗りを上げた。

「唱専坊殿はおいくつのころより熊野権現にお仕えか」

幹是軒が穏やかな声で訊いた。

「幼き砌《みぎり》より。物心ついたころには、もうお山におり申した」

右手を膝前につき、辞を低くしたまま応ずる。

「お父上も行者をなさっておられるか」

「父も母も存じませぬ。天涯孤独の身にござる」

「杖術《じょうじゅつ》はどこで」

「熊野のお山に、代々伝わる護身の術にござる」

「なかなかお遣いのご様子。お味方いただけるとの由《よし》、たいへん心強く思う」

「もったいなきお言葉。一心に勤めましょうほどに、よしなに願い奉る」

二人のやり取りを満足そうに聞いていた参右衛門が、話にひと区切りついたかと、ここで割り込んだ。

「唱専坊殿は修行にて、この辺りの山々を幾度となく往来されておると聞く。我らの道案内、お頼み申しましたぞ」

畏《かしこ》まる唱専坊を前に、幹是軒が参右衛門へと向き直る。

「それでござるが参右衛門殿。一つ願いがある」

「何でございましょうか」

「ここな唱専坊殿を、我が手許《てもと》に置きたいと存ずるが、お許しいただけようか」

一瞬、理解が遅れた参右衛門は、やがて憤然《ふんぜん》とした。

「福坂様。それは、それがしに手を引けということにござるか」

「兄者《あにじゃ》、そうではない」

隣から与左衛門が取りなした。

「何が違う」

怒りの収まらぬ参右衛門は、今度は弟に噛《か》み付いた。

「兄者、聞け。先ほど兄者がはずしている内に、福坂様の軍略を少し伺った。このたびの相手は風嶽党。我らはそこへ攻め入るが、敵に地の利がある山の中、なまなかなことでは姿を捉《とら》えることもできぬ。そこで、我らは二手に分かれる」

参右衛門だけでなく幹是軒も、己の意図をどのように理解したか、与左衛門の話を興味深げに聞いている。

「小此木の手勢は派手派手しく山に入り、奴らの気を惹く。一方の福坂様は、少数で山に入り、敵の本陣へ忍び寄る——言うなれば我らは勢子《せこ》、仕留めるのが福坂様となる」

参右衛門が、問い掛けるように幹是軒を見た。幹是軒は笑みを返した。

「軍略などは少しも口にしてはおりませぬが、我が言葉の端々《はしばし》から、与左衛門殿は全てを見通されたようでござる。ご聡明《そうめい》な弟御《おとうとご》がおられ、真《まこと》に羨《うらや》ましく存ずる」

実際、与左衛門の理解の早さに舌を巻く思いをしていた。ふと、幹是軒は畏まったままの唱専坊に目を移した。

「唱専坊殿、いかがであろうか」

幹是軒の問いに、唱専坊は問いで返した。

「今のお話は真でございましょうや——もしそうなれば望むところ。福坂様のお役に立てるよう、一心に勤めましょうぞ」

「されば、本日より我が屋敷へ移っていただこうか——参右衛門殿、与左衛門殿、よろしいか」

笑みを浮かべた小此木の兄弟が、満足そうに頷《うなず》き合った。

4

袋井茂造は、いまだ独居房に閉じ込められたままだった。

そこに現れたのは見憶《みおぼ》えのない、修験者の格好をした男だった。さらに後ろから姿を現した男を見て、茂造は恐慌に襲われかけた。自分の首根っこを押さえつけるようにして、赤田の斬首《ざんしゅ》をすぐ目の前で見させたあの侍であった。

侍は茂造を一瞥《いちべつ》すると、牢番《ろうばん》に鍵《かぎ》を開けさせた。

後退《あとずさ》りした茂造だったが、結局は外に引きずり出された。縄を打たれて、そのまま屋外へ連れ出された。前日と同じ、外へ続く出口のほうだった。

前日と違うのは、今日は馬に乗せられたことだ。茂造は、両腕を縛られたまま鞍《くら》を跨《また》がされた。

轡《くつわ》は、馬の脇についた修験者が取った。

茂造が乗る馬の前には、これもまた騎乗したあの侍が、先導しようと待っていた。

茂造が馬に乗せられている分、一行の歩みは前日よりも速かった。

二頭の馬と侍、その従者、修験者、そして茂造という四人の一行は、やはりまた山に向かった。茂造は、もう何が起ころうと驚くことなどあるまいと思っていた。

山の中腹で、茂造は馬から下ろされ、縄も解かれた。

「これより、お主を解き放つ」

これも下馬した侍が、茂造に言った。

「逃げ切れると思わば、好きに逃げよ。我らはここより動かぬ」

茂造は言われたことへの理解ができず、ただ呆《ほう》けたように侍の顔を見ていた。

「行け。それとも、ここで斬られるか」

侍の手が、腰の太刀に掛かった。

背後へ下げた最初の一歩は、斬られることへの恐怖から逃れるためだった。その足が、二歩、三歩と続く。四歩目には、茂造の顔は侍から離れ、己の歩むほうへ向いた。知らぬ間に、駆け足になっていた。

よろよろと足をもつれさせながら、それでも必死に駆けようとする茂造の後ろ姿を、幹是軒は黙って見送った。唱専坊はその隣で不思議そうに、逃げていく茂造と幹是軒を専坊は、問うこともできぬままその背に従った。
そう言って幹是軒が徒歩で進み始めたのは、茂造が木立の陰に消えてからだった。唱
「行くか」
見比べていた。

茂造は、どうしても走るのをやめられなかった。息は苦しい。しかし、自分のすぐ後ろであの侍が刀を振《ふ》り翳《かざ》しているような気がして、足を止めることができなかった。

ようやく足取りを緩められたのは、山を一つ越えた辺りのことだ。振り返っても誰もいない。自分を追う者の気配も感じられない。茂造は、ようやく安堵《あんど》の息を吐いた。

そのときだった。何かが、左手の木立の中を過ぎ去った。低木の枝葉を揺らす音が、森に大きく谺《こだま》した。

茂造は耐えきれずに悲鳴を上げた。飛び去った何かから逃げようと、それがいたのとは反対のほうに逃げ始めた。

その得体の知れぬ何かは、走り続ける茂造の左右を飛び回っていた。ときに、茂造のすぐ後ろまで近づいてくる気配もした。

そのたびに茂造は悲鳴を上げた。飛び回るモノは、猫が捕まえた鼠を嬲《なぶ》るように、茂造を弄《もてあそ》んだ。

悲鳴で喉《のど》も嗄《か》れた茂造が飛び出した先は、山道の曲がり角だった。茂造はそこで何か

と行き合わせ、ぎょっとして立ち止まった。相手も驚いた顔で立ち止まっている。

一瞬、あの侍に見つかったかと恐怖に身を竦《すく》ませた茂造だったが、目の前にいるのは見も知らぬ男であった。薄汚れた衣を帯代わりの荒縄で締め、打ち刀を一本だけ落とし差しにしている。野伏せりのようであった。

野伏せりは、驚きから立ち直ると茂造を値踏みする目で眺める。

茂造は、恐れていたことが起きずに安堵で膝《ひざ》に手を当てて屈《かが》み込んだ。息をするだけで精一杯の状態だ。

「おい、お前。胡乱《うろん》な奴、こっちを向け」

野伏せりが茂造へ呼び掛けた。手は腰の刀に掛かりそうになっている。

茂造は自分も同業だと告げようと、野伏せりのほうを見上げた。受け入れてもらえるなら、男の仲間に加わってもいい。

しかし、茂造が何か言う前に、野伏せりが目を見開いた。

「どこかで見た憶えがあると思うたが、お前は佐双家の道案内。おのれ、我ら風嶽党追《つい》捕《ぶ》の下見に来おったか」

違う違うと首を振る茂造の否定を歯牙《しが》にも掛けず、野伏せりは刀を抜いた。

「これはよいところで出会《でお》うた。手柄が自分から飛び込んできおったわい。我が刀の錆《さび》にしてくれんほどに、そこに直れぃ」

言うやいなや、刀を振り上げた。

茂造にはもう、逃げるだけの余力はなかった。よろめくように後退り、転《こ》けた後は背を向けて、這《は》うように距離を空けるのが精一杯だった。

もう駄目だと思った茂造の脇を、影が行き違った。

自分ではなく、自分の背中のほうから人の倒れる音と呻《うめ》き声が聞こえた。茂造は、恐る恐る振り向いた。

刀を抜いた侍が一人、斃《たお》れた野伏せりを見下ろしていた。手に刀を提げたまま、侍が振り返った。

茂造の口から、声にならない悲鳴が漏れた。侍は、先ほど自分を解き放ち斬るぞと脅した、あの男だった。

ずかずかと歩いてくる侍から遠ざかろうと尻《しり》で後退った茂造だったが、片手で抜き身を持ったままの侍に襟首を摑《つか》まれ、斬り斃された野伏せりのところまで引きずられた。

「よぉく見よ。お前はこの男に危うく斬られるところであった」

横顔を地べたにつけて白目を剝《む》いたまま横たわっている野伏せりの身体からは、まだ大量の血が溢《あふ》れ続け、血だまりから小さな流れができて坂を下っていた。

「よいか。我らは風嶽党を追うため、お前を連れて山へ入る。もし逃げて、一人だけで奴らに出会えば、今度はもう救《たす》からぬ。我らが入るのは、風嶽党が根城としておる山ぞ。行き合うことなく逃げ切れるなどと、軽々しく考えるでないぞ」

幹是軒は茂造を大声で脅し上げていた。唱専坊は野伏せりの死骸《しがい》に向き直ると、その死に顔の前にしゃがみ込み、片手拝《かたておがみ》で小さく念仏を誦《ず》した。

幹是軒は刀を鞘《さや》に納めると、従者が連れてきた馬に茂造を乗せた。茂造はもう、幹是軒の為《な》すがままだった。

「参ろうか」

茂造の乗る馬は従者に任せ、幹是軒自身は騎乗せずに馬の口取りをしながら唱専坊に告げる。

唱専坊は死者に向かってもう一度瞑目《めいもく》し、小声で何か呟《つぶや》くと、立ち上がって幹是軒に従った。


誰もいなくなった山道で、死んで横たわっていたはずの野伏せりが、ゆっくりと起き上がった。

「やれやれ、人使いの荒いことよ」

嘆息《たんそく》した声は、小才次のものだった。

「それにしてもあの行者……」

小才次は、上半身を起こしただけの格好で、眉《まゆ》を顰《ひそ》め呟いた。

5

――「それで、小此木家はどうなさる――儂《わし》が申しておるのは、佐双のお家を、小此木家はどう守《も》り立てるつもりか、ということでござるが」

小此木の一統に味方を乞《こ》うた意図を与左衛門から問われた幹是軒はこう尋ね返したが、「この先どうするつもりか」は幹是軒が自身に問うていることでもあった。

顕猛はもともと真意を人に悟らせぬ振る舞いの多い領主であり、周囲はこれに振り回されて周章狼狽《しゅうしょうろうばい》することが少なからずあった。それは今も変わらず、皆は「お館様は相も変わらず……」と陰で愚痴をこぼしながら走り回っている。しかしながら最近は、その程度が輪を掛けて酷《ひど》くなっているような印象を幹是軒は受けていた。

顕猛の言動には、確かに昔から突飛としか思われぬものが多いが、その前後のもの言いや振る舞いをじっくり見極め、あるいはその後の推移と当人の対応を観察していれば、十分得心できることがほとんどだった。

ところがこのところの顕猛を見ていると、周囲の皆よりはいくぶんか洞察力が高いはずの幹是軒ですら、全く意図の摑めぬ振る舞いが増えていた。

その典型例が、丈西砦《とりで》陥落後の嫡子壬四郎に対する下命である。

攫《さら》われた側室お蓮の方を敵の根城へ踏み入って奪還してくることなど、どう考えてもできることではなかった。今の時点で風嶽党のほうよりいっさいの接触がないことからすれば、攫われたお蓮の方が無事であるかすら定かではなく、たとえ生存していたとしてもその扱いに期待が持てるものではないのだ。

それでもどうしても取り戻したいほどお蓮の方への愛着が深いのであれば、以前の顕猛なら人に任せるのではなく、自ら軍を率いて山へ乗り込んでいたはずであった。とはいえ、ここ最近はずっとお蓮の方のところへの顕猛の渡りがないことは、側近ならずとも多くの者まで知るところとなっている。

――お館様は、いったい何をなさりたいのか。

今の幹是軒には、それが見えなくなっている。

これまで、幹是軒がこの佐双顕猛の支配する地で身の安全を危ぶむことなくやってこられたのは、顕猛との間にどこか相通ずるものを感じ、それに従い自らの身を処してきたからであった。幹是軒が先を見越して打った様々な手立てが、顕猛の意に適《かな》っていたのである。

しかしこたびばかりは――というか、このごろの顕猛の思うところを、幹是軒は把握できなくなってきている。

退《ひ》けどき――本来ならば、そう判断すべき切所《せっしょ》に差し掛かっているのは明らかだった。

しかし、幹是軒は今のままで佐双の領地から退転することができずにいる。それは、自らが負うべきと感ずる「借り」を、幹是軒がこの地に残したままだったからだ。

ならばどうするか。

幹是軒は、壬四郎に与えられた実施不可能な下命に、己もまた参じることにしたのだ。とはいえ、幹是軒一人がどう足掻《あが》いたところで、もともとできるはずのないことが達成し得るはずもない。

――できなければ、できることをする。それも、やれば相手が認めざるを得ないようなことを。

本来、顕猛はこうした回りくどいやり方は嫌う傾向があった。幹是軒が己の企《たくら》みを上手《うま》く達成できたとしても、それで壬四郎が寛恕《かんじょ》されるとは限らない。下手をすれば、幹是軒ともどもばっさりと処断される結果に終わるだけかもしれなかった。

それでも、幹是軒はあえて挑む。

壬四郎がこのまま処断されるような大事が起これば、次子の小太郎がいまだ幼い佐双領は、先々に大きな不安を抱えることになる。

――そんなことになってはならない。佐双のお家のため、そしてこの小館の地のためにも……。それが、己が自らに負うた借りを返せる唯一の手立てであるからには。

この日、些細《ささい》なことから、近習の一人が顕猛によって手討ちにされたとの凶報が飛び込んできた。

ならない。


顕猛は、もうかつての顕猛とは違う人物であると判じるよりなかった。

となれば、嫡子だからとはいえ、いつまでものうのうとしているように思わせてはならない。

その一方、杉山唱専坊を独自に招致していたように、小此木兄弟はすでに人集めを開始していた。この地において客将でしかない幹是軒は、戦のときも兵を預かるだけで自分で用意したことはないから、徴兵にどれだけの手間やときが掛かるかを詳細に把握してはおらず、兄弟に「やめよ」と言うわけにはいかない。

しかしながら敵に忍が付いていることを前提とすれば、兄弟の動きがいつまでも察知されないなどと安易に考えるべきではない。敵に十分なときを与え、もししっかりとした対応を取られてしまったならば、壬四郎を抱えながらの攻めが上手くいかないどころか、逆襲に遭って万が一の事態が生ずることすらあり得た。

対してこちら側は、いかに領主世子を大将として頭《かしら》に戴《いただ》いていても、いずれの隣領にも警戒が必要な中で「領主ご側室奪還」を名分に山入りする軍勢には、動員できる兵数に上限があるのだ。それでも結果を出さねばならぬとあれば、敵方が対策を用意する前に動くしかなかろう。

いずれにせよ、格言に言う『兵は拙速《せっそく》を尊ぶ』を地《じ》で行くより他に手立てはない。もともとそのつもりではあったが、出立《しゅったつ》のときは、当初の想定よりもさらに間近に迫っていると思わねばならなかった。

六、武庫川無二斎

1

丈西砦陥落より五日。

幹是軒は小此木参右衛門と待ち合わせ、領主館《りようしゆやかた》別館へと赴いた。いよいよ、佐双家嫡子壬四郎に山入りのときを告げるためであった。

小此木の兄弟は、幹是軒より先に壬四郎の住まう別館に着いていた。

中へ入ることなく館の前庭に佇《たたず》む二人の前に、額を地に擦《こす》りつけて土下座する者がいた。丈西砦の生き残りにして、領主顕猛より壬四郎に付けられた足軽甚助であった。

小此木兄弟は、やってきた幹是軒に気づいて頭を下げた。

「どうなされた」

幹是軒は、足下に這《は》いつくばる甚助を見やりながら問うた。

「なに、佐双のお家の厳しさを知らしめていたところにござる」

兄弟の弟与左衛門が冷たく言い放ち、言葉を続ける。

「福坂様。こやつ、本当に連れていかねばなりませぬか」

「お館様の命にございますからな」

与左衛門は口をへの字に曲げて押し黙った。その脇で、兄の参右衛門が窘《たしな》める。

「与左衛門。我らが為《な》すべきことをきちんと為せば、高が足軽一人なぞ何ほどのこともない。気にすまいぞ」

「左様ですな。足手纏《あしでまと》いになれば、斬って捨てるだけのこと。お館様も好きにせよとの仰せなれば、文句は言われますまい——これ、下郎。しかと聞いたか。刀の錆《さび》になりたくなくば、懸命に働け。もしまた居眠りなどしたら、二度と目醒《めざ》めぬようにしてくれる。あい判ったか」

甚助は、さらに強く地に額を擦りつけて「へへー」と畏《かしこ》まった。

「ご両所。お世継ぎ様をお待たせするわけにはいき申さぬ。参りましょうぞ」

当然、壬四郎には先に使いを出して本日の謁見の許可を得ている。幹是軒は二人を促して先に行かせ、己はしばし遅れて佇んだ。

「甚助」

小此木兄弟がその場から離れるのを待ち、幹是軒は小声で呼び掛けた。

「面を上げよ、胸を張れ。お主が為すべきはただ一つ、お世継ぎ様へのご奉公。他のことにはいっさい目をくれるな」

「よいな」

顔を上げた甚助の目の色は、暗かった。

最後にひと言念を押して、幹是軒も小此木兄弟に続いた。

——後は、甚助次第。

そう思い切りをつけて、次に控える壬四郎との対面に頭を切り換えた。

幹是軒が追い着き三人で近習の案内に従っていると、参右衛門が苦虫を嚙《か》み潰《つぶ》した声を発した。

「もう少し見どころのある奴と思うていたに」

幹是軒には意外な言葉であった。

「あの者、前より見知っておられたか」

兄に代わり、与左衛門が答えた。

「もともとは我が手の者にござる。武勇の才はないものの、仲間内の面倒見はよいゆえ足軽頭に引き上げ申した」

常に激戦地にぶつけられる第一線の部隊ではあり得ないことだろうが、主に輜重《しちょう》（輸送）や占領地の慰撫《いぶ》（治安維持）などに当たる小此木の手勢にあっては、そういう兵が有用なのかもしれない。

与左衛門は続ける。

「丈西の砦《とりで》を造るとなった折に、お手伝いに出したまま向こうに付けられ申した」

後を、兄の参右衛門が引き取った。

「隣国と接せぬ砦なれば、却《かえ》ってあのような者こそ地固めの役に立つかと思い、うかうかと出してしまいました」

参右衛門が、博打《ばくち》としか思えない企てに自分から進んで協力を申し出てきた理由がこれか、と幹是軒は得心した。

怜悧《れいり》な弟は、己らのところから離れて以後の不始末は引き取ったほうの責任と割り切れても、実直な兄はそうはいくまい。

――山入りへの合力に関し、参右衛門に他意はない。

一つ、絡まった結び目が解《ほど》けたと、幹是軒は思った。

謁見の場では、壬四郎とともにやはり家宰の平河老人が待っていた。

幹是軒はその二人に、いよいよ山入りすること、二手に分かれ幹是軒のほうはごく少数で動くこと、手勢の大部分は小此木参右衛門が率い、壬四郎には参右衛門の手勢の旗《はた》頭《がしら》になっていただきたいことを、順に説明した。

幹是軒の後ろには、小此木兄弟が控えていた。与左衛門は平伏したまま、頭も上げられない。実の弟とはいえ身分としては参右衛門の家来の扱いであり、本来主君の継嗣《けいし》と同室できるような者ではなかったからである。

平河老人は、納得顔で幹是軒の話を聞いていた。

――山入りは危険。しかし入らねば若君の首がうそ寒い。

進退窮《きわ》まった気分であった。

その若君の安全が、小此木兄弟の手勢に守られることで、いちおう確保される。しかも話しぶりからすれば、危険があることは幹是軒のほうで引き受けてくれそうだ。

十分満足——とまではいかないが、「これならば」とは思える策であった。

「さすがは幹是軒殿。これなれば山賊ずれの一つや二つ、いかようにも平らげられましょう」

目先の心配がなくなって急に太平楽なことを言い出した平河老人に、幹是軒らは内心苦笑した。

「して、この別館からは何人用意すればようござろうか」

気分が大きくなって、足りなければ何十人でも新たに雇うぞと言い出しかねない勢いである。

「その儀なれば、若君お一人にて——いや、甚助をお連れの上、後はこの小此木の手の者にお任せいただきたく」

壬四郎の取り巻きが、主《あるじ》のことだけを優先して、あるいは主を口実にして策戦《さくせん》行動に制約を掛けてくることを、幹是軒は危ぶんだのだ。

もし、壬四郎自身が山に辟易《へきえき》して進軍を渋るなら、それはそれで構わない。

幹是軒の策は破綻《はたん》するであろうが、今の戦国の世に、そのような人物であれば顕猛の跡を継いだとて、早晩この小館の地は他領の軍勢に呑《の》み込まれることになるのだ。結果は壬四郎自身に還《かえ》るのであるから、幹是軒はこの点で譲る気は全くなかった。

いやそれは、と幹是軒の提言を覆そうとした平河老人を、壬四郎が遮った。

「爺《じい》、よい――それより福坂、父はこれを認めるであろうか」

壬四郎は自らの危険より、顕猛の意向を気にしていた。

幹是軒は、ぐいと胸を張った。

「なんの、お館様が反対なされることがござりましょうや。若君のお許しをいただければ、これよりすぐにこの幹是軒が、お館様からご了承を頂戴《ちょうだい》して参りまする」

壬四郎は返事をせず、何かの考えに沈んだ。

それからは、幹是軒らへの礼の言葉も激励も、平河老人が代わりを引き受けたように行った。壬四郎は、平河老人に促されたときだけ三人へ曖昧《あいまい》な言葉を掛けた。

その後向かった領主館では、さすがに与左衛門は遠慮して別室に控えた。

領主面謁の場では、顕猛は幹是軒の言葉を無言で聞き、「判った」とだけ言って下がらせた。拒否をしないことだけが、こたびの承認の証《あかし》であった。

そのまま、幹是軒と参右衛門は顕猛の前より下がった。幹是軒の不安と懸念は、解決されぬままに残された。

領主から了承を得たことを壬四郎に報告した後、昼からは、山入りの具体的な手配で潰れた。詳細を小此木兄弟と打ち合わせて己の館《やかた》に戻るころには、もう日が暮れかけていた。

2

また供も連れず独り歩く幹是軒は、考えに沈んでいた。

山入りでは、不測のことも考えられた。ならばその前に、もう一つ為すべきことが残っていた。

どうなるかは話をしてみなければ判らなかったが、肚《はら》を割って話した上であれば、ときは貸してくれようというのが、幹是軒の結論だった。

幹是軒は、帰途をはずれて川並会所に近い堂宇《どうう》の前に出た。もとは道祖神《どうそじん》かなにかを祀《まつ》った場所に床と屋根を付け、隙間だらけに板で囲っただけの粗末な祠《ほこら》である。

かろうじて雨露《あめつゆ》を凌《しの》げるというばかりで本来人が寝泊まりできるようなところではなかったが、老武芸者とその弟子は、この場の屋根を借りると言っていた。

幹是軒が堂宇の前まで来ると、中から南八弥と名を知らされた若者が現れ、頭を下げてきた。幹是軒が手を挙げて歩み寄ると、八弥は中に招じ入れる素振りを見せた。

灯《あか》りもない堂宇の中はすでに暗く、その暗がりの中にさらに濃い闇を凝《こご》らせたような姿で、武庫川無二斎は座していた。

幹是軒は手に提げた大徳利《おおどっくり》を無二斎の前に置くと、自分も腰を下ろした。

「土産とも言えぬものだが、酒をお持ちした」

無二斎は黙って頭を下げた。

八弥が幹是軒の背後を通り、どこからか二つの木地碗《きじわん》を出してきて客と己の師の前に置いて下がる。

幹是軒が徳利の栓《せん》を抜き、二つの碗に中身を注ぎ入れた。幹是軒がまず碗を取り、無二斎が続いた。

わずかに碗を翳《かざ》してから、幹是軒が濁り酒を口にした。酸味を伴った濃厚な液体が、喉《のど》を通り過ぎる。無二斎のほうは、わずかに口をつけただけのように見えた。

八弥は堂宇の入り口で膝《ひざ》をつくと、幹是軒に「ごゆっくり」と挨拶《あいさつ》し、無二斎に「夜《よ》稽古《げいこ》に行って参ります」と断りを述べた。

二人に一礼し、表へ出ていく。その姿を見ながら、幹是軒が口を開いた。

「お弟子は、お一人で稽古をなされるか」

「偶《たま》に手直しを致しますが、今は一人稽古が多《おお》ござる。もとより剣とは、自ら会得《えとく》するもの」

「どの道も、極めんとすれば厳しゅうございますな」

その感慨に、無二斎は応《こた》えなかった。

「本日は、影をお連れではないようにござるな」

「控えさせました」

またしばらく無言のときが流れた。無二斎は、幹是軒が小才次を伴わなかったことの意味に思いを巡らせた。

「ときに福坂様。本日お見えになられたは、矢之介のことについて何かお判りになったことがあると考えてよろしゅうござろうか」

幹是軒は碗を置くと、居住まいを正して無二斎に向かった。

「無二斎殿。実は、お詫《わ》びがござる」

無二斎は、黙って幹是軒を見返した。

「先日は申し上げませなんだが、この福坂幹是軒、村上矢之介殿を以前より見知っており申す」


「あれからもう、三年になりましょうか」

無二斎より視線をはずし、昔を思い出すように幹是軒は話し始めた。

当時の佐双家の領内では、領主佐双顕猛と蓬莱寺の門徒衆との対立が激化し、一触即発の状況となっていた。

先に暴発したのは門徒衆のほうで、村々を巡回する佐双の役人を襲撃したり、領主に従う村長《むらおさ》の家に押し入ったりという騒ぎが頻発した。そして警戒に当たる佐双家の手勢が、行き合わせた蓬萊寺の僧兵と直接衝突したことで、両者の全面対決は避けられない情勢となった。

その折、蓬萊寺の門徒衆が強気であったのには理由がある。日ごろより離合集散を繰り返すのが常の豪族や国人衆のほとんどが、蓬萊寺側についたのだ。豪族たちの立場からすると、戦国小名へ変化を遂げつつある佐双家の軍事力強化に脅威を覚え、臣従を強要されてしまう前に弱体化させせんと図ったものと思われる。

いずれにせよ佐双家は、近隣諸領からの干渉こそ受けなかったものの、自領内の武闘勢力を敵に回して、ほとんど子飼いの家臣団のみで対処せざるを得ない状況に追い込まれていた。

村上矢之介は、そのようなときに幹是軒の前に現れた。明日はいよいよ決戦、という日であった。

二十代も半ばには達しないであろうと見えた若者は、幹是軒に対し堂々と陣借りを申し出た。

素性も知れぬ矢之介の帯同を許したのは、「自分は旗持ちすら抱えてはおらぬ」と告げた幹是軒に対し、「そこがよい」と評した矢之介に小気味のよさを感じたからであった。誰が宗門に寝返っているかも判らぬような戦場であれば、自分の目だけが頼りとの思いがあったことも確かである。

矢之介を伴って出陣した幹是軒は、顕猛より二人の物頭とその手勢を預かった。与えられた任務は、間道《かんどう》を通って佐双の本軍と戦闘中の敵の側面に出、奇襲を掛けることにあった。

しかし、自領内とはいえ豪族国人のほとんどが敵方についている以上、地の利も敵にあった。幹是軒が指揮する遊軍の行動は、完全に敵の索敵網《さくてきもう》に捕捉《ほそく》されていたのである。間道を伝《つた》う途中で奇襲を受けたのは、幹是軒のほうであった。

策戦実行までの時間に余裕のない幹是軒の遊軍は、十分な警戒態勢を取れないまま道を急いでいたのだ。襲い掛かる場所も計算しつくされており、幹是軒の遊軍は分断され、散り散りになりかけていた。

一方主戦場では、それぞれの主力がぶつかり合っていた。が、勢いは宗門側にあった。個々の兵の質は同等でも指揮官の優秀さで佐双家側がやや上回っていたものの、数の多さで圧倒されていたのだ。

佐双家では宗門側の軍略について、本寺を中心に置いた防衛戦を念頭に置いて行動してくるだろうと踏んでいた。しかし予想に反し、宗門側はほぼ全兵力を前面に押し出して総攻めしてきたのだ。顕猛の軍は押しまくられ、じりじりと後退しつつあった。

遊軍を指揮する幹是軒は、乱戦の中で当初の策戦遂行を諦《あきら》める決断を下した。周囲の騎馬武者だけを取り纏《まと》めると、来た道を急速に戻り始めた。敗走と呼ばれても、反論できない行動であった。

結果、幹是軒たち十数騎はその場から脱出できたが、徒《かち》の者（歩兵）はほとんどが取り残され、壊滅した。

大きく数を減らした一行は、戦闘中の小集団に出くわす。佐双軍の本体から分断されて敗走する途中に敵に追い着かれ、包囲された者たちであった。幹是軒はその戦闘に横合いから乱入し、敵を蹴散《けち》らすことに成功した。

幹是軒はそこで兵を纏め直し、間道をはずれて主戦場へと出た。新たに加えた手勢が本軍から分断された者らであったから、再編制さえ終えれば主戦場まではすぐに到達できたのである。

主戦場では、もはや佐双軍は大きく押し込まれ、頭猛の本陣までもが乱戦に巻き込まれようとしていた。

そこへ、再編した手勢を伴った幹是軒が突っ込んだ。敵にすれば、勝ち戦がすぐ目の前に見えてきたところに、真後ろから殴られたようなものであった。

宗門側の落ち度は、勝ちに乗りすぎて早々に予備兵力まで前線に注ぎ込んでしまったことだ。宗門側に、戦線を立て直すために追加できる兵力は、全く残っていなかった。

職業的な軍人が指揮する集団ではないため、敗勢が濃厚になるとその崩壊は早かった。戦いの結果は、佐双家側の圧勝に終わった。

戦そのものでの損害も決して少なくはなかったが、宗門側は、戦闘に直接参加しなかった僧まで含めて、ほとんど人の残らぬ有り様となった。いち早く逃散《ちょうさん》し得た者は目端《めはし》が利いていたと言えよう。

戦後顕猛は、宗門側の関係者をほぼ根絶やし――いわゆる「根切《ねき》り」――にした。

「それが、蓬莱寺合戦のあらましにござる。村上矢之介殿は、手前が率いた手勢が雁《かり》の坂《さか》で奇襲を受け、取って返そうとしたときまでは、確かにそばにおられた。徒（徒歩）ではあったが、あの進退の素早さなれば追い着いてこようと思っておった。しかし、小《お》見《み》でお味方を救出し手勢を纏め直したときには、もう姿が見えなんだ。

おそらくは雁の坂に残り、討ち死にされたのであろう」

ひと息にそこまで語ると、幹是軒はほっと溜息《ためいき》をついた。

3

幹是軒は、夕べの暗闇に隠れた無二斎の顔を真っ直ぐに見た。

「手前が村上殿を置き捨てにしたと思われるならば、それもやむなし。ただ、この地であったことはお伝えしておきたかった」

「町人たちの噂では、山賊討伐のためにお山入りをなされるとの由」

無二斎は感情を交えぬ声で、別のことを持ち出した。

「風嶽党と申す。山賊というは、ちと違う。

風嶽党とはそもそも、蓬莱寺合戦で宗門側に付いた国人、豪族どもが、自分たちの集まりを称して言ったものにござる。合戦後、生き残りがこの名の下に糾合《きゅうごう》し、いまだ佐双のお家に楯突《たてつ》いてござる。が、きゃつらにはきゃつらの理屈があり申す。

実は風嶽党の面々、いったんは宗門側に付いたものの、坊主どもの人を人とも思わぬやり口に反発するところがあり申した。無論、そうなればこちらとしても調略の手を伸ばします」

宗門と豪族、国人衆は反佐双で思惑を同じくしたものの、実はその利害は完全に一致してはいなかった。宗門が理想としたのは、宗教の下に百姓町人が自治を行う、加賀《かが》一向一揆《こういっき》のような国づくりであったが、必ずしも宗教で宗門と結びついたわけではない豪族、国人衆にとって、それは好ましい体制とは言い切れなかった。

有力国人らによる農民支配の形態は、むしろ佐双家のほうにずっと近かったからである。佐双家が行っているような支配が否定されるということは、自分らの支配体制も同時に否定されるということだったのだ。

加えて、宗門上層部が、豪族、国人衆らを己らの配下のごとく意のままに動かそうとしたことが、豪族、国人衆の反感を買い離反させる一つの要因となった。彼らは対等な同盟を組んだつもりであって、臣下の礼を取った意識などさらさらなかったのだ。

だからといって、佐双家に寝返ることで一致団結したかというと、ことはそう単純ではない。豪族、国人衆の中にも宗門に深く帰依《きえ》する者がいて、そうした連中は当然、宗門と一蓮托生《いちれんたくしょう》のつもりでいたからだ。

佐双家の誘いを受けた風嶽党は、おおよそはそちらに気を移しながら、身動きができない状態になっていた。

「儂《わし》は、小見で味方の軍勢を立て直し、葛ヶ原《くずがはら》へ出て本陣へ駆け向かおうとしておった。全軍、前だけを見てあらん限りの速さで突き進んでおり申した。

が、気づいたときには横手に新たな伏兵がおった。儂は、心底から恐怖し申した――隊伍《たいご》などは気にもしない急進であった。ここで横合いから突き入れられては、全滅は免れ申さん。よしんばこの場だけは凌《しの》げても、本陣を救えない以上、佐双家は終わりであった。臍《ほぞ》を嚙《か》む思いであったが、もう如何《いかん》ともしようがなかった。

しかし、横手の伏兵は、隠れ潜《ひそ》む森から動かなんだ」

「それが、風嶽党だったのでござるか」

「その一隊でござったろう。

今振り返ればその時の手前の恐怖は、ここで覆滅させられたたなれば雁の坂での転進から全てが、尻《しり》に帆《ほ》掛けて逃げた末の全滅と見られるということにあったように思う。味方の勝敗より、お館《やかた》様のお命よりも、自らの名を惜しんだのでござる。

結果は、お味方大勝利。この幹是軒も大いに面目を施《ほどこ》し申した。その陰で、当初より儂の手許《てもと》に置かれた者も、小見で新たに加えた手勢も、おおよそ命を失った――一将《いっしょう》功《こう》なって万骨枯《ばんこつか》る。まさにこの幹是軒のことにござる」

自嘲《じちょう》する口調で、幹是軒は言った。気を取り直して続ける。

「後の戦勝の祝いに、お館様は風嶽党の主だった者を全て招かれ申した。風嶽党からすれば、自分らが調略に応じて動かなかったことで佐双家が勝利した、というつもりであったろう。だが、お館様の考えは違い申した。

馳走《ちそう》の席に臨《のぞ》んだ風嶽党の面々を、お館様は伏兵に囲ませて一人残らず撫《な》で斬《ぎ》りにさせ申した。お館様にすれば、加勢もせずに傍観した者は敵と同じ、ということでござったろう」

幹是軒は口にしなかったが、彼はこの戦後の虐殺には関与していない。蓬莱寺合戦での戦功を認められたものの、預かった手勢をほとんど失ったことから褒美も辞退し、自ら出仕を遠慮していた間の出来事だった。

「なぜそこまで、このような放浪の芸者（武芸者）にお家のことを」

「さて、なぜでござろうか」

答えにならない答え方をして、しばし考えに落ちた幹是軒が語ったのは、先ほどの自分の話の続きだった。

「それぞれの所領を失った豪族、国人衆は、己《おの》が領地を捨て、奥山に入り申した。それが今の風嶽党にござる。一説には、国人の中でも主だった家の一つの柿沼統《かきぬまとう》の隠居、方《ほう》円入道《えんにゅうどう》なる者が取り纏《まと》めているとも言われておりまする。

里に残ったのは女子供、それに老人ばかりでありましたが、お館様は赦《ゆる》されなんだ。

戦勝の祝宴に呼んだ者どもと同じく、鏖《みなごろし》に致した――以来今日に至るまで、風獄党は佐双家を仇敵《きゅうてき》と見なし、隣領の領主と結ぶなどして抵抗を続けており申す」

しばし、二人ともに沈黙した。次に口を開いたのも、幹是軒であった。

「お聞きいただき、少し心が晴れ申した――無二斎殿、村上矢之介殿のことは、このとおりにござる」

無二斎に向かい、深々と頭を下げる。

「したが、無二斎殿にはまだあのような頼もしき後継がござらっしゃる。手前のことはこの山入りが終わるまで、しばしときをお貸しいただきたい。

勝手な申し分なのは重々承知なれど、この幹是軒、佐双のご一統に借りがござれば、それを果たすまで、どうかお願い申す」

4

「川並の人足どもに絡まれておるところで初めてお会いした際、福坂様は、客分としてこの地におられると仰せであった」

この重大事を告げた場面で無二斎の話がまた飛んだことに、幹是軒は内心で眉《まゆ》を顰《ひそ》めながらも真摯《しんし》に応《こた》えんと努めた。

「いかにも、手前は客分としてお館様のところでご厄介になっている身」

「しかし、こたびはそのご領主様より命を受けたご嫡男への供を、自ら買って出られたとの評判にござるが」

「下々の噂について詳しいところは存ぜぬが、それもまた、流言《りゅうげん》ではございませんな」

「なぜさようなことを？」

質問の意図を探る表情の幹是軒に、無二斎は言葉を足した。

「蓬萊寺合戦なるこの地の戦の推移と、福坂様のお働きを伺い申しましたが、客分として一手を預かっただけの将なれば、己が率いる親しくもない者らと息を合わせるだけでも一苦労。そこで出る損害は、御大将も含めて皆が覚悟しておったところにござりましょう。それを、数々の困難を乗り越えて窮地の本陣を救ったばかりでなく、見事に敵を殲滅《せんめつ》するほどまで戦況をひっくり返したとなれば、誰に憚《はばか》ることなき大手柄――それを、福坂様はまるで大失敗《おおしくじ》りのように語られた。

こたびもそう。領主世子が強《し》いられた、己自身とは関わりなき無理な出兵に、自ら加わらんと名乗りを上げたと仰せである。

代々佐双家に忠義を捧《ささ》げてきたお家柄とか、ご世子にとても返せぬほどの恩義があるなどというなればともかく、失礼ながら、福坂様のお振る舞いはただの客分が関わらんとするようなものとは、まるで違っているように見え申した。

ゆえに、なぜさようなことをと問わせていただいた次第」

幹是軒は、己の行動が外からはどう見えるかを初めて指摘されて驚いた、とでもいうような顔で、まじまじと無二斎を見た。

「これは、深入りしすぎたもの言いにございましたかな。癇《かん》に障《さわ》られたならご容赦いただきたく」

軽く低頭した無二斎に、幹是軒は「いや」と首を振った。

「お待ちいただけぬかと無理を申し上げたはこちらのほう。なれば、隠すところなくお話しせねばならぬのは当然のこと――なれど……」

幹是軒は己の心の内を探るようにしばらく沈黙し、無二斎は再度幹是軒が口を開くまで静かに待った。

「さようですな……どうお答えしたものか、迷うところはござるが、他に思い当たるところがありませぬで、まずはお聞きいただきましょう。

手前、父親の顔も母親の顔も憶《おぼ》えてはおりませぬ。物心ついたときには、ある山城で働いており申した――とはいえ年端《としは》もいかぬ子供のこと、邪魔になるばかりでろくな働きにもなっておらなんだでしょうが。

手前がいたのは、こことさほど変わらぬ山の中、ご領主に任せられた小さな支城にござった。支城のご城主は情け深きお人にて、この身寄りのない小僧へ実の子と変わらぬほどの愛情を向けられ、慈《いつく》しんで育ててくだされた。とはいえ、やはり城主の子とは立場が違い申す。身分の隔《へだ》たりがあることは、幼き身とは申せしっかりとわきまえていたつもりでござった。

ところがある日、危険なきときなれば幼子ゆえ城のどこへ立ち入っても見逃されていた手前は、ご城主の御座所近くで聞いてはならぬことを耳にしてしまったのでござる――それは、ご城主のご子息が、なぜ手前を養子として受け入れないのかと責める声にござった。その真摯なもの言いに幼き手前も胸を熱くし申したが、ご城主は頑《がん》として聞き入れようとはなさらなんだ。

　当然のことにござる。己らの血筋とは全く違うただの孤児を、傍流とは申せ名のある武士の籍に加えることなどできるものではござらぬ。それは判っていたつもりであったが、『ああ、そうか』とどこかで力の抜ける思いがあったこともまた事実にござった。

　その後も手前は何ごともなかったがごとく日々を送っておりましたが、この戦国の世、いつまでも平穏な暮らしは続きませなんだ。

　我らがおったは支城。敵対する隣領との境に造られ、いざ合戦となれば最初に攻められる場所にござる。ある朝、ずいぶんと騒がしいと思いながら起きてみれば、山を背にした我が城の前面はぐるりと敵兵に囲まれており申した。そこからの戦いの激しさは、今思い出しても身の凍るほどにござった。

　ご城主をはじめ支城の方々は皆獅子《しし》奮迅《ふんじん》の働きをなされ、いかに攻め立てられようとも、一兵たりとも敵は通さずしっかり己らの城を守り抜き通されたのでござる。しかし、結果は負け戦――別口より攻め立てられた主城が陥《お》ち、敵にご領主様の首級《しるし》を挙げられてしまえば、支城一つがいかに奮戦しようともう先はありませぬ。敵方からの降伏の勧告を、ご城主様は従容《しょうよう》として受け入れ門を開いたのでござりました」

淡々と話を続けた幹是軒が、ほうと一つ息をついた。そして、先を続ける。

「降伏、開城の条件は一つ。それさえ呑《の》めば、城兵は斬られることも囚《とら》われることもなく皆解放すると。

手前は他のお城の方々とともに、敵兵が見守る中、物心ついてよりずっと暮らしてきた城より落ち延びていったのでござる——手前が背にした城の中で、ご城主様とそのご子息の方々が皆腹を召されているときに」

なおも幹是軒の口ぶりは変わらなかったはずだが、なぜかそれは、どこか哀調を帯びて聞こえた。

「ご城主様の真意に思い至ったのは、ずっと後になってからのことにござった——敵対していた隣領と、ご城主様の仕えたご領主様との間には大きな力の差があった。それでも長年の間攻め取られることなく済んでいたのは、あの支城のご城主様の奮戦があったお蔭《かげ》。

しかし、それもいつまでも続くものではなかった。ご城主様は、それを判っていらっしゃった。そして均衡が破れたとき、隣領の領主が他の者の助命を認めても決して赦すことのないのが、これまで幾度も苦杯を嘗《な》めさせられた我らがご城主様であることも。

手前がご城主様の子になれなんだのは、たとえ養子であっても、いや養子にするほど見込まれたのだと思われた子ならなおのこと、助命が叶《かな》うはずなどないがため。ご城主様に手前は、さほどに慈しんでもらえたのでござる」

「その後は？」

　ぽつりと問うた無二斎に、幹是軒は微苦笑を浮かべて答える。

「様々なところを流離《さすら》い歩き、今の手前がござる。その間には人には言えぬようなことにも数多く手を染めましたし、あの世《むこう》へ行ってご城主様とお会いできたなら、大いにお叱りを受けるような生き方をして参りました。

　が、無二斎殿よりご指摘を受けて自らを顧みたれば、かように汚れた我が身であっても、どこかであのお方のような有りようを求めていたのかもしれませぬな――他に、思い当たることはなし」

「……こうしたお話は、今までどなたかに？」

「いや。ともに城を落ちた面々ともすぐに散り散りになり申したし、その後はかような話をする機会もござらなんだ。あえて避けてきたとも言えましょうが――お手前が、初めてにござる」

「厚かましき興味に任せて、つかぬことをお訊《き》きしましたな。不躾《ぶしつけ》な願いを口に致し、真《まこと》に申し訳なきことをした。このとおりにござる」

　頭を下げる無二斎に、幹是軒は首を振った。

「勝手な言い分で無理な日延べをお願いしたは手前にござれば、なぜかと思われたことにはせめて誠実にお応えするのがこちらにできる精一杯。頭を下げていただくようなことではございませぬ」

幹是軒の言葉をじっと聞いていた無二斎は、これまでとは違う口調で己の意志を語り始めた。

5

「さほどの誠意をお見せいただいたとなれば、こちらもそれに見合う話をせねばなりませぬな——先ほど福坂様は、八弥のことを我が頼もしき後継と仰せであったが、あの者は、我が道統を継ぐ者には非《あら》ず」

「！ それは……」

「福坂様が腹蔵《ふくぞう》なくお話しくださったゆえ、手前も恥を申し上げる。どうかお聞き流しくだされ。

剣術で生きていこうとするなれば、どうしても流儀の優劣を競うということを避けては通れぬ場合がござる。仕合《しあい》も決闘も、剣を頼みに生きるなれば当然のこと。

十年近く前に、ある芸者と真剣で立合い申した。国東左馬之介《こくとうさまのすけ》と申し、無尽流《むじんりゅう》なる流麗な技を、巧みに遣う男であった。

早朝より両者対峙《たいじ》し、二刻（約四時間）を過ぎても勝負はつきませなんだ。どのように気を張っても、どうしても打ち込めませぬ。それは、国東も同じであった様子。さらにもう一刻ほど睨《にら》み合っておりましたろうか。次第に年の差が出て参り申した。こちらはすでに五十を過ぎた老剣客。国東は三十前後の気力充実した男盛りにござった。勝負は、呆気《あっけ》なくつき申した――進退窮まった手前が、待ったを掛けたのでござる」

参ったと言ったのと同様、敗北を認めたことになる。

「国東は刀を引き申した。儂《わし》を斬らずに済んだことを、むしろ喜んでくれ申した。あれは、気のいい男にござった。

じゃが儂は、我が流儀が敗れたことで頭が一杯であった。

国東は、それはもう強い男でござった。その剣に弱点があったとすれば、勝負への気の張りようがあまりにも強いために、その後に弛緩《しかん》が来るところ。あるいは、芸者としては気がよすぎたことにござろうか。

儂は、国東を背中から斬り申した。国東が声も上げずに斃《たお》れたところを見下ろして、自分自身に『我が流儀は負けていない』と強弁していたのでござる。

仕合、ことに真剣での仕合は、一方が斃れるか、双方別れるまでは終わらぬ――兵《ひょう》法上《ほうじょう》そのような理屈はつけられても、我が卑怯《ひきょう》もまた確か」

幹是軒は、無二斎の告白を黙って聞き続けた。

「先ほど八弥を我が後継と言ってくださったが。八弥の剣は流麗、軽妙――まさに無尽流の名のとおり、汲《く》めども尽きぬ泉のごとく続く太刀にござる」

「！　無二斎殿、それでは」

「あれは、矢之介と入れ替わるように我が下へ来た者。南八弥というのも、偽名でござろう」

「それを、知らぬふりをしてお手許《てもと》に……」

「八弥ずれに斬られるならば、我が身の不覚。芸者は常時修行なれば」


幹是軒は掛ける言葉が見つからず、はずした視線を向け直すことができなかった。おそらく八弥の成長を見届けた後、無二斎は村上矢之介に道統を譲った上で、八弥に斬られるつもりではなかったろうか。

その望みを、幹是軒が絶っていた。

「無二斎殿。手前は、二、三日中に山入りを致す。後始末を入れても半月も掛からずに戻ってこられよう。それまで、このとおり。なにとぞ」

「福坂様、お直りくだされ。

八弥が斬り掛かってきたなら、儂は問答無用で返り討ちにするやもしれぬ。それが剣者の性《さが》ゆえな」

すでに表情など見えぬ冥《くら》さであったが、自嘲《じちょう》と自分自身に対する怖れが入り混じったその声は、本音を吐いたものに聞こえた。


ここにも、内に野獣を飼っている男がいた。

※

南八弥は、一町ほど離れたところにある木立の陰から、幹是軒が堂宇より出てくるところを見ていた。師は、見送りに立たなかったようだ。

その背中が闇に消えるまで見送ってから中へ入ると、師は、珍しく酔っているように見えた。

たとえ酒に酔っていようと、普段と何の所作も変わるものではない。それは、これまで仕えてきた中でよく判っていた。

師は八弥の名を呼び、自分の考えを告げてきた。

「お供を致します」

感情を表に出さぬ声で、八弥はそれだけ答えた。

間ノ章

1

その夜遅く幹是軒が帰ると、留守を守っていた小者より「領主館《りようしゆやかた》別館から使いが来て、その後小此木様のご兄弟が来訪ししばらくお待ちであった」と告げられた。

別館からの使いは幹是軒の不在を知ると伝言も残すことなく帰り、また小此木兄弟も何の言伝《ことづて》もしていかなかったと知らされた幹是軒は、翌日早朝に領主館別館の壬四郎を訪ねることにして床に就いた。

翌日まだ暗いうちに起こされてみると、小此木兄弟の弟、与左衛門が来宅して屋外で待っているとのことだった。

着替えも早々に表に出てみれば、与左衛門は温気《うんき》の漂う朝靄《あさもや》の中で、まるで寒さを凌《しの》ごうとするかのように足踏みをしていた。

「早朝より申し訳もござらぬ」

家の中より姿を現した幹是軒を目にした与左衛門が詫《わ》びてきた。何かに動転して、焦っているようだった。

「こちらこそ。昨晩はお待たせをしたようで、申し訳ありませなんだ。どうも壬四郎君からも使いが参ったようだが、その件にござるか」

「まさにそのこと。福坂様がおられなんだで、こちらに使いが参って呼び出され申した。手前は折悪《おりあ》しく山入りの支度ではずしておりましたので、兄だけが急ぎ別館へ向かいました」

「して、壬四郎君の御用は」

「何と！」

「お世継ぎ様は、我らの手勢を率《ひき》いることはなさらず、福坂様のほうに同道すると」

「お世継ぎ様からのお言葉なれば、兄は融通《ゆうずう》が利きませぬゆえ、お考え直しいただけるようなことを言上できなかった様子」

「家宰の平河殿は」

「言葉を尽くして諫《いさ》められたそうにござるが、さすがはお館様のご嫡男、言い出したら頑として聞きませぬ。父の了承は得たと言われると、さすがのご老人も何も返せなかったそうにございます。

そう言えば平河老人が『福坂様が認めぬであろう』と申し上げたとき、『俺を見るゆえそのようなことは申すまい』とおっしゃられたとか。どういう意味にござろうか」

幹是軒は内心で舌打ちした。余人を交えず面談した際、壬四郎の発奮を促すためにあえて激越な言い方をしたが、どうやら薬が効きすぎたようだった。あのとき早々であれば、壬四郎を同道してもまだ何とか方策を練ることはできたかもしれないが、これからではときがなさすぎる。

壬四郎がこちらの一行に加わりたいというなら、それ自体が全体構想にさほど大きな影響を与えることはない。幹是軒には、こたびのお館様の命を完全に履行せねばという使命感はなかった。

しかし、自分が選んだ同行者が原因で、壬四郎が危難に襲われるようなことがあってはさすがにまずい。同行者の中には、袋井茂造、杉山唱専坊と得体《えたい》の知れぬ者が二人も加わっているのだ。

なまなかな護衛では壬四郎の安全を確保しきれないし、かといって人数を増やしたのでは山入りのために立てた策が用をなさなくなる。

何か妙手はないかと道の向こうに目をやったとき、朝靄の中から歩み出てくる二人の人影が映った。

武庫川無二斎と弟子の南八弥であった。

二人は幹是軒たちのほうまで歩み寄ってくると頭を下げ、無二斎がさらに一歩踏み出して幹是軒に言った。

「お山入りの供に加えていただきたく、参上仕《つかまつ》り申した」

幹是軒は感情を面《おもて》に出さぬ無二斎をじっと見返す。

支度は、調った。

2

小才次は、山中を走っていた。

目に見えぬ結界に、あるいはわずかに踏み込み、あるいはその突出部を横切った。あちらで少し触ると、こなたでずかずかと入り込む。備えている者の神経を逆撫《さかな》でする動き方であった。

山々が、目に見えぬところでさざめいていた。

3

風嶽党討伐を名目とした軍勢が、馬喰山口《ばくろうやまぐち》より入山した。

采配《さいはい》を振るのは小此木参右衛門。実の弟を含む八騎の配下と数名の従兵、五十余名の雑兵、足軽による一団である。旗頭は佐双家嫡男、壬四郎であると言われていたが、軍勢の中にその姿は見えなかった。

名目だけのご出陣であろうと、噂する者は言った。

同じころ、岐廉山《きれんざん》西口より山へ入った一行があった。

小館《おだて》領主世子佐双壬四郎《さそうじんしろう》、佐双家客将福坂幹是軒《ふくざかかんぜけん》、剣客武庫川無二斎《むこがわむにさい》、その弟子南《みなみ》八弥《はちや》、足軽甚助《じんすけ》、虜囚袋井茂造《りょしゅうふくろいしげぞう》、道案内として修験者杉山唱専坊《すぎやましょうせんぼう》の、七人である。

一行には荷役夫《にえきふ》として山人二人がつき、また甚助、唱専坊、八弥も荷の一部を背負った。残りの者も、なにがしかの荷は背負っての出立である。

丈西砦《じょうさいとりで》陥落より、七日目のことであった。

第二部　風嶺山塊《ふうれいさんかい》

七、山入り

1

壬四郎を一行に加えたことを受けて、幹是軒は出立を一日前倒しし、小此木《おこのぎ》勢と同じ日にした。何かあったときの小此木兄弟との連絡《つなぎ》には、小才次《こさいじ》を使う。そのため出立前に小才次を小此木兄弟に紹介したが、姿が見えず声だけが聞こえてくる小才次と幹是軒のやり取りには、参右衛門《さんえもん》だけでなく与左衛門《よざえもん》も薄気味《うすきみ》の悪そうな顔をしていた。

どこからか聞こえていた声が、次の瞬間には自分のすぐ後ろから発せられて、参右衛門は飛び上がって驚いた。無論、背後には誰もいない。苦笑して小才次を叱りながら、幹是軒は、この男にかような稚気《ちき》があったのかと、意外の念を覚えたことを思い出した。

先頭に立つ修験者の唱専坊のすぐ後ろを歩いていた幹是軒は、きつい上り坂が勾配《こうばい》を緩めたところで振り返った。自分の後ろに荷役の山人二人、壬四郎と甚助が続いて、最後尾は囚人の茂造を剣客師弟が挟み込むように進む。甚助は、主人の壬四郎を絶えず気遣いながら歩みを進めている様子であった。

ここまでは、壬四郎も問題なくついてきていた。領主嫡男とはいえ、戦国の世であるからには武芸の稽古《けいこ》のほかに幼いころより狩りにも参加している。

ちなみに武士の狩りは、勢子《せこ》が追い立てた獲物を射手が弓鉄砲で仕留めるものが主であるため、軍事教練の要素を多分に持っている。佐双の領地では地形から、葦原《あしはら》などの低地で鳥を追うより、山中の巻《ま》き狩《が》りのほうが数多く行われていた。壬四郎がさほどの苦労なく山道を登っているのも、こうした経験があってのことだ。

陽が高くなってくると、山の気温も急激に上がってきた。一行も汗を滲《にじ》ませる。

「ここいらでひと休み致すか」

幹是軒が唱専坊に声を掛けたのは、山に慣れた者からすればまだ「とば口」とも言えない辺りだった。が、まだ一行にとって――特に壬四郎については――足慣らしが必要な段階であったため、唱専坊も異を唱えなかった。

そのために出立を一日繰り上げたのだ。小此木勢との連携を考えても、道程《どうてい》には、まだ余裕があった。


中腹の開けたところで、一行は小休止を取った。

甚助が、甲斐甲斐《かいがい》しく壬四郎の世話を焼いている。壬四郎が幹是軒の組に入ったことに伴い、自分も小此木勢の下から移されたことで、いくらか明るさを取り戻しているように見えた。

茂造は一人で、傍《かたわ》らの大きな岩に腰掛けていた。無表情に視線を彷徨《さまよ》わせている。腰縄すら打たれてはいないが、この数日来の出来事の結果、すでに逃げる気力を失っているようだった。

剣客の師弟は、修験者の唱専坊や山人同様に平然とした顔をしていた。さすがに普段の鍛錬がものを言っているのであろう。

「若君、いかがにございますか」

幹是軒が声を掛けた。

「福坂。俺のために足を弛《ゆる》めているなら気を遣うな。足手纏《あしでまと》いになるために、ここにおるわけではない」

壬四郎は気丈《きじよう》に応《こた》えた。

「なんの、この幹是軒も驚くほどのご健脚《けんきやく》にございます。したが、道はこれよりますます険《けわ》しくなり申す」

「この道が続くのではないのか」

驚きを表す声が、思わず壬四郎の口から漏れた。

脇で聞いていた唱専坊が口を挟んでくる。

「畏《おそ》れながら、お世継ぎ様に申し上げる。これよりは山の往来をはずれ、間道に入り申す。めったに人も通らぬ道なれば、雨が降れば川となり、草生《くさむ》せば藪《やぶ》と変わらず、馴《な》れぬ者には道とも知れぬ道中。しっかりお足下に気を配らぬと、足を挫《くじ》き、あるいは踏みはずして谷底まで転び落つることもあり申す。お気をつけ召《め》されよ」

壬四郎は何も言わず、口を引き結んだ。

幹是軒は、黙ってその様子を見ている。実は、多少遠回りにはなるが、まだしばらくは通常の往還《おうかん》を進むこともできた。壬四郎にわざと試練を与えているのだ。

幹是軒は壬四郎を一行に加えるにあたり、条件をつけて呑《の》ませていた。すなわち、自分たちの行動についてこられないようなら、すぐに山を下りてもらうというものだ。

ただし、壬四郎には言っていないが、彼が音《ね》を上げてもそれで見放すつもりはなかった。小館へ帰したら騎乗させて、改めて護衛付きで小此木の手勢に向かわせる算段をしている。

ここから小館までの帰途は、剣客師弟に任せるつもりである。つまりは当初からの腹案に戻るだけの話であった。

「さて、そろそろ行くか」

幹是軒が、皆に聞こえるように声を上げた。

2

伊賀忍《いがしのび》の瞬左《しゅんざ》は、目の前に張られた結界を嗤《わら》っていた。

「古臭い。が、田舎《いなか》忍ともなればこんなものか」

腹中でそのように独りごち、警戒線に触れぬように中へと踏み入った。

わざと見つかりやすいようにしておいて、油断したところで実際の警戒線に触れさせるような二重の策が施されているかとも疑ったが、思ったとおり、そのような念《ねん》の入《い》った仕掛けはないようだ。

「まずは何があるかを見、その上で別命も果たす」

そう瞬左は判断し、さらに奥へと分け入るのだった。

物語によっては、伊賀忍は集団連携を得意とし、甲賀《こうが》忍は個人の体術に優れた者が多いとすることもある。しかし、各々《おのおの》それだけしかできないのでは、様々な状況下で行われるべき忍の活動にはならない。実際瞬左は、伊賀忍ではあるが一人で動くことが多かった。

今、彼が佐双領の山中に忍び入っているのは、隣領の香西《こうざい》城主に伊賀の里の上忍《じょうにん》を通して雇われたからである。

佐双家が新たに築いた砦《とりで》が国人衆に襲撃され潰《つぶ》されたようだとの噂は、近隣の各勢力が互いを牽制《けんせい》し合っている中、すぐに香西城主の情報網に引っ掛かってきた。他領で、領境から離れた場所に造られた砦がどうなろうと知ったことではないが、国人どもの征伐に領主嫡男が自ら赴くとなれば話は別だ。

ようやく雇い入れた忍の最初の仕事として、香西城主は佐双領内で何が起こっているかを調べ、可能であれば佐双の領主嫡男を暗殺するよう命じた。

一人働きの瞬左にとっては、事態の調査よりも嫡子暗殺のほうが容易に思えた。片田舎とはいえ領主館《りょうしゅやかた》に忍び入っての暗殺は難しいかもしれないが、野外で行軍する間ならばいくらも機会はあろうと考えたのだ。

流れの商人に変装しての町中での活動はそこそこに切り上げて、すぐ山に入ったのもそれが理由であった。

瞬左は、嫡子がいつも住まいする領主館別館にいないことは突き止めていた。が、噂どおり、物々しい出《い》で立《た》ちで山入りしていった軍勢の中にも、嫡子はいないようであった。そこで軍勢を追うことをやめ、山奥に踏み込んだのである。

たかが国人討伐に、ろくな支度を調える間もないほど慌しく領主嫡子が向かうというのは異常だが、その自ら率いたはずの軍に当の嫡子がいないことはもっと異常だ。

瞬左の意図、「何があるかを見」とは、その事情を探ることを意味する。「別命」のほうは言うまでもない。

そこで瞬左は、先ほどの結界に出くわしたのだ。瞬左の目から見れば稚拙な出来とはいえ、それがあること自体奇妙であった。

そもそも、佐双家が忍を雇い入れているなら判る。自分とて、隣領の城主に雇われている身である。

しかしこの結界は、麓《ふもと》から山に入ってくる者に向けて張られている。国人衆が忍を雇っているとしか思えないが、忍を雇うのはそれなりに金の掛かることだ。金があるならほかにいくらでも使い途《つかみち》があろうに、国人衆のような支配地の小さい者がなぜ忍などを雇う必要があるのか、やはりこの領地には「何ごとかある」ようであった。

佐双の領内に尾飼忍と称する小集団が存在したことは、瞬左も知っていた。しかし数年前に壊滅したと聞いている。この結界を張ったのは、その生き残りであろうと瞬左は判断した。

各地に蟠踞《ばんきょ》する国人や小豪族は、大名小名の勢力争いの中で、そのたびごとに合力する相手を選びながら、微妙な均衡の上で独立を保ってきた。合力するといっても、領主とは力に圧倒的な差があり対等な同盟は望むべくもないため、一時的に臣従するような形態になる。

単純に自軍の増強戦力として期待されることもあったが、地の利を生かした情報収集、奇襲の道案内、戦場での後方攪乱《かくらん》といった任務に就かされることも多かった。小館の小豪族の中で、こうした仕事に特化し専門集団化したのが、尾飼忍であった。

瞬左は、具体的な知識はなくとも、そうした現地の状況は的確に把握していた。いずれの土地でも、多少の違いはあれど似たような存在が認められたからである。

ただこうした忍は、成立の理由からいっても人数からいっても、その地域の中だけに活動範囲を限ったものがほとんどで、伊賀、甲賀のように各地で雇われて飛び回る集団はまずいなかった。

一地域だけを活動範囲とする者と、他国まで進出しさまざまな土地においてそれぞれの特色ある状況下で活動する者の間には、隔絶した技術の差が発生する。それが、瞬左が今みせている余裕の根拠であったのだ。

ふと、瞬左は誰かに見られているという感覚を覚えた。動く間に途切れることはあるが、また張り付いてくる視線がある。瞬左は、自分の油断に舌打ちした。が、同時に、結界の内にうまく入り込んだはずなのに、なぜ敵に察知されてしまったのか、思い当たらずに困惑していた。

——見ているだけか、仕掛けてくるのか。

瞬左は相手の様子を探った。まだしばらくは神経戦が続きそうだった。

3

修験者《唱専坊》の言葉とは裏腹に、そこからしばらくはこれまでと同じような道が続いた。引き締まっていた壬四郎の顔も、安堵《あんど》でいくらか緩んでいた。外歩きが気分転換になったのか、口元にわずかに笑みも見える。

それだけでも連れ出した甲斐《かい》はあったかと、幹是軒は思った。

渓流《けいりゅう》に行きあたって、小休止を取った。

皆が水を飲み、布を絞って顔や身体《からだ》を拭《ふ》いている中で、山人二人は遠慮して下流へ離れた。甚助が山人たちのところに向かい、親しげに話していた。

この男のことを、「世話好きで人がよい」と小此木の兄弟が評していたのを、幹是軒は思い出した。甚助と山人たちの間で、笑いが起こった。甚助が、何かおどけた格好をしている。

「芦谷《あしや》甚助ーっ」

山人の一人がふざけて呼んだ。幹是軒は意外な気がした。

「ほう、甚助には苗字《みょうじ》があるのか」

独り言が口に出る。

苗字は貴族や士分の特権であって、どこの国でも、足軽が名乗ってよいことにはなっていない。あるいは、この領国独特の制度で、足軽頭には許されているのだろうか。

幹是軒は自ら養う兵を持たないため、自分の配下に付けられることのある物頭《ものがしら》や組《くみ》頭《がしら》ならば見知っていても、足軽の詳しい有りようとなると疎《うと》いところがあった。

「苗字ではござらぬ」

幹是軒の呟《つぶや》きを間近で聞いて声を掛けてきたのは、修験者の唱専坊であった。

「足軽は領国中より集めるもの。たいがいは近隣の村の者で一組を作り申すが、同じ村に同じ名前の者がおることは少なくありませぬゆえ、たとえば権兵衛《ごんべえ》や田吾作《たごさく》が同じ組に三人も四人もいることになり申す。が、集落まで詳しく見れば、すでに誰かが名乗っている名はそうは付けぬもの。よってこのあたりでは、荘《しょう》や名《みょう》で区別する風習ができ申した。

このごろは、軍勢の中だけではなく、人が雑多に集まるようなときは、同じような区別の付け方をすると申します。古那伊《こない》荘の権兵衛が古那伊権兵衛、三《み》ッ舟《ふね》名の田吾作が三ッ舟田吾作、というふうでござる。甚助はおそらく、入沢村芦谷《いりさわむらあしや》名の出にござろう」

幹是軒は、まじまじと唱専坊の顔を見た。

「ほう。熊野《くまの》の修験者にしては、この辺りの風習にずいぶんと詳しそうじゃのう」

ゆったりと話をしていた唱専坊の顔が引き締まる。

「修行で山を行くといえども、山人とのつながりはあり申す。この辺りの山々は昔よりよく歩きますゆえ」

「なるほど、なるほど」

そう言って、幹是軒は視線を甚助たちに戻した。唱専坊は、話は終わったとばかりに幹是軒のそばから離れた。

相手から視線をはずしながら、幹是軒は頭の中でまだ唱専坊の言動を反芻《はんすう》していた。三ッ舟という地名には聞き憶《おぼ》えがあった。

幹是軒の固辞で実現しなかったが、領主顕猛が一度、幹是軒に所領として与えようとした土地である。古那伊や入沢はともかく、三ッ舟は山からも小館の町からも離れた旧寺領であった。そんな辺鄙《へんぴ》な村の小集落のことまで、山の往来を専らにする修験者が知っているのは、やはり訝《いぶか》しい。

ふと、関心が他へと移った。しばらく何やら考えていた幹是軒は、山人たちのところへ歩み寄ると声を掛けた。身分の高い侍に直接声を掛けられて緊張していた山人は、その問いを聞いて懐かしそうな顔になった。

4

さすがに、瞬左も焦《じ》れてきた。瞬左に手を出そうとする様子は見せないものの、監視の目は張り付いたまま一向に離れない。

本来ならばいったん退《ひ》くべきではあるが、佐双家世子の行方も突き止めないうちに下がったのでは、雇い主の命を全て失敗《しくじ》ることにつながるかもしれないとの思いが、そうさせなかった。

瞬左は自覚していないが、田舎忍に尾《つ》け回されて手も足も出ないという状況が、彼の誇りを傷つけ、意地を張らせていたのだ。左手に、微《かす》かに感じた気配へ向かって手裏剣を投じたのも、その苛立《いらだ》ちからだった。

――！

警告のために打っただけだったのに、手応《てごた》えがあった。

本来、囲まれているほうが、手出しもされていないのに先に攻撃することなど、あってはならない。自分を、さらに不利な状況に追い込むことになるだけなのだから。

瞬左は、当たるだろうと思って投じたわけではない。相手のほうには打ったが、当然避けて、「手出しをする気がないなら邪魔をするな」というこちらの意図を察するだろうと、思い込んでいた。

それが、当たってしまった。瞬左は、自分の迂闊《うかつ》さではなく、相手の体術の拙《つたな》さに舌打ちした。

反応はすぐにあった。左右より、何かが飛んでくる。飛来したのは、苦内《くない》（棒手裏剣の一種）のようであった。

瞬左は走る姿勢のまま屈《かが》み、自分の進行方向に対して真横に飛んで躱《かわ》した。同時に、打ち込まれてきた方角へ向けて手裏剣を打ち返す。その間も、足は止まらなかった。

それからしばらく、逃走と追跡が続いた。飛び交う何かが風を切る音はしたが、言葉はひと言も発せられなかった。ときおり、木や地面に硬い物が突き刺さる音がする。藪《やぶ》を掻《か》き分け、落ち葉を踏むような音はしても、それを発したはずの者の姿は影すら見ることもない。

白土三平《しらとさんぺい》氏の作品などで、忍者物に馴染《なじ》んだ世代にはよく知られた忍術として、「変わり身の術」というものがある。

人の上半身ほどの太さと大きさの木の輪切りに着物を着せるなどして、追ってくる敵の視界を横切らせると、敵はそれを、こちらと勘違いして攻撃をかける。自分は敵の注意がそれた隙に逃げ出し、あるいは気配を絶つ、という類《たぐい》の術である。

実際には、命のやり取りの最中に、そのようなものを作っている暇などあるはずがない。事前に準備すれば何とかなるかもしれないが、そこに誘い込める確信があるならば、もっと強力な罠《わな》が他にいくらでも用意できるはずだ。敵地に侵入し、見つかって追われたときのための用心、ぐらいなら役に立つかもしれないが、使うか使わないか判然としないうちにそのようなものを作っておくのは、時間と手間の浪費でしかないだろう。

しかし、たとえば静かに移動しながら目の前の枝を撓《たわ》め、わざと緩めに結わえておく。しばらくして結び目が解《ほど》けたときに、枝は反発して反り返り、大きな動きと音を出す、というくらいならば可能かもしれない。それだけできれば、十分身代わりとしての効果もあろう。


瞬左は、自分の目の前に立ちはだかった何かに手裏剣を投じた。両手が細かく一度ずつ振られると、四枚の金属板が放たれた。

鋭利な刃を持った金属板は、それぞれ別の軌道《きどう》を描きながら目標に突き刺さった。相手は、後ろの茂みの中に、どうと倒れた。

投げ方によって、直線的にも曲線を描きながらも飛ばせるのが、十字、八方といった板状手裏剣の特徴である。瞬左はそれを、両手を使って一度に四枚、別々の軌道でしてのけたのだ。

が、瞬左の抵抗もそこまでだった。相手がすぐ目の前に降りてきたため、投じるときに、一瞬、瞬左の体が止まった。止まったこと自体より、次に動く方向を読まれたことが、瞬左の敗因だった。

背中に衝撃を受けた瞬左の足が、ついに静止した。その背には、三本の太い金属棒が、生えたように突き立っていた。

最期のときを迎えて、瞬左は初めて相手に声を放った。

「なぜに、儂《わし》が見つかった」

相手は、嘲笑《ちょうしょう》を含む声で応えた。

「あれだけ結界を嬲《なぶ》っておいて、ようも言うわ」

瞬左には理解できない答えだった。

瞬左は、何かを確認するように、茂みの中を覗《のぞ》いた。自分が最後に手裏剣を投じた相手を見るためだった。

それは、代り身の人形《ひとがた》ではなく、確かに人間だった。ようやく相手の見当がついて、瞬左は目を瞠《みは》った。

「うぬら、死忍《しにん》か……」

それが、瞬左が口にすることのできた、最後の言葉だった。

伊賀忍が倒れた後、山には静寂が訪れた。風が木の枝を揺らす音と、鳥の声しか聞こえない。平穏な初夏の山の佇《たたず》まいである。

そこに、姿なく人の声だけがした。

「うばよ」

呼びかける声に、応える者はいない。

「三左《さんざ》」

沈黙が続く。

「東内《とうない》」

「おう」

やっと、応える声がした。

「うめと俵太《ひょうた》も逝《い》ってしもうた」

東内との呼び掛けに応えた声が言った。

「われらもすぐだ。悲しむまいぞ」

それきり、話す声は途絶えた。倒れている伊賀者以外は、最初から誰もいなかったかのようだった。

5

そこから先は、まさに修験者《唱専坊》の言葉どおり、道とは思えない場所の連続だった。木々の間を縫《ぬ》って下生えを踏みしめながら登っていくのはかなりましなほうで、大小の礫《れき》がころがる荒地に足の踏み場を選びながら一歩一歩進み、鬱蒼《うっそう》と生い茂る木立の暗がりの中を、足下を確かめながら摺《す》り足《あし》し、ただの倒木にしか見えない細い丸木橋を踏んで谷を渡る。

さすがの幹是軒も、多少息が荒くなってきた。

壬四郎は、前を行く者についていくのが精一杯で、自分の足下しか見えていない。それでも、弱音は吐かなかった。

剣客師弟の二人を除いて、皆、杖《つえ》に代わる棒切れのようなものに縋《すが》って登った。唱専坊は錫杖《しゃくじょう》を持ち、幹是軒は手に持った鑓《やり》を杖代わりにした。山の中での扱いを考えたか、幹是軒の持つそれは、手《て》鑓《やり》のように短い物だった。

先頭に立たせた唱専坊に気を配りながら進む幹是軒であったが、その余裕がなくなってきたかもしれないことを警戒していた。

小此木家から引き取って以来、幹是軒は小者に命じて、自分が出かけている間の唱専坊の様子に気を配らせた。しかし、屋敷を出ることもなく、訪ねてくる者はおろか、通りがかりの者と話すような素振《そぶ》り一つ見せることはなかった。小此木与左衛門が幹是軒の策を看破したのを耳にしているのに、それを人に伝えるような動きはなかったように見える。

――どう考えるべきか。

幹是軒には迷いがあった。しかし、自分たちに佐双家世子の壬四郎が同行している以上、正体を見極めるのを、無用に先延ばしすることはできなかった。


昼の休憩を取った。幹是軒は、唱専坊、無二斎とともに絵地図を見ていた。

幹是軒は、この件が起こってから小才次に風嶽党を探らせていた。結界のせいで満足な調べはつかなかったが、これまで山人の噂や目撃談などについて佐双の目付《めつけ》衆が調べていたこともある。

以前より、風嶽党には『物見《ものみ》の塞《さい》』、『中《なか》の砦《とりで》』と呼ばれる二箇所の拠点があるとの噂があった。どうやらこの噂は真実らしいというところまではなんとか確定できた。

「物見の塞」と「中の砦」――現代の言葉に訳せば、前哨《ぜんしよう》基地と中継拠点とでもなろうか。しかしてその実態は、風嶽党が山で再結成されたときに、進軍前の軍勢が集結するための拠点として「物見の塞」が造られ、その後遅れて加わる者が増え手狭《てぜま》になったため、新たに適所を選定して「中の砦」と称する新拠点を造ったが、前の拠点も簡単には捨てられずに残してある、という経緯のようだった。

そこまで判れば、「物見の塞」や「中の砦」がどの辺りにあるか、おおよその推定はできる。今は結界があるため小才次であっても忍び入ることは難しくとも、地形まで昔と大きく変わってはいないはずだからだ。

ただしこの「推定」ができたのは、町の衆を通じ山人らにまで詳しい話が聞ける幹是軒の手腕があったからで、佐双の将の中で同じことを考え、なおかつそこまでやれる者は、おそらくいないであろうと思われた。ともかく、小此木兄弟が率いる軍勢と幹是軒たち七人がいちおうの目標を定めて山入りしたのも、この「推定」に基づいた行動であった。

ところで、佐双家はいったん風嶽党の殲滅《せんめつ》を策し、その後ずっと敵対し続けてきたのに、なぜその相手がこのような拠点を造ることを看過《かんか》したのか。

それは、佐双家も蓬莱寺合戦には勝利したものの少なからぬ損害を受けたため、隣領からの干渉を防ぎながら体力を回復することで精一杯であり、他のことにまで力を注ぐ余裕がなかったからである。ただうがった見方をすれば、風嶽党が拠点を造るのをあえて座視することにより、そこからは容易に撤退できない状況を作った――拘束して殲滅することが可能な態勢を作ったと、言えるのかもしれない。

このように、たとえ状況が許したとしても自分たちがいちおうは腰を落ち着けられる拠点を造ってしまうところは、やはり風嶽党を構成する人々が、本来土地を基盤に生きてきた豪族、国人といった出自を持つ者だという証左《しょうさ》になろう。幹是軒はこの風嶽党の本性から、丈西砦陥落後に新たにその名が浮上してきた「奥の里」の場所も、ある程度推測可能なのではないかと考えていた。

すなわち、土地を基盤として生きてきた者であれば、「物見の塞」や「中の砦」にも自給用の作物ぐらいは植えるであろうが、そこが軍事的な拠点である限り、本格的な耕作には至らない。かつての自分たちの生活のあり方を取り戻すには、ある程度以上の耕地が必要であるはずだ。そして「里」という名称が、それを示しているように思える。

従って探すべきは、木地師《きじし》や蹈鞴師《たたらし》といった交易を必要とする人々の集落ではなく、農耕で自給自足を行っていた人々が住んでいたが、疫病《えきびょう》か何かの理由で廃村となった場所であろうというのが、幹是軒の漠然《ばくぜん》とした推量であった。

山中で自給自足を行える場所であれば、他の集落などとの物々交換といったつき合いの必要が少ないため、余所《よそ》との交流がほとんどない隔絶《かくぜつ》した土地でも集落として存在することができたはずだ。かつて存在し、今は廃《すた》れたような地があるなら、そここそ「奥の里」に最も相応《ふさわ》しい場所ではないかと、幹是軒は思ったのだ。

論点が逸《そ》れたので、山入りに際し幹是軒の立てた策に話を戻す。

小此木兄弟の手勢は「中の砦」へ派手派手しく向かい、幹是軒たちは手薄な「物見の塞」へ少人数で行く――現役の重要拠点である「中の砦」に目立つ軍勢が向かえば、敵はどうしてもそちらに力点を置いて対処せざるを得ない。しかも、向かってくるのが撤退を検討しなければならないほどの大軍ではないため、防御に徹すれば十分対処できる、と相手に思わせる。敵の目も兵力も、無理やり最重要拠点へ集中させて、自分たちは少数でもう一方の拠点を急襲する――それが、幹是軒の思惑であった。

ただし、いずれも正確な場所までは判明していない。それぞれ探りながらの進軍とな
らざるを得なかった。
　なお、小此木勢の人数が少なめなのは、あと二つ理由がある。一つは今が農繁期《のうはんき》であ
ることだ。まだ兵農分離が進んでいないこの時代のこの地方では、初夏に大軍を起こす
行動はよほどのことがない限り控えられた。
　もう一つ、より大きい理由は、隣接する敵対勢力、香西と伏木《ふしき》の動静にあった。
　これまでの経緯はあるにせよ、風嶽党がここまであからさまに佐双家に叛意《はんい》を示し続
けるということは、陰で隣領からの援助を受け続けていることを示していた。兵を大き
く動かして隣領からの侵攻を呼んだのでは本末転倒である。領境に兵を集められただけ
でも、こちらは下手《へた》な動きができなくなる。風嶽党を攻めるにせよ、香西や伏木を刺激
しない程度の兵数に抑えておくべきなのだ。
　さらに考えておくべきこととして、小才次より知らされた結界のことがあった。小此
木の軍勢の陰に隠れようとしても、忍を通じて自分たち一行の存在が明らかになること
は、織り込まざるを得ない。
　ただ、壬四郎がこちらに加わっていることだけは、できれば知られたくない。「物見
の塞」に辿《たど》り着《つ》くまでの間ぐらいならば、敵の忍をすぐそばまで近づけさえしなければ、
それが可能と考えた。
　幹是軒は、無二斎が小才次の存在を察知した超絶的な感覚に期待していた。そのため

に、相手方にも忍が付いていそうなことは話してある。それでも相手がこちらに手勢を向けてくれれば、小才次を使って事前に察知し、壬四郎の安全を確保しながら撤退することはできる。

——こうしたことを前提にして、なお万全を期すためにも、唱専坊の正体は、早々に明らかにしなければならない。

幹是軒は、改めてそう考えた。

八、杉山唱専坊

1

谷底に出た。そこは、水の流れのない涸《か》れ谷《だに》だった。山の稜線《りょうせん》に遮《さえぎ》られた空が矩形《くけい》に切り取られて見える。

幹是軒が絵地図を見るため、一行はしばしその場にとどまった。

「先生。このようなところで襲われた場合、どのように対処いたせばよいのですか」

弟子の八弥が、師匠である無二斎に訊《き》いた。

「辺りを見よ。襲い来るとすると、どこからじゃ」

無二斎が、答える代わりに問いを発する。

「いずれからも、に見えます」

八弥は、周囲の稜線を見上げるようにして言った。全ての方角から地が壁のように立ち塞《ふさ》がっているため、圧迫感を覚えているのかもしれない。

「どのように襲い来る」

その問いに、八弥は戸惑《とまど》った顔になった。

「潜《ひそ》んでいて、懸かり来ては」

「斜面にては上に立つほうが優位なる、と言うは、対峙《たいじ》しての話。兵を纏《まと》めてなれば、降る勢いで駆け下り敵勢を押し込むということもあろうが、これだけ足下が悪ければそれもなるまい」

足下を見るまでもなく、大小の石が散乱し、草が群生するところあり、木の根が地表に突き出ているところありで、下を見ずに歩ける斜面ではない。無二斎は続けて八弥に言った。

「これだけ木が多ければ、弓で狙《ねら》うもままならぬし、上から岩を落としたとて途中で止まらぬまでもあらぬ方向へ転がり、ろくに当てることもできまい。

もし我らを襲うのであれば、このようなところより、開けた平地のある場所のほうがよい」

「なるほど、そのようなものか」

領主嫡男の壬四郎が口を挟んだ。

「かと申して、手が全くないわけでもございませぬ」

無二斎は、相手が変わったことで口調を変えていった。

「どのような手じゃ」

壬四郎が重ねて訊く。

「たとえば、周囲に油と硝煙《しょうえん》を撒《ま》いておいて、火攻めに致します。あるいは、このように」

と言って、枝をつかんで撓《たわ》ませ、放した。撓みを戻そうと、枝は跳ね上がる。

「罠《わな》か。罠を張り巡らしておくということか」

「御意」

「武庫川無二斎とやら、先ほどこの辺りは襲撃に向かぬとでも言いたそうな口ぶりではなかったか」

「いかにも、向きませぬ。が、いかなる場においても、全く無理、ということはありませぬ。相手は、ここが襲撃に向かぬことも気づかぬ虚《うつ》け者《もの》かもしれませぬ。逆に、たとえこちらは考えが及ばなくとも、相手は何かしら思いつくやもしれぬ。その用心、その心構えが、兵法《ひょうほう》にござる」

絵地図を畳んで油紙で巻き、懐《ふところ》に仕舞《しま》いながら、幹是軒は倒木に腰を下ろして休む虜囚の茂造に目をやった。茂造は、無論、無腰《むごし》である。山刀《やまがたな》程度は腰にしている山人より、今は無力な存在であった。

茂造は、依然として萎縮《いしゅく》していた。が、ほんのわずかずつ、生気が戻っているようにも見えた。

「山歩きには慣れているようじゃな」

幹是軒が茂造に声を掛けた。

「山賊だからな」

茂造はふてくされた様子で答え、逆に問うてきた。

「俺をこのようなところに連れてきて、何とする」

目に怯《おび》えを滲《にじ》ませながらも、なんとか幹是軒を睨《にら》んでみせる。幹是軒は、腰を伸ばして空を見上げた。

「はて、何とするかの」

腹が立つほど、のんびりとした声である。

2

相変わらず険しい道程が続いていた。幹是軒の一行は、谷を下り、流れを踏み越えて急峻《きゅうしゅん》を登り、椎葉山《しいばやま》の峠《とうげ》に達しようとしていた。そのとき、幹是軒の耳にだけ届く声が聞こえた。

幹是軒は急に足を速めると、唱専坊の前へ出て尾根へ駆け上った。峠には、反対方向から、二人の牢人《ろうにん》姿の男が先に到達していた。

二人を認め、幹是軒の歩調が緩む。

「風嶽党の者か」

静かに声を掛けると、二人が激しく反応した。

「佐双の討手《うつて》だな」

腰の差料《さしりょう》に手をやり、二人とも抜き放った。二人に向かい歩を進めようとした幹是軒の脇を、唱専坊が急ぎ足で通り過ぎた。唱専坊は錫杖《しゃくじょう》を振り上げると、牢人のうちの一人と対峙した。

向き合うやいなや、牢人者は、即座に唱専坊へと刀を振り下ろした。

唱専坊は、半回転させた錫杖で刀をはじくと、再度振り上げられた相手の腕の間にもう一方の端を突き入れた。そのまま、相手の後頭部を押さえるようにして錫杖を振り回す。

首根を後ろから押されて前へのめり込んだ牢人の足下には、地面がなかった。牢人は悲鳴を上げながら、頭から峠の急な斜面を滑落《かつらく》していった。

そこまで見た幹是軒は、鑓《やり》を右手に、はずした鞘《さや》を左手にして、もう一人の牢人の前に歩み出た。

仲間のあっけない最期を見た牢人は、すでに腰が引けていた。

幹是軒は手の中を滑らせて鑓を石突《いしづき》近くに持ち直すと、そのまま片手で突き入れた。

一見無造作に見えるこの突きを、相手は避けも払いもできなかった。自分の腹に突き立ったものを眺めると、問い掛けるように幹是軒の顔を見上げた。

幹是軒は相手の腹に鑓を突き立てたまま、無慈悲に柄《え》を押して相手を下がらせた。反動をつけて鑓を引き抜くと、牢人は声も上げずに仰向《あおむ》けに倒れ、斜面を滑り落ちていった。

　幹是軒は、峠の上から滑落した二人を見下ろした。眼下では、唱専坊が払い落としたほうの牢人も、奇妙な方向に首を曲げて事切れているようだった。

　穂先の始末をしながら声を掛けようとした幹是軒より先に、無二斎が唱専坊へ言葉を掛けた。

「見事な杖術《じょうじゅつ》だが、最後の一手は珍しいのう」

「熊野のお山に伝わる護身術にござる」

　感情の籠《こ》もらない声で、唱専坊が応《こた》える。

「儂《わし》は小此木の屋敷で稽古《けいこ》を見させてもらったが、ずいぶんと技に払いが多いな」

　と、幹是軒が無二斎の言葉に続けた。

　唱専坊は何か言いかけたが、そのまま口を閉じた。杖術は、突く、撃つ（叩《たた》く）、が攻撃の基本である。刃物ではないため、本来、足払いを除いて相手の身体を払う技はほとんどない。

「無二斎殿。あのような払い技を、これまでご覧になったことがあるか」

　幹是軒は、今度は無二斎に問うた。唱専坊の緊張を知らぬかのように、無二斎はのんびりと答える。

「杖術では、ないのう」

「杖術ではないとおっしゃるか。では、何ならありましょうや」

「さよう、薙刀《なぎなた》であろうかのう」

師の言葉を聞いて、八弥も腑《ふ》に落ちた。薙刀であれば、相手の腕の間に突き入れた杖先の技は腕斬りか小手《こて》斬りであり、頭を押さえた払いは、延髄《えんずい》への撫《な》で斬りであった。

「いかがじゃ、唱専坊」

幹是軒は再び唱専坊に向き直った。

「お主、三日前にここな袋井茂造を斬らんとして儂に返り討ちにされた野伏せりへ、真《しん》言《ごん》（密呪《みつじゅ》）ではなく念仏を唱えたそうじゃの」

押し黙った相手に畳み掛ける。

「小館の風習や地名に詳しいことも訝《いぶか》しい。お主は、元よりの修験者ではなく、蓬萊寺の荒法師《あらほうし》くずれであろう」

唱専坊は一瞬、瞑目《めいもく》した。そして覚悟を決めたか、その場で腰を下ろし、胡坐《あぐら》をかいた。

「いかにも、拙僧《せっそう》は蓬萊寺の僧兵にござった」

「その坊主が、なぜに身分を偽《いつわ》って風嶽党討伐に加わった」

幹是軒が厳しい声で問い詰める。

「風嶽党は我が仏敵《ぶってき》ゆえ」

「ほう。お主にとり、我ら佐双家所縁《ゆかり》の者は違うとぬかすか」

唱専坊の顔が、一瞬、内面からの怒りで赤く染まった。

「佐双の一統は末世《まつせ》までの敵。風嶽党は、今生《こんじょう》の仇《かたき》にござる」

幹是軒は、修験者姿の男の口調の激しさに戸惑った。唱専坊は、穏《おだ》やかな声に改めて言葉を続けた。

「言うても判るまい。が、お尋ねゆえ話を致そう。

去る蓬莱寺合戦の折、我が寺と佐双家は、共に同じ天を擁《いだ》けぬ間柄となったゆえ、雌雄を決してござる。それは、世の習い。どちらが勝っても敗れても、ときの運にござる。が、風嶽党は汚くも我が寺を裏切り、すぐそこまで勝ちを手にしかけていた門徒衆より、それを奪い取り申した」

「それで、佐双に与《くみ》すると申すか」

幹是軒の疑念は解けていない。

「和田木村《わだきむら》の件がござる」

村の名ぐらいは聞いたことがあるが、幹是軒には思い当たることのない話だった。

幹是軒はこの一件まで、佐双家の内政への関与は避けるようにしており、領主顕猛も、勢力拡大に通じる行動を取らない幹是軒の在り方を歓迎する態度でいた。

「寺と佐双家が合戦に及ぶ前、和田木村を始めとする十一ヶ村で、一揆《いっき》が起こり申した。寺は十一ヶ村を陰より応援しており申したが、その折、いったん蓬莱寺と佐双領主の間で手打ちに至り申した。

するど、今まで助けていた村々が、今度は邪魔になり申す。佐双家が一揆取《と》り鎮《しず》めに手勢を繰り出し申したが、その先手となって村々を焼いたのが、寺の意を受けた風嶽党にござった」

「その十一ヶ村がどうした」

「和田木村は、我が生まれ故郷にござる」

「お前の話を聞くと、やらせたのは蓬莱寺と佐双家の双方ということになるのではないか」

「手を下したのは風嶽党にござる」

幹是軒は嫌なものを聞いたという顔になった。勝手な言い分である。

唱専坊も幹是軒の顔を見て、その心の動きは理解した。

「やはり、我が想いは言うても判るまい」

黙って聞いていた無二斎が、口を出した。

「自分の村を焼かれ、それでも自分を押し殺して尽くしに尽くし、やっと勝ちを得んとしたところで裏切りに遭い、すべてを失ったか」

唱専坊は昂然《こうぜん》と顔を上げた。

「そのとおりにござる」

「お主の寺での役は」

「僧坊組頭《そうぼうくみがしら》にござった」

「勝ったときの褒賞《ほうしょう》は聞いておったか」

「山院別当《さんいんべっとう》に任ずると言われており申した」

「それで、全てか」

確認するように言った無二斎に、唱専坊は少し言い澱《よど》んでから答えた。

「和田木村には、我が妻が居《お》り申した」

3

「ハッ、生臭坊主《なまぐさ》め」

吐き捨てるように言ったのは、虜囚の茂造であった。汚いものを見る目で、唱専坊を睨《にら》んでいた。

唱専坊は、少しも動じずに茂造を見返した。敵意も何もない目であった。

茂造を無視して、幹是軒は唱専坊に言った。

「話は聞いた。先ほどの戦いぶりからしても、お主の風嶽党に対する想いに、嘘偽りはなかろう。

しかし、我らは佐双家お世継ぎを頭《かしら》に戴《いただ》く者。佐双のお家を敵とする者を、手許《てもと》に置いておくわけにはいかぬ」

唱専坊は目を閉じ、頷《うなず》いた。

「疾《と》く去れ。再び我が目の前に立ったときは、必ずその首貰《もら》い受ける」

幹是軒の言葉に、唱専坊が顔を上げて一喝した。

「甘いわっ。世継ぎが大事なれば、変事の芽は先に摘《つ》めいっ」

正体を暴かれた唱専坊のほうが、圧倒するほど強い言葉を並べていた。

「我も一人では風嶽党に歯が立たぬ。この場で斬られて、怨霊《おんりょう》となりて風嶽党と佐双家に仇《あだ》なそう——さあ、斬れ」

唱専坊の覚悟を見た幹是軒は、左手を鑓《やり》の鞘《さや》にもっていった。


「福坂」

幹是軒を止めたのは、脇の岩に腰掛けた壬四郎であった。

「俺が福坂に同道したいなどと言い出さねば、この男は先ほどの戦いぶりと今の言で、一行に残れたのであろう」

「若君」

諫《いさ》めようとした幹是軒を、壬四郎が制した。

「福坂、俺は何だ。本当に世継ぎに決まっている男か。この討伐行で、そうなれるかどうかが決まる男であろう。

なれば、同心する者は一人でも惜《お》しい。ましてこれだけの技と胆力を持った者、残せぬか」

「若……」

「それで命を落とすなれば、それも運——情けではない。福坂を見習い、俺なりに損得を勘定しての申しようよ」

幹是軒は、無二斎を見た。

幹是軒を見返した無二斎は、何も言わなかった。唱専坊に対する壬四郎や幹是軒の評価にはおおむね同意する。どうするかについて、意見はない——そういうことだった。

壬四郎は、今度は唱専坊に対して言った。

「唱専坊、話は聞いた。佐双の家も、正しきことばかりやってはおらぬであろう。だが、お主の言うとおり、それも戦国の習い。お主の寺も同じであろう」

「もとより。我とて、仏に仕える身でありながら、殺生三昧《せっしょうざんまい》の阿修羅道《あしゅらどう》におり申す」

唱専坊は、悪びれもせずに答えた。

「なれば、まずは一心に我へ合力《ごうりき》せよ。しかる後に我が家に仇《あだ》をなすなれば、それもまた戦国の習い」

唱専坊は、本心からの言かどうか確かめるように、胡坐をかいた姿のまま壬四郎を見上げた。

そこまでやり取りを聞き、幹是軒は立てた鑓を下ろして、引き下がった。

立ち上がった壬四郎が、笑い掛けた。

「さあ、行こうか、修験者殿よ」

その姿に向かい、唱専坊は地に膝《ひざ》をついて平伏した。

4

唱専坊には、まだ口にしていないことがあった。

蓬萊寺合戦の折、唱専坊は幹是軒が率いる軍勢と直接刃《やいば》を交えていた。間道を通る幹是軒の軍を雁《かり》の坂《さか》で待ち伏せし、ほぼ壊滅にまで追い込んだのが、唱専坊率いる一隊であった。

尻《しり》に帆かけて逃げ出したかと見えた幹是軒は、唱専坊が手配した新手《あらて》の伏兵により、葛《くず》ヶ《が》原《はら》で完全に覆滅《ふくめつ》されるはずであった。

――お味方大勝利。

雁の坂で幹是軒軍の残敵掃討にあたりながら、唱専坊は宗門の勝利と自らの立身出世を確信していた。

雁の坂において唱専坊は、転進した幹是軒を追おうとしたが、その場に残った相手の後詰《ごづめ》に遮られた。中でも、幹是軒に付き従っていた徒《かち》の若者が手強《てごわ》かった。

あまりの強さを持て余した唱専坊は、若者を大きく囲んで四方八方から槍《やり》、杖《つえ》、石などを投げつけさせ、弱ったところをこれも四方から長柄槍《ながえやり》を振り下ろさせて、打ち殺した。

後詰を片付けるのに手間取ってしまったが、次の手を用意していた唱専坊は、それでも勝ちは揺るぎないと思っていた。

が、第二の伏兵として葛ヶ原に用意されていた風嶽党が動かなかったことにより、幹是軒は虎口《ここう》から逃れ出たばかりでなく、お味方の主力を完膚《かんぷ》なきまでに打ちのめしてしまった。唱専坊は、自らの手柄ばかりでなく、帰属する集団まで失ってしまったのである。

そこからは、敗残兵としての逃亡が始まった。後詰で奮闘していたあの若者の首級《しるし》は取ったが、敗戦の逃亡の中で、どこかに打ち捨ててしまった。若者の骸《むくろ》から奪った大小の刀も、わずかな食料に化けて消えた。

蓬莱寺の焼亡と廃寺は、その途中で知った。

唱専坊は山に入り、修験者を装って難を逃れることにした。僧兵時代から伝手《つて》があったため、なんとかそれは上手《うま》くいった。

修験者に扮《ふん》して後、風嶽党が佐双顕猛の騙《だま》し討《う》ちに遭って滅《ほろ》んだと聞いても、そのときには何の感慨も湧かなかった。ただ、自分が生き延びるだけで精一杯だったのである。

風嶽党が再度糾合《きゅうごう》され、小なりとはいえ佐双家に楯突《たてつ》く勢力として健在であると聞いたのは、唱専坊の修験者生活もどうにか板についてからのことだった。

そのとき初めて、唱専坊の心にさざ波が立った。

——自分にはもう何も残ってはいない。このまま名も無き修験者で一生を終えるのであろう。で、あるのに、自分から全てを奪った風嶽党は復活し、堂々と領主に反抗している……。

唱専坊の心に灯った憎悪《ぞうお》の火は、それより今日まで、消えることも小さくなることもなく育ち続けてきたのだ。

佐双家の臣小此木参右衛門が山中の道案内を探しているということは、修験者仲間らの噂で聞いた。先方もときがない中、仲間連中に自分の身元を保証してもらう程度のことは、追われていながら修験者に入り込むだけの伝手があった唱専坊にすれば、さほど難しいことではなかった。

小此木家で幹是軒と会ったときも、驚きはしたが怖れは抱かなかった。唱専坊にはすでに、失うものは何もなかったのである。

5

幹是軒は、前を行く贋《にせ》の修験者の背を見ながら、これで自分がこの男を信頼できるのか、と自らに問うていた。

正直、結論は出ない。

最初に小此木家でこの男と会ったとき、すぐに引き取る算段をしたのは、自分の疑念どおりにこの男が蓬萊寺の僧兵であった場合、そこに残したのでは小此木兄弟の災厄となると思ったからである。

佐双の臣である参右衛門が、蓬萊寺の僧兵あがりを帰属させていたことを他者によって明るみにされれば、どのように弁解しようとただでは済まない。その判断は、まず結果的に正しかった。

今、この男の話を聞いて、風嶽党征伐に加わりたい理由を、幹是軒は必ずしも得心してはいない。もし言うとおりであったにしても、それは、佐双家のこの場の象徴である壬四郎を、害しない理由にまではなっていない。

幹是軒自身の判断だけで事を決めるのであれば、斬るかどうかはともかく、修験者をこれ以上同道させはしなかった。

あえて供をさせているのは、それが壬四郎の判断だからである。

――お世継ぎの見せた信頼が裏切られるなら、それもまたお世継ぎ自身の運。

ではあるが、正直、不安は拭《ぬぐ》い切れていない。にもかかわらず、本気で心配する気が失《う》せかけている自分を、幹是軒はつくづく阿呆《あほう》よ、と心の中で嗤《わら》っていた。

九、杣家《そまや》

1

その日最後の休憩は、小高い丘の上で取った。

幹是軒と修験者が野伏せりを突き殺した有り様を目の当《ま》たりにして、山人たちは今更ながら自分がどういう素性の人間の手伝いをしているか思い知ったようだった。昼前にはあれほど親しげにしていた甚助からも、遠ざかりたい素振りをみせた。

甚助もそうした機微は察しているようで、山人には近づかず、若君の世話に専念していた。

※

小此木参右衛門は、軍勢のほぼ中央で馬に揺られていた。ここまでの道のりでは、下馬して馬を牽《ひ》きながらでなければ進むことができないところも多かった。

目的地は、風嶽党が「中の砦《とりで》」と呼んでいる拠点である。場所については、幹是軒の助言もあってある程度は当たりをつけているものの、確実なところまではつかんでいない。

ただ軍事拠点であるなら、足らない兵器や食料など、そこで生産できないものは他から運び込まなければならない。そうである以上、牛馬も通れないところに設置されているはずはない。

また自分たちの出入りに不便でも、軍事拠点の意味はなさない。そう幹是軒が読んだため、小此木の手勢の中で主だった者は、騎兵となった。

ただし、山中の行軍となるため軽装備の騎兵である。そして前方の物見（索敵）は、かなり幅を広げて行わせている。警戒しなければならないのは、地形を知り尽くした敵の奇襲であった。

──焦《あせ》らず、ゆっくりと進んでよい。むしろ、ひたひたと静かに確実に迫っていくほうが、敵の気を惹《ひ》きつけるためには有効である。

参右衛門はここまで、配下にそれを、くどいほど念押ししながら進んできた。

ところで物資搬入の必要があるといえば、幹是軒たちが向かう「物見の塞《さい》」へ行くにも、牛馬が通れる程度の道を拾いながら移動できるはずだが、小此木軍に敵の注目を集める必要から、こちらは少数の徒《かち》で韜晦《とうかい》する行程を選んでいたのである。

──このような山奥に砦があるのか。

麓《ふもと》の屋敷で話を聞いていたときには何の疑いも持たなかったが、実際山に入ってみると、その険しさに、参右衛門には何やら現実味のない話に思えてくる。

しかし風嶽党は実在し、山より湧き出し山に退き、神出鬼没《しんしゅつきぼつ》というべき動きで佐双の領内を悩ませている。その拠点が麓近くにない以上、山中には必ずあると考えるべきであった。

参右衛門は、これまでの戦《いくさ》の際には後方の糧秣《りょうまつ》運搬のような仕事が多かった。誰の下《げ》知《ち》も受けずに、これほど広い裁量をもって前線の軍を扱うのは、初めてのことである。

不安は小さくない。あの、声だけで存在を示す小才次とかいう者は不気味ではあったが、その声が聞こえてこないかと、縋《すが》りたい思いがした。

無論、小才次を通じて幹是軒の言葉を聞くためである。

後方を見回っていた与左衛門が、馬を操《あやつ》り行軍する隊列を避けながら戻ってきた。兄よりずっと、馬の扱いは上手い。

「兄者、山の夜は早いぞ」

馬上から、そう警告した。

木々に隠れる空を見上げた参右衛門は、馬側に控える従士《じゅうし》に告げた。

「物見に伝え、夜営の適所を探させよ。これまで来た道にあらば、多少戻ることになってもいっこうに構わぬ」

「暑いな」

馬を並べた与左衛門が、襟元《えりもと》より手拭《てぬぐい》を差し込みながら言った。

まだまだ先は長い。やっと、一日目を終えるところであった。

2

幹是軒らの今宵《こよい》の宿は、山の中腹に三棟ほど固まって建っている集落の中の一軒だった。周りには、稗《ひえ》や粟《あわ》などを育てるための平地がわずかばかりある。ここは、木地師が住む集落の一つだった。

一行が入ったのは三軒の中で一番大きな家だったが、それでも囲炉裏《いろり》のある居間と土間を除き二部屋程度の広さしかない。その家には夫婦と子供二人の四人が住んでいる。家族は一晩、一行に家を明け渡し、自分たちは他の二軒に寄せてもらう。貴人が来訪したときの山の有りようだった。

二つある部屋の一つは壬四郎が、もう一つは幹是軒と剣客師弟が使う。残りの三人と荷役夫は居間でざこ寝である。壬四郎には、目に映るもの全てが珍しいようだった。

夕餉《ゆうげ》は、隣家へ泊まりに行く前に、その家の母娘《おやこ》が支度をした。冬に獲《と》った熊の肉を干した後、塩と味噌《みそ》で漬け込んでおいたのを、そのまま鍋《なべ》に仕立てたものだ。野菜の代わりに、歯に触る山菜とも蔓《つる》ともつかぬ物が入っている。飯も、稗が混じった強飯《こわめし》である。

鍋を吊《つ》るした囲炉裏を囲んで二つの部屋を占領する四人が、土間との堺まで離れて残りの者たちが、食事を摂《と》った。

壬四郎は、あまり食が進まぬようであった。

「若。食べぬと、身体が保《も》ちませぬぞ」

幹是軒が壬四郎を窘《たしな》めた。

「判っておる。が、これは臭いがきついな」

鍋の中身をよそった椀《わん》を置きながら、壬四郎が言った。飯も不快な臭いと歯ざわりがある。

そのそばでは剣客の弟子が、我関せずとばかりに健啖《けんたん》を振るっていた。

「はっ、さすがにご領主の若様だ」

離れて飯を食う中から、罵声《ばせい》があがった。虜囚の茂造である。

「これ、何を言うか」

甚助が慌てて叱った。

「そうだろうがよ。熊の肉なぞ、猟師から貰《もら》わなけりゃ手に入らねえ。とっても勿体《もったい》なくって、滅多《めった》に口になんぞできやしねえ。それを、臭くてお口には合わねえときたもんだ」

「こやつ」

甚助が椀を捨てるようにして立ち上がった。それでも茂造は言い募《つの》る。

「飯だってそうだ。ここの連中は、米が入った飯なんぞ食ったことはねえかもしれねえぞ」

「もう勘弁しねえ」

甚助が茂造の胸ぐらをつかんだ。

「甚助、やめよ」

壬四郎が、悄然《しょうぜん》とした声で止めた。甚助はその声に、手を離して這《は》いつくばった。

「この者の言うとおりであろう」

椀を取ると、覚悟を決めて、無理やり口に運ぶ。甚助は平伏したまま身じろぎもしない。

次の瞬間、壬四郎はびくりと身体を震わせると、椀を置いて立ち上がり、足早に戸外に向かった。えずいて、吐き出しそうになったのだ。

「若様」

甚助が、慌ててその背中を追った。家の中に、茂造の高笑いが響く。

「やめよ」

怒りの籠《こ》もった声で、唱専坊が鋭く言い放った。

「へえ？　お情けで仲間に残してもらって、怨敵《おんてき》の息子に尻尾《しっぽ》を振ることにしたかい」

そのとき、幹是軒がおもむろに口を開いた。

「茂造。山に入って、随分と元気になってきたの。お主には里より向いているようだが、なにか仔細《しさい》があるか」

ぎょっとした茂造が、何か言いかけてやめ、そっぽを向いた。その姿は、明らかに動揺していた。

家より離れた茂みのそばで、壬四郎は身体を前傾させていた。甚助がその背後に立ち、背中を摩《さす》るのも恐れ多くて、手も出せずにおろおろしている。

「若様」

そっと、声を掛けた。

壬四郎が身体を起こした。持っていた手拭で口元を拭う。

「もう大丈夫だ」

突然、二、三歩後ずさりした甚助が、がばりと平伏した。

「若様、申し訳もございません。せっかく命を救《たす》けていただきながら、あんな輩《やから》に勝手を言わして、甚助は、まともにお仕《つか》えができておりましねえだ」

その言い方に、壬四郎のほうが戸惑った。

「そんなことはない。よく仕えてくれている」

へえっ、と地面を見ながら声をあげるだけで、甚助は頭を上げようともしない。

壬四郎は、昼に見れば貧相《ひんそう》な植物が生えている畑のほうへ、歩いていった。畑の向こうに、黒々と広がる谷がある。

「甚助。こっちに来い」

甚助は腰を上げると、壬四郎のほうにおずおずと足を進めた。

「甚助、お前も山の出か」

領主の若君に直答するのが恐れ多くて、それでも甚助は懸命に答えた。

「へえ、ここほどではありましねえだが、ほんのわずかの畑しかねえ山の百姓にござります。兄弟が六人もありましたで、食うに食えず、足軽に出ましただ」

まだ兵農分離が進んでいない時代のことである。足軽の多くは、戦時に徴発《ちょうはつ》した農民や町の浮浪人《ふろうにん》などで構成されていた。

その中で佐双家は、戦場での経験知識が豊富で見込みのある者を、足軽頭に任じてほぼ常雇いとしていた。足軽頭は、平時の警備などを行うと共に、戦闘前の新兵訓練などでも役立っていた。

「佐双の家はどうだ」

沈んだ声で訊《き》いた。

「へえ、おらは自分とこでは食えねえでお世話になりましただから、極楽《ごくらく》みてえなもんでがんす」

「しかし、そこで首を斬り飛ばされかけたぞ」

「それはおらが悪いだ」

被《かぶ》せるように言ってから気づき、狼狽《うろた》えて土下座した。

「申し訳ありましねえだ。若様に、口答えなんぞしまして、どうか、このとおり」

「気にするな。しかし、本当に極楽なのか。

戦場に出れば、命を獲るか獲られるか、無体をなされることも間々あると聞くぞ」地獄のようではないのか。戦がないときも、調練《ちょうれん》だとて、苦しかろう。上役や古株に、無体をなされることも間々あると聞くぞ」

言われて、膝《ひざ》をついたまま、甚助は少し考え込んだ。

「確かに若様の言われるとおりだ。だども、家さ居《お》ったらずっとひもじい思いして、餓《が》鬼《き》のようでありやす。おらだけではなくて、お父《とう》もおっ母《かあ》も、兄弟みんなそうでやして、あたりの家では、朝起きたら誰か冷たくなってるなんてのも当たり前で、そんな暮らしでやす。

お館《やかた》にお仕えしたらば、食うものは、たんと食える。家も食い扶持《ぶち》一人分少なく済んで、おらも給米とか偶《たま》には持って帰《けえ》れるから、うんと楽です。戦は、仕方がねえ。そのために雇ってもらってるんだから、仕方がねえでやす」

今度は、壬四郎が黙り込んだ。その沈黙に、甚助が狼狽《ろうばい》した。

「若様、おら、何か悪いことを言いましたろうか。言ったんなら、勘弁してくらっせい。学問も何もねえ百姓の言うことだ。どうか、ご勘弁を――」

「甚助、お前は何も悪いことは言うておらぬ。足らぬのはこの俺よ」

甚助には、壬四郎が何を言っているのか理解はできなかったが、自分の考えに入り込んでいる壬四郎の邪魔をしてはいけないことは、気配で察した。

外に出た二人の様子を見に来ていた幹是軒は、覚《さと》られないように中に戻ろうとして、自分以外にもう一人、壬四郎たちを窺《うかが》っている者がいることに気づいた。一行が今晩借りる家の娘だった。

単なる貴人への興味かどうかまでは判らなかったが、害意のないことは見て取れた。

幹是軒は、そのまま中に戻った。

3

夜中に、幹是軒は目醒《めざ》めた。自分の目を醒まさせたものが何か、しばらく横たわったまま辺りの気配を探った。

隣の壬四郎の部屋の仕切りは閉まっている。この部屋と土間の間の仕切りは開いていた。

壬四郎の部屋からは、静かな寝息が微《かす》かに聞こえるような気がした。

――若君は、眠っている。その近辺に、怪しい気配もない。

自分が横たわる部屋では――剣客師弟も目醒めているようであった。

土間では、数人の鼾《いびき》が聞こえてくる。その中に、辺りの気配を窺《うかが》っている者がいた。

その男は、皆が寝静まっていることを確認すると、そっと上体を起こした。男は夜具を除《の》けて立ち上がると、周りの者を起こさぬように、真っ暗な中を抜き足で静かに歩き出した。外へ出る戸に手をかけて、音のせぬように少しずつ開けていく。

星明りに浮かんだその顔は、虜囚の袋井茂造だった。茂造は外へ踏み出すと、振り返ってまたそっと戸を閉めた。

戸が完全に閉まってから、幹是軒はゆっくりと身体を起こした。暗闇の中で手で抑える格好をして、剣客師弟に自分が行く意思を示した。


幹是軒は、家の外の茂造の気配が十分遠ざかるのを待ってから、戸に手を掛けた。幹是軒が後ろ手にそっと戸を閉めたとき、茂造は材木置場の陰のほうへ消えていくところだった。

材木置場の向こうに、もう一人誰かいる気配があった。茂造が向こう側に姿を見せ、密《ひそ》やかな会話が少しだけなされたと思われたその直後、人の争う気配がした。

揉《も》み合っているようだが、両方とも騒ぎにはしたくないらしく、声を出したり大きな音を立てたりはしないようにしているふうだ。それでも、押さえられた口から微かに女の悲鳴が漏れた。

幹是軒は、気配を殺すのをやめて急ぎ足で争いの場に向かった。男の大きな影が、小さな影の上に跨《また》がっていた。二人ともに自分たちの争いに夢中で、足音を立ててやってきた幹是軒に気づいていない。

幹是軒は、上になった茂造の胸ぐらを横合いから摑《つか》むと、その身体を持ち上げて振り返らせた。拳固《げんこ》で、顔面を殴る。

茂造は幹是軒の手が己の襟を摑み上げると驚いて声をあげ、殴られてすっ飛んだ。乾燥させるために立て掛けられていた材木の山に突っ込み、大きな音を立てた。

茂造の下になっていた影が、あわてて身繕《みづくろ》いをしながら身体を起こした。幹是軒たちが一晩の宿を借りた家の、娘だった。

家々で、大きな音に目醒めた者たちの気配が生じた。茂造は、啞然《あぜん》として倒れ込んだ格好のまま、立ちはだかる幹是軒を見上げていた。

三軒の小屋から、それぞれ人が出てきた。幹是軒が宿泊する家からは、何が起こったのか訝《いぶか》る様子の仲間が、他の二軒からは、外びとが災《わざわ》いも持ち込んだかと怖れる住人たちが、おずおずとした態度で遠巻きに、三人を取り囲むように立った。

「小笹《こざさ》、お前《めえ》……」

父親が、自分の娘の姿を認めて驚いた。茂造が、喚《わめ》き出した。

「何しやがる。表へ出たぐれえで、何が悪い」

「黙れ」

幹是軒が厳しい声で返した。

「ただ表へ出ただけではあるまい。お主、この娘に何をしようとしていた」

「何って、二人でしっぽりやろうとしてただけよ」

「この、何言いやがる」

小笹と呼ばれた娘の父親が、かっとなって反駁《はんばく》する。茂造は、せせら嗤《わら》った。

「お父《と》っつぁん。俺ぁ、あんたがたの寝てる家の中にまで忍び込んで、娘さんを攫《さら》ってきたわけじゃねぇんだぜ。たぁだ表に出ただけだぁ。先にこの娘がここで待ってなきゃ、こんな逢《あ》い引《び》きにゃぁならねぇよ」

父親の怒りが、娘に向いた。

「小笹、おめえ何てふしだらなまねを」

「違うっ」

小笹は、悲鳴のような声で否定した。

「おらぁ、こんな奴に会いたくて出てきたんじゃねぇ」

その言い方に、幹是軒は眉《まゆ》を顰《ひそ》めた。

「おらぁ、若殿様と話がしたくて、そいで外に出たら、家の戸が開いたから……」

だんだんと、尻《しり》すぼみに声が小さくなっていく。

実際には、幹是軒たちの泊まっている自分の家を、外から小笹が窺っている気配を察して、茂造が表に出たのであろう。誰かが起き出して戸の開く気配がするので、小笹は材木置場の陰に隠れた。茂造は小笹が隠れるのに気づいて、追っていったのだ。

茂造も呆気《あっけ》に取られたような顔をしていたが、爆発したように笑い出した。

「こいつぁ畏《おそ》れ入った。山家《やまが》の娘が、ご領主のお世継ぎ様に夜這《よば》いを掛けんとしたってか。俺ぁとんだ勘違い野郎だ」

小笹の父親が、人々の輪の外に立つ壬四郎に向かって土下座した。

「若殿様。山家のおぼこ娘の世迷言《よまいごと》でがす。どうかお赦《ゆる》しを」

皆が口を閉ざしている中、茂造の高笑いだけが響く。

「家を貸した者の娘が、借りた者と話をしようと考えただけだ。赦すも赦さぬもない。もう遅いゆえ、皆寝たほうがよいぞ」

壬四郎は、眉をひそめた顔で言うと、背を向けて己の泊まる家へと向かった。

「茂造」

幹是軒が、まだ笑い続ける男に声を掛けた。

「見よ」

その視線を追った茂造の笑い声が止まった。老剣客の無二斎が、炯々《けいけい》と光る眼《まなこ》を大きく開けて、茂造を見据えている。

茂造は、あまりの迫力に息もできずに蒼褪《あおざ》めた。無意識に、幹是軒に殴られた左頰《ひだりほお》に手をやっていた。


小笹は、父親に引きずられるようにして今晩の仮宿《かりやど》に戻らされた。他の面々も、それぞれ引き上げる。幹是軒は、自分が泊まる家に戻る前に、父娘《おやこ》が入っていった家へ向かった。

その家の戸を開けると、居間で父親が小笹に説教を垂れようとしているところだった。

本来の家の持ち主一家は、奥に引っ込んでいる様子だ。二人は、現れた幹是軒を見上げた。

「連れが手荒なまねをした。済まなんだの」

小笹は項垂《うなだ》れ、父親は幹是軒を見ても怒りを隠せぬ顔をしている。幹是軒は続ける。

「このとおり詫《わ》びる。が、夜《や》も遅い。この家の主《あるじ》にも迷惑ゆえ、今宵《こよい》は休んでもらいたい」

このまま折檻《せっかん》でもして大きな音や声が上がれば、他の家に泊まる者も寝つけない。それを判って、父親は、硬い表情のまま、渋々応諾《おうだく》の返事をした。

幹是軒が外に出た。皆中に引き取った後だと思っていたが、無二斎がまだ外で佇《たたず》んでいた。

「福坂様。あの男、斬ってよいか」

ぽつりと、無二斎が言った。

「いや、それは……」

珍しく、幹是軒は煮え切らない。

「あの男、風嶽党の一味と聞いたが」

「風嶽党の一味ゆえ、案内《あない》をさせるとの名目で牢《ろう》より出させました」

実際には違うということだ。では本当は何なのか、無二斎が目で問うた。

「あの男、おそらく役には立たぬままに終わりましょう。我らのためにも、そのほうがよいと思うておりまする。

だが、万が一のときは、最後の手札になるやもしれませぬ」

幹是軒が無言の問いに答えた。無二斎はしばらく黙って幹是軒を見つめた。

「なれば、手出しは致すまい」

そう言うと、一夜の宿に戻っていった。幹是軒は、その背中に軽く頭を下げた。

一人になった幹是軒は、夜空を見上げた。

夏とはいえ山の夜は涼しく、満天の星々が燦《きら》めいていた。

十、山中行

1

昨日泊まった木地師の集落で、その辺りに棲《す》む山賊や野伏せりなどの噂を聞いて、自分たちが進もうとしている方角が正しいか、行く先に何がありそうかを確かめた。

山の中とはいえ、木地師は自分の作った木皿や木碗《もくわん》などを己らの暮らしに必要な品と交換しに出なければならず、また山を渡り歩く猟師などに一夜の宿を求められることもある。普段、外部の情報がない中で暮らしているからこそ、集落外の出来事、特に自分たちの暮らしに関わりの深いことについては関心が高かったし、持っている情報量も少なくはなかった。

幹是軒と無二斎、唱専坊の三人は、前日同様にまともな道もない行程を取ろうと決めていた。

この一行が目的地として見当をつけている地点と、小此木兄弟が進軍している目的の地は、実はそう離れてはいない。ただ、小此木兄弟が、山の中としては比較的整備された道を選んで進んでいるのに対し、幹是軒の一行は、道なき道をできるだけ直線に近い、短距離で進んでいる。それが結果として、敵に見つかりづらい険しい道筋となっているのだ。

双方の道程には相当の差がありながら、実際には整備された道を行くほうがずっと「はか」がいくため、距離的には不利なはずの小此木の手勢がゆっくりと進んでも、直線的に急ぐ幹是軒の一行の進み方とさほど変わらない、という事前の予測どおりの状況になっていた。

昨日から何度か確かめているが、小才次によると、警戒していた敵の忍が跳梁《ちょうりょう》する気配はないようであった。

それが、こちらの思惑どおり、小此木の軍勢に気を取られて手一杯でいるからなのか、あるいは何か別の理由があるのか、そこまでは知ることができてはいない。ただ、昨日幹是軒と唱専坊が片付けた二人以外、風嶽党の一味と出会っていないことから、こちらが向かう「物見の塞《さい》」は、予想どおり手薄なのではないかと思われた。

「まずいのう」

唱専坊が、来た道を振り返って呟《つぶや》いた。幹是軒もつられてそちらに目をやる。

自分たちの後ろを、遥《はる》かに離れてついてくる人影が見えた。一つは小柄で、もう一つはもっとずっと小さい。昨日宿を借りた木地師の娘とその弟であろうと見えた。

しかし、敵といつどのような形で遭遇するか、全く油断のできない状況に置かれている一行に張り付いていれば、巻き添えを喰《く》う危険が大きかった。

「八弥」

無二斎の指示はそれだけだった。が、一行が次の木立に隠れてまた現れたとき、よくよく見れば集団の人数は一人減っていた。


小笹は弟の手を引いて、若殿様の一行の後をついて歩いていた。ついていって何をしようというはっきりした目的があるわけではない。追いついてしまったら、何か用事を言わなければいけないから、追いつかないように離れて歩いていく。

家に残ってもお父に折檻を受けそうだから、朝早く、お父に捕まる前に家を出た。一人で行くつもりだったのに、幼い弟がついてきてしまった。帰れと手を振っても帰らないので、仕方がないから手をつないで歩いている。

「おい」

木立の暗がりに入ったところで急に声をかけられて、びっくりした。とたんに、二人だけでこんなところまで来てしまったことを後悔した。

若殿様の家来には、年寄りとか荷物持ちみたいののほかに、槍《やり》を持った強そうなお侍もいたけれど、ここから離れすぎているから助けを呼んでも間に合わないかもしれない。弟の手を引いて逃げようとした。

「待て。昨日若殿様と一緒に泊まった者だ。見憶《みおぼ》えておろう」

追いかけてくる様子もないし、落ち着いた声だったから振り返ってみると、確かに昨日いた家来の中の、一番若い侍だった。安心して立ち止まる。

「何してる。みんな行ってしまうぞ」

小笹が言うと、若侍が答えた。

「お前たちがついてくるから、帰れというためにここで待ってたんだ」

ついてくる、帰れ、と邪魔にしている言葉に腹が立ったので、言い返した。

「別についてきてなんかない。こっちに用があるから来たんだ」

「ほう、何の用だ」

全然本気に取っていない言い方に、また腹が立った。

「何の用があろうが、おらの勝手だ。お前に言うこんじゃねぇ」

それを聞いて溜息《ためいき》をつく様子に、また腹が立った。

若侍はそんなことに気づきもせずに言った。

「用があっても、もう帰れ」

「何でお前にそんたこと言われねばなんねぇ」

若侍は、黙ったまま弟のほうを顎《あご》で示した。小笹が見ると、疲れたのか怖かったのか、泣きそうな顔でしゃがみこんでいた。

「だから帰れって言ったのに」

小笹が叱ると、本当に弟が泣き出した。

「泣くな。泣いていると、置いていくぞ」

そんなことを言ったら、ますます激しく泣いて、小笹の手を握っている小さな手に力が籠《こ》もった。

若侍が近寄ってくると、弟の前で屈《かが》んだ。

「男の子は泣くな」

意外に、優《やさ》しい言い方だった。

「朝の飯は食って出てきたのか」

しゃくりあげながら、弟が首を振った。

若侍が、背の荷を降ろすと、括《くく》り付けていた包みを取って弟に与えた。

「それでは腹が減ったろう。屯食《とんじき》（握り飯）じゃ。食え」

弟は素直に受け取り、胸元に抱えた。小笹のほうが慌てた。

「それは、お前の昼飯じゃろう」

「一食ぐらい抜いたとて死にはせぬ」

「そんなことをしては、お父に怒られる」

「いつまでこんなところにいても、怒られるのではないか」

そのとおりだから、返事ができなかった。

若侍は、荷を背負い直しながら立ち上がった。

「俺も、いつまでもこんなところにいると怒られる。行くぞ」

「あんた、若殿様の一の家来か」

若者は笑った。

「家来ではない。この旅の間、お供をしているだけだ」

小笹は、ちょっとがっかりした。

「でも、偉いお侍じゃねえのか」

「偉くもない。諸国を、旅して回っている」

「どこかの殿様に、雇ってもらうのか」

若者は少し逡巡《しゅんじゅん》してから答えた。

「剣術を学んでおる」

「強くなりてえのか」

「そうだ」

今度は、すぐに答えが来た。

「強くなったら、それからどうする」

また、いくらかの逡巡があった。

「それは、強くなってから考える――いつまでもこうしてはおられぬ。行くぞ」

背を向け、歩き出した。その背中に、小笹は尋ねた。

「あんた、名は」

若者は振り返った。

「南八弥。お前は」

「小笹」

「小笹か。良い名じゃ。達者でな」

爽《さわ》やかに笑《え》んで、踵《きびす》を返し歩き出す。もう振り返らなかった。

小笹は、なんとなく胸が温かくなった。若い侍が自分の名を答えるときも、少し間があったことが気になったのに、そんな細かなことはどうでもよくなっていた。

2

八弥が戻ってくるまで、幹是軒の一行は行軍の速度を弛《ゆる》め、さらに枝道の手前で小休止を取って待った。八弥は、息を切らせながら一行に追いついてきた。

「行こうか」

また、歩みが始まった。

幹是軒は、壬四郎が内に籠もって考え事をしながら歩いていることを気に留《と》めていた。若様付きの足軽甚助もかなり気にしているようだが、自分の主《あるじ》のやっていることに、遠慮して口は出さなかった。

壬四郎だけが、それに気づいていない。

昼は、湧き水の近くで摂《と》った。ここに湧き水があるのも、昨日の木地師の集落で聞いたことだ。

この時代、通常は朝晩の二食が一日の食事の回数である。例外は合戦の際で、朝昼晩の三食と、場合により夜番のための夜食の米も給付された。合戦で一食増えるというのは、それだけエネルギー消費が多いと、当時から認識されていたということだ。深山に分け入るにあたって三食というのも、これと同じ配慮からであった。

皆が昼の包みを開ける中、剣客の若い弟子だけが静かに皆の食べ終わるのを待とうとしている。

「八弥。弁当はどうした」

無二斎が弟子に聞いた。

「はい。先ほどの姉弟《きょうだい》の弟のほうが朝も食べずに来たと申しましたので、与えて参りました。勝手をしてすみませぬ」

無二斎は、黙って包みごと八弥に昼食を渡した。

「先生」

横から、幹是軒が八弥に言った。

「若い者は食わねば。年寄りは少なくてよい」

自分で一つ取った残りを、無二斎に差し出している。無二斎は遠慮することなく、ごく自然に手を出した。

八弥は二人に頭を下げて、もらった包みを開いた。

幹是軒は、自分たちより離れて座る壬四郎に目をやった。

領主の世子は、心ここにあらぬ様子で遠くを見ながら、無意識に手にある物を口に運んでいる。

甚助が、その足下に控えて主の様子を見、遠慮がちに飯を食っていた。

「娘と、何を話した」

今度は虜囚の茂造が、八弥に絡んできた。

「別に何も話さぬ。帰れと言うただけだ」

声に嫌悪感《けんおかん》をにじませて、八弥が答えた。

「それにしてはときが掛かったようだのう」

独り言を装って呟《つぶや》く。八弥が反撃に出た。

「お主、借りてきた猫のようであったに、山に入って人が変わったな」

「いやなに、俺は昨日振られたによって、気になってのう」

茂造も、相手が若い八弥だと、余裕をもって返す。

幹是軒は、茂造の言葉など聞こえぬかのように、立ち上がると壬四郎のほうへ声をかけた。

「若君。元気なくあらせられるようだが、お疲れか」

代わって茂造が声を上げた。

「若様は自分らのお家の所業《しょぎょう》が恐ろしゅうて堪《たま》らぬとよ」

幹是軒がきっと睨《にら》み据える。

「茂造、いい加減にせぬと、そのままでは捨て置かぬぞ」

「もうこんなところまで連れてこられた。好きにしろ」

茂造は、自暴自棄《じぼうじき》になっていた。

「どうせ用が済めば殺される。蓬莱寺で坊主どもが降参した後や、国人衆の頭どもが騙《だま》されて呼び集められたときのようにな。

ご領主様とその家来なんざ、それが当たり前だと思ってるんだろう。手前《てめえ》らに逆らうものは皆殺しだ。それで、百姓町人から年貢を絞り取って、のうのうと暮らしてる――俺や赤田なんぞは、そんな連中の女一人拐《かどわ》かして女衒《ぜげん》に叩《たた》き売っただけで、死罪よ」

口にして初めて気づいた。自分は、領主のやり口に憤《いきどお》っていた。

――俺たちがやったことより、こいつらのほうがよっぽど酷《ひで》えじゃねえか。

「戦国の習いよ」

山伏姿の唱専坊が呟いた。

「お前《めえ》も、いつまでも馬鹿の一つ憶《おぼ》えを言ってんじゃねえよ。

やい、糞坊主《くそぼうず》。何が極楽浄土だい。こいつらみんなまとめてどっかへやっちまえば、もうそこが極楽浄土だろうがよ。坊主も侍もいらねえや」

「お前は、嘘、言ってる」

口を挟んだのは、甚助だった。壬四郎を庇《かば》うように背にして、茂造を睨んだ。

「何が嘘だ⁉」

「侍も、殿様も、いらねえか？　侍も殿様もいなくなったら、争いごとなど、なくなるか？　――そんなこたぁねえ。

俺の生まれた名《みよう》は、山ん中に凝《かた》まるように家が建ってて、侍なんざ一人もいねえ。だども、今年はあの家の作物の出来が良いといっては妬《ねた》んで、こっそり畑さ行って盗み、日照りに畑の水の取り合いだといっては摑《つか》み合いし、争いごとばっかりだ」

「可愛いもんじゃねえか。それで何人死んだ？　こいつらのやり口と比べりゃ、天下泰平ってなもんだろうがよ」

「それで家と家とで争って、収《おさ》める者がいねえと、屁理屈《へりくつ》言ってようが何だろうが力の強いほうが勝つ。そうやってくうちに、そいつがだんだん偉くなって、自分は働かねえで、人に何でもさせるようになる。

やがてはやくざ者になり、人から盗《と》るばっかりんなって、野伏せりになる。それがお前だろうよ。侍がいらねえなら、野伏せりはどうなんだ。

俺の言うことは、間違ってるかい」

茂造は言葉に詰まった。甚助の言ったことは、そのまま自分の生きてきた道を言い当てられているようだった。

──それでも、小館領主ほど酷《ひど》くない。

そう言おうとして、しかし言葉が出なかった。

野伏せりのような卑《いや》しい身の上から這《は》い上がって戦国大名になった者もいると、話には聞く。

──佐双の殿様のように偉くなっても、俺は、あんなふうに酷くはならないのか？

「お主の負けだな」

唱専坊が茂造に言って、その場を離れた。出発の身支度をするつもりのようだった。


幹是軒が壬四郎に近づいた。

そばにいた甚助は、先ほどの自分の話が恥ずかしくなったのか、幹是軒が寄ってくるのを見るとそそくさとその場を離れた。

「福坂」

壬四郎が、呟くように呼び掛けた。目は、彼方《かなた》の山を見ている。

「今の茂造の話が、俺にはもっともなことに聞こえた」

「甚助めにやりこめられたような話が、でございますか」

壬四郎の気を高めようと、潑剌《はつらつ》と言った。壬四郎は苦笑で応《こた》えた。

「その話に、俺はやりこめられた──福坂、佐双の家は、何をやってきた。父がやってきたことは、やらねばならぬことだったのか」

「若。お館《やかた》様のなされたことの是非《ぜひ》は、この幹是軒ごときの考えの及ぶところではありませぬ。ただ、お館様は為《な》さねばならぬと思うたことをおやりめされた、そう思います る。

大事は、すでに為されたことより、これより為すべきこと。これより若が、何を為さ れるかではござりませぬか」

「俺が、何をやるか、か。

福坂、俺に何ができる。父にこの山行きを命ぜられて何も言い返せず、山に入るにも自分では何もやれぬまま福坂の手配りに従うのみ。こうやって歩くのも、ほれ、甚助に紐《ひも》を結んでもらわねば、ろくに草鞋《わらじ》も履《は》けぬ」

剽《ひょう》げて、足を片方上げてみせた。

「若。お世継ぎはそれでよろしゅうござる。山人足《やまにんそく》の手配や、歩き支度を上手《うま》くこなすのが仕事ではありませぬ」

「飾り物か」

「誰がそのようなことを申し上げておるか」

静かだが、怒りを込めた声だ。

「床の間に飾って置くつもりなれば、誰もこのようなところまで連れて来はせぬ」

「連れてこられても何もできぬではないか」

千四郎が反発した。

「それがお判りになればよい」

壬四郎は、キッと幹是軒を睨みつけた。幹是軒は、いつもの敬《うやま》いを捨てて見返した。

「できぬから諦《あきら》めて置物に成り果てるか、これよりできるようになっていこうとするか、それは若君ご自身がお決めになることにござれば」

幹是軒は壬四郎に向かって頭を下げ、そろそろ出立のご準備を、と言って離れた。壬四郎の心は波立っていた。

「若様。福坂様の心中を想われよ」

いつのまにかそばにいた無二斎が、ぼそりと言った。

「まずはそこから始められればよい。それもできぬお方に、今のような話をするほど、あの男は親切ではあり申さぬ」

それだけ言うと、無二斎も壬四郎から離れていった。

3

「先生、この戦乱が鎮まれば、争いごとはなくなりましょうか」

一行はまた歩み始めていた。その最後尾を行く八弥が、師の無二斎に問うた。

「唱専坊なれば、末法《まっぽう》の世である、と言うであろうな」

無二斎は、淡々と答えた。

「なれば、このまま世は終わると」

少し黙ったままであった無二斎は、口調を変えて言った。

「八弥、見よ——晴れ渡り穏やかな日である。が、分け入って詳しく眺めれば、川では魚どもが縄張り争いをし、傷つけ合《お》うておる。木の枝を見れば、蜘蛛《くも》や蟷螂《かまきり》などの小虫が、仲間を喰ろうておる。それは、太古の昔より今に至るまで、変わらぬ有り様であろう。

なれば、人も同じ。世が麻《あさ》のごとく乱れる前、争いはなかったか——甚助やら言う足軽が申したとおりであろうな。やがて英雄が現れ、この戦乱を取り鎮めるかもしれぬ。さすれば、殺し合いは減ろうから、今よりましかもしれぬ。が、人が人である限り、争いはなくならぬ」

「救いはござりませぬか」

「八弥、なんのために修行をしておる。お前が極めんとするは、殺し合いの技ぞ」

若い弟子は、沈黙した。

「福坂様が若君に言うた言葉を聞いていたか」

「はい」

「そのままお主の問いへの答えであろう。救いを人に求めて世に翻弄《ほんろう》されるままになるか、自ら為せることを何ごとか為さんとして生きるか、それはお主が自ら決めることだ」

八弥は、もう一度沈黙した。無二斎は、今度は何も言わずに弟子が考えるままにさせていた。

　幹是軒も足を進めながら考えていた。

　蓬莱寺の僧兵であった唱専坊は、自らの生き方について、阿修羅道《あしゅらどう》を歩んできたと称した。我が生き方も畜生道《ちくしょうどう》か、修羅道であろう。虜囚の茂造は、侍がいなくなれば世は極楽浄土になると言った。足軽甚助が言った集落の争いごとは、餓鬼道か。なれば、六道《りくどう》全て、この世の有り様そのものであろうか。

　無間地獄《むけんじごく》、という言葉が幹是軒の心に浮かんでいた。

　漆黒《しっこく》の闇の中で炎に照らされるように、領主顕猛の面影が浮かんでいる。幹是軒は、その暗い予感に身を震わせると、自らの臆測《おくそく》を心の中で打ち消した。


　先頭を行く唱専坊が振り返ると、幹是軒を確認するように見た。幹是軒が頷《うなず》き返す。唱専坊は、一行全員に対して口を開いた。

「一行の方々に申し上げる。これよりは、間道をもはずれ、猟師道《りょうしみち》に入り申す。繁みを掻《か》き分け、谷川の流れを踏みしめ、急坂では蔦《つた》に縋《すが》ってよじ登りながらの道中、慣れぬ者には道であることすら判らぬようなところなれば、御覚悟召《め》され」

　壬四郎は、まだ道が険しくなることなどあるのかと、疑いたくなった。しかし、道が険しくなれば余計なことを考える余裕はなくなる。今の自分にとって、却《かえ》ってそれは救いなのかもしれないと思った。

ここより先、一行は韜晦《とうかい》する行程を捨て、進行の方向を急激に変えて、「物見の塞《さい》」めがけて直進する。

あれ以来風嶽党の物見らしき者とも行き合わず、小才次や無二斎によれば、敵の忍らしき者の気配もない。今こそ、これまでずっと幹是軒が探ってきた、最後の行程に入るべき頃合《ころあい》であった。

が、それは同時に、一行が進むべき道程に立ちはだかる最後の難関でもあった。

4

そこからは、まさに唱専坊の言葉どおり、道とは思えない難所の連続だった。

藪《やぶ》を分け、蔦を掴《つか》んで壁のような急坂をよじ登り、足の甲と同じほどの幅しかない崖《がけ》の出っ張りをつたって、命綱もなく回り込んでいく。それは、これまで頼りにしていた杖《つえ》すら逆に邪魔になり、猿のように四肢の全てを使わなければ進むことすらできない道のりだった。

佐双家の敵であった蓬莱寺僧兵くずれの唱専坊に、ここまで危険な行程の案内をさせることに、全く懸念がなかったわけではない。そこまで幹是軒は、唱専坊に全幅《ぜんぷく》の信頼を寄せてはいない。修験者姿の僧兵くずれと壬四郎の間には、必ず自分の身体を挟んでいる。

しかし同時に、どこかでこの危険を冒《おか》さなければ最後の目的に到達できはしない。武芸者師弟しか知らない小才次の存在が、幹是軒の最後の頼みだったが、唱専坊の扱いが賭《か》けであることに変わりはなかった。


道が険しくなってから、休息の回数を増やした。疲れで足下や周囲への注意が疎《おろそ》かになることを、何よりも気遣わなければならなかった。

一行は、険しい行程の中でも難所に相当する場所を越えるたびに、しばし身体を休めた。これは、難所にいるとの自覚があれば自然と注意を怠《おこた》らないものの、そこを越えた後で油断が生じるとの唱専坊の体験談を受け入れてのことであった。

何度目かの小休止は、切り立った崖の上で取ることになった。崖の上に広がる平地に、各人が思い思いの場所へと散らばった。平地は藪で狭く仕切られており、木々の生い茂る山へつながっていた。

崖際に座った唱専坊は空を見上げた。自分よりさらに遥《はる》かな高みを、鷹《たか》が舞っていた。

「おい、生臭《なまぐさ》坊主」

茂造が唱専坊に声を掛けた。先ほどの甚助との言い合いを負けと判定され、今度は唱専坊に絡むつもりのようであった。

唱専坊は、何の気負いもなく声をかけてきた茂造を見た。

「俺は、まだお前のことがよく判らねえ。佐双の殿さんは、末世までの敵とか抜かしていながら、なぜその息子に尻尾《しっぽ》を振ったぶりをしてやがる。他のお上品なボンクラは舌先三寸で騙《だま》せても、この俺は信じねえ――いってえ何を考えてやがる」

嫌悪感を顕《あら》わに、若い八弥が遮った。

「いい加減にせぬと、この場で斬り捨てるぞ」

茂造は、引き下がらなかった。

「いいや、黙らねえ。どうせこの旅が終われば斬られる身の上だけどよ、まだ先があると思ってるうちに、いきなり仏敵覆滅《ぶってきふくめつ》なんぞとホザいて若殿さんを突き落とされでもしたら、目も当てられねえ。了見は、しっかり聞いておきてえのよ」

八弥は、今度は幹是軒を振り返った。我慢の限度を超えているようである。

「福坂様。なぜこのような者を一行に加えておられます。私には邪魔な者としか思えませぬ」

幹是軒の答えは、前夜木地師の娘と茂造との騒動の後に無二斎へしたのと同じく、煮え切らないものだった。

「まあ、連れて来たは、万が一への備えとでも申すかの」

そんな曖昧《あいまい》な返答では八弥は納得しない。

「どのような備えになるというのですか」

「まあ、よいではござらぬか」

とりなしに入ったのは、意外にも、茂造に絡まれた当の本人であった。

「囚人もいれば、修験者もおる。そういう者どもを引き連れてくださるのが、福坂様よ。これが他の方なら、山入りする前の、我が怪しいと知ったそのときに放り出されており申す。福坂様なればこそ、ここまでお連れいただけた」

「それは、我らも同じ。数日前まで会うたこともない芸者（武芸者）風情《ふぜい》に、若君様のお側《そば》近くでの供を仰《おお》せになるとは、なまなかな御仁《ごじん》ではあり得ぬこと」

唱専坊に言葉を足したのが自分の師匠であったので、八弥は口を噤《つぐ》まざるを得なくなった。

茂造も、これ以上言い募るとまた自分に矛先《ほこさき》が向くことが判っているから、さらなる口出しはしなかった。

言葉を続けたのは、唱専坊であった。唱専坊は、茂造へというより、皆に向かって語った。

「福坂様に正体を見破られ、確かに佐双のお家は末世までの仏敵と申し上げた。が、それは、己をも謀《たばか》っていただけに過ぎぬと、判り申した。恥ずかしながら、ここな武芸者殿より、蓬萊寺合戦に勝った暁《あかつき》の褒賞を問われて初めて気づかされた。

我は、本来僧兵では登れぬ高みに登らんとする夢を見申した。それを破ったは、結局は風嶽党。このまま、我が夢を破りたる風嶽党に一矢《いっし》も報《むく》いられぬのでは、死んでも死に切れぬ。平々凡々たる名もなき修験者で終わるより、死に花を咲かせたかった。それだけにござろう」

「仇討《あだう》ちは、虚《むな》しくはないか」

自分の考えに打ち沈んでいると思われていた壬四郎が、ぽつりと言った。

「虚しいかもしれませぬ。しかし、他に生きるよすががあり申さぬ」

顔を上げた壬四郎を、唱専坊は静かに見返し、誘うように空を見上げた。

「鷹はあのような高みにありながら、地べたにて藪を縫って走る子鼠《こねずみ》も見逃さぬと申します。が、人はそのようなよき目は持ち合わせておりませぬ。僧兵では登れぬ高みに登らんかというときは、増上慢《ぞうじょうまん》で、何も見え申さなんだ――こうやって何もかも失《うしの》うてみると、今まで見えなかったものがよっく見え申す。

一度底まで落ちて、辺り全てを見上げてみることも、よきことなのやもしれませぬな」

さばさばとした顔で笑った。

壬四郎の「仇討ち」との言葉に微《かす》かな反応を示した八弥が、口を閉ざしたまま唱専坊の顔をじっと見ていた。師匠の無二斎は、何も気づかぬように風景を眺めている。

それらの人々をひと渡り眺め、幹是軒は腰を上げた。また歩き始めるべきときであった。

その日は、まだ日が高いうちに宿とする場所に到着したが、難所の連続に、一行全員が前日とは比べ物にならぬほど疲れていた。

十一、狩倉

1

その日、一行が宿とする場所を狩倉《かりぐら》という。通常は狩りそのものや狩猟成績の競い合いを意味するが、ここでは猟師が獲物を求めて山を渡り歩く際に宿とし、あるいは集団で山中の狩りを行うときに拠点とする山小屋のことを指す。

木々が繁る森のはずれに山肌に寄り添うように建てられており、裏手の坂を登るとそう遠くないところに湧き水があるということであった。

どうにか雨風が凌《しの》げる程度の粗末な建物で、床もなく、小館の町はずれで武芸者師弟が仮の宿としていた堂宇《どうう》のほうがずっとましなほどだ。しかし、一行全員がなんとか入りきるぐらいの広さはあった。

荷役の山人二人は、狩倉に着く前、最後の切所を越えたところで帰した。

ここよりは、刀争《とうそう》の場になる。戦国の時代であるからには、山人にしろ戦慣れはしていたが、無理にそのようなところまで付き合わせる必要はなかった。

山人に持たせたものは、必要を考えてのことではあっても、邪魔になれば捨ててもよいものばかりであったから、帰りに荷役夫がいなくてもなんとかなる。それに謀《はかりごと》が図に当たれば、帰途は小此木の手勢に荷を任せ、堂々と往還道を通ってずっと楽に下ることができるはずだった。

甚助や八弥が代わると言うのを断って、その二人には今までの荷をそのまま持たせ、これまで山人二人が背負ってきた荷は幹是軒と無二斎が背にした。無二斎は平然と進んだが、実際に背負って歩いてみると、幹是軒には今までに劣らぬ苦行であった。

ようやく小屋が目前に見えたときには、幹是軒は思わずへたり込みそうになった。


狩倉に着いた一行は、小休止を取った後、そこに残る壬四郎、甚助、八弥と、「物見の塞《さい》」を探りに出る者たちに分かれた。虜囚の茂造は、その場に残せないため探索方に組み込まれた。

探索の組が出掛けると、甚助は全員分の夕餉《ゆうげ》の支度に取り掛かった。

とはいえ大したことをするわけではない。携帯した干飯《ほしいい》を水に浸し、干魚《ひざかな》や味噌《みそ》などを盛るための大振りな葉を探すだけだ。

干飯は炊いた米を天日干しにして乾燥させた物で、当時の携帯食料である。口の中に含んでいればだんだん柔らかくなるからそのままでも食べることはできるが、翌日の合戦に備えて少しでも腹ごなしを良くするための工夫であった。

それでもここは、もう風嶽党の「物見の塞」にもほど近いため、火を焚《た》くことはせずに済ませるつもりであった。

甚助が夕餉の支度をしている間、小屋には壬四郎と八弥の二人だけが残された。八弥は、自分の刀の手入れを始めていた。

「南、であったな」

壬四郎が口を開いた。八弥は、床に敷いた筵《むしろ》の上へ手にした刀を置いて、正対して返事をした。

「はい、さようにございます」

「手入れを続けよ。お主の邪魔になるが、少し話をしたいだけじゃ」

「お気遣いありがとうございまする」

「師匠との旅は長いのか」

「ここまでで半年ほどになりまする」

「その前は」

「師の道場が武州石岡《ぶしゅういしおか》にござりましたゆえ、そこに寄せていただいておりました」

「いつ弟子に入った」

「十四の頃でございましたから、もう五年を超えておりまする」

「十四というのは、剣術を始めるに遅くはないのか」

「その歳ごろより始める者もおりますが、私はそれ以前より、父にいささか手ほどきは受けておりましたゆえ」

「お父上は」

「戦国の世にございますれば」

八弥はそれだけを答えた。壬四郎は疑うでもなく、八弥の期待どおりの解釈をしてくれたようだった。

「そうか。お父上も、武庫川殿と同じご流儀だったのか」

「いいえ、家伝の名もなき刀法《とうほう》にございます。師は、父を喪《うしな》い寄《よ》る辺《べ》もない私を憐《あわ》れんで、内弟子にとってくれたのやもしれませぬ」

本当は、八弥には母と妹がいて、いまだ健在のはずであった。が、八弥はここでも、弟子に入るときに師にしたのと同じ話をした。

「なぜ石岡を離れた。暮らしが立たぬようになったか」

「石岡では、ご城主様に庇護《ひご》をいただき、家臣の方々も少なからずお通いいただいて、道場は繁盛致しておりました。師が旅に出たは、我が兄弟子に道統を継がせるためと聞いております」

「お主ではなく兄弟子にか。その男、強いのか」

「私が師の弟子に入る前に廻国修行に出たお方ゆえ、直《じか》にはお目に掛かっておりませぬ。ですが、そのころを知る石岡のご家来衆によれば、師以外ではまともに稽古《けいこ》にならぬほどの強さであったそうにございます」

「まみえておらぬとは、武庫川殿は目的を果たされておらぬのか」

「いまだ旅の途中にござりますれば」

壬四郎は、八弥の言葉を考えながら次の問いを発した。

「で、あるのにこの山入りに供をしてくれたのか」

八弥も考えながら答える。

「師の考えを全て推し量れるほどの力は、いまだ私にはございませぬ。ただ、師が申しますには私だけでなく、師もいまだ修行の身にあるとのことにござりますれば、あるいはこたびお供をさせていただいたのも、そのつもりなのかもしれませぬ」

「あの剣豪にして、いまだ修行中の身と申されるか」

壬四郎は、まだ無二斎が実際に刀を遣うところを見たことはなかった。しかし、普段の立ち居振る舞いを見、あの歳でこの険しい山行きを平然とこなす強靱《きょうじん》な体力を思っただけで、八弥の言はそのままに信じられた。

自分の考えに打ち沈み始めた壬四郎の様子を見て、八弥は自身の刀の手入れを再開した。

甚助が、湧き水で洗った皿代わりの葉を持って帰ってきた。

2

幹是軒、無二斎、唱専坊、茂造の四人は、向かいの山の中腹より、「物見の塞」と呼ばれる風嶽党の拠点を観察していた。その有り様は、砦《とりで》と言うよりは関所に近い姿をしていた。山道の途中に平らな部分が広がる分、斜面がさらに急になった場所があり、その広がりの前後二箇所に柵門《さくもん》を設けている。広がりの奥には何棟かの建物があるようだった。

「あまり居《お》らぬように見えますな」

唱専坊が言った。事実、そこそこの広さはありそうな様子なのに、人影はあまり見えなかった。

「十人居るようだ。弓はあるが、種子島《たねがしま》（火縄銃）はないな」

幹是軒が言った。風嶽党にとってより重要な拠点、「中の砦」に小此木兄弟の手勢を向かわせた策が当たり、人手はほとんどそちらへの対応に取られているようだ。

「そこまでお見えになるか」

人数と得物を断定した幹是軒の観察力に、唱専坊が瞠目《どうもく》した。この場に来るについても、途中からは幹是軒が先頭に立ち、まるで見知った場所であるかのように真っ直ぐ一行を伴ってきている。

「このお方は別に目を持っておられる」

無二斎が当然のことのように言った。

唱専坊は意味を取りかねていたが、無二斎の言うとおり、場所も人数も小才次からの情報だ。虜囚の茂造は、この場では立場をわきまえることにしたようで、隅で口をつぐんで大人《おとな》しくしていた。

「その人数なれば、簡単に破れ申そう」

唱専坊がこともなげに言う。

無二斎が、小さな所作で向こう側の道の少し上二箇所を指さした。

「両側に物見場がある。近づき方を考えぬと、準備万端整えたところに飛び込む仕儀になりかねぬ」

無二斎が指した辺りをよく見ると、山の斜面、道が狭隘《きょうあい》になる二箇所それぞれの上方に、茂みに隠された小さな平地があるようだった。その一箇所には二人、もう一箇所には一人の野伏せりがいて、ときおり道の先に目をやっていた。

両方ともに弓を持った者がいる。それぞれの場所からは、道が続く先のほうへも、柵門側に向かっても射掛けることができそうな位置取りがなされていた。

「あれはちと五月蠅《うるそ》うござるな」

唱専坊が感想を述べたが、幹是軒は応《こた》えず、見つからぬように体勢を低くしたまま身体の向きを変えた。

「戻ろうか」

見るものは見た。これ以上長居をして、こんな離れた場所で見つかってしまっては、手の出しようがない分、余計に面倒だ。

これより後は、戻ってから考えればよかった。

3

食事は陽のあるうちに簡単に済ませた。水で戻した干飯など美味《うま》いものではないが、壬四郎には昨日の獣《けもの》の肉と稗飯《ひえめし》より口に合った。

先に食い終えた幹是軒は、小さく点《とも》した灯《あか》りを頼りに、地面に木の枝で「物見の塞《さい》」の略図を描いていた。

煩わしいのは、やはりあの物見場であった。そこにいる兵が先にこちらを発見するだけでなく、直下ばかりか離れたほうの柵門へも矢を射掛けられる射界が取られているため、対処が難しい。

幹是軒としては、地形を測ると同時に、味方の人数も勘定しなければならない。襲撃と同時に潰《つぶ》すとなると、一箇所なら何とかできても、二箇所同時は無理があった。かといって、本丸を差し置いて出城を一つずつ潰していくような策がとれるわけもない。

隣から唱専坊が覗《のぞ》き込んだ。

「やはり、物見場にござるか」

「左様、この両側にあるところが、さながら龍尾《りゅうび》の技のごとくである」

いかい、りゅうび、もしくはたっぴとは、龍を相手に闘う場合、牙《きば》や前腕の爪《つめ》の攻撃を避けようとすると尻尾《しっぽ》で打ちにきて、尻尾を気にすれば牙や爪が襲いくるという意味から、杖《じょう》術《じゅつ》などにおいて、得物を旋回させながらその両端で相手を狙う技のことである。

ちなみに、剣術にもその名をつけた技を持つ流派がある。唱専坊は、今度は無二斎のほうに目を向けた。

「武庫川様はどうお考えにござるか」

無二斎は、ゆっくりと咀嚼《そしゃく》を続けながらさらりと言った。

「策は軍師殿にお任せ致しておる」

無頓着《むとんちゃく》なその言い方に苦笑した幹是軒は、自分たちが運んできた荷物にふと目をやった。途中まで山人に運ばせた荷の主な内容は、壬四郎と幹是軒の武具であった。

その一つに、やや小ぶりの重藤弓《しげとうのゆみ》が括《くく》り付けてある。小ぶりなのは山に持って入るためであるが、それでも先ほど見た野伏せりたちが持っていた梓弓《あずさゆみ》よりはずっと大きい。野伏せりは、山中や馬上での取り回しを考えるため、それより大きな弓では持て余すのであろう。

幹是軒は次に、干魚の固さに悪戦苦闘している壬四郎を見た。

甚助が見かねて、小刀で魚を細切れにしようと申し出ているが、肯《がえ》んぜずに頭を咥《くわ》えたまま尻尾を引っ張っている。昨晩とは打って変わって旺盛《おうせい》な食欲を見せていた。それは、昼まで考えに打ち沈んでいたことを思えば、喜ばしいことであった。

この狩倉に着いて探索に出ようとするとき、壬四郎もそこに加わりたいと言い出した。が、幹是軒は物見が大将の役目でないことを理由にして突っぱねた。「先見は軍師にお任せあれ」と言ったのだが、それが先ほどの無二斎の言葉の因《もと》である。

幹是軒は壬四郎に問うた。

「若様。弓のお腕前は」

荷の重藤弓は、壬四郎の持ち物であった。

「巻き狩りで鳥や兎《うさぎ》を射た。当たることもあれば、はずすことも多い。とても名人ではなかろう」

いったん魚を口から離して答える。力みのない、素直な答えも好ましかった。

「では、遠矢《とおや》は」

「修練はしておる。が、これもそこそこじゃ」

幹是軒もここ数日、壬四郎の言動をずっと注視してきた。この言い方のそこそこであれば、どうしようもないということはあるまい。

幹是軒の目は、今度は甚助に向いた。

「甚助、鏑矢《かぶらや》は作れるか」

4

夜の狩倉の中、サクサクと木を削る音がずっと続いていた。小さな灯りを手許《てもと》において、甚助が子供の拳《こぶし》ほどの大きさの木の塊を小刀で削っている。

「明日《あした》の首尾が上々であれば、全て終わるかもしれぬ」と、他の者がいないところで幹是軒から言われていた。そのためにも、甚助は余分なことは考えず、一心に小刀を操っていた。

壬四郎は寝付けずに、横になったままその音を聞いていた。明日こそが、本来の意味での自分の初陣《ういじん》となる。

重臣どもの目からすれば、領主世子の初陣として相応《ふさわ》しい場とはとうてい思えない戦いであろうが、今の壬四郎にとって、そのようなことはどうでもよかった。

たった二日二晩の道中しか共にしてはいないが、この場にいる一人ひとりが、壬四郎にとってこれまでの誰よりも身近に思えた。

――明日は、この内の幾人《いくたり》かは命を落とすかもしれぬ。

そのことを想い、壬四郎は眠れずにいたのであった。

武庫川無二斎はごく浅い眠りについていた。眠っていながら、意識の一部は休むことなく辺りの様子を探っている。

無二斎は、眠りに落ちているにもかかわらず、甚助の動きや壬四郎が横になりながら目覚めていることなどを、意識の一部で感得していた。一剣で身を立てるようになって以来、ずっとその状態が続いていると、無二斎本人は思っていた。

しかし、どのような時も深く眠れないようになったのは、八年半前の国東左馬之介との真剣試合以降であった。無二斎の潜在意識が、夢を見ることを怖れていたのだ。

翌早朝、幹是軒は甚助が夜鍋《よなべ》をして作り上げた鏑矢を受け取った。表に出て、矢筈《やはず》のほうを持ち強く打ち振る。

鏑とは、もともとその程度で音が出るものではないが、甚助が作った鏑矢は、幹是軒が振り回した遠心力で、矢柄《やがら》から鏑の部分が抜け飛んでしまった。

甚助が頭を抱えた。

やはり泥縄では無理だったかと幹是軒が諦《あきら》めかけたとき、虜囚の茂造が黙って鏑を拾うと、幹是軒の手に残った矢柄も受け取って細工をし始めた。しばらく茂造が弄《いじ》っていた矢が幹是軒の手に戻ったとき、鏑はしっかりと固定されていた。

茂造は、誇る様子も見せず何も言葉に出さずに、そのまま狩倉の中に戻っていった。

その朝の食事は、葱《ねぎ》や牛蒡《ごぼう》を味噌煮《みそに》にして乾燥させたものを、干飯と共に一晩水に漬けた物が出た。甚助が火を使わずに味噌雑炊の冷えたようなものを工夫したのだが、上出来とはいえず、皆一緒に出た梅干を口直しにして啜《すす》り込んだ。それでも、文句をいう者は一人もいなかった。

いよいよ戦が始まる。飯を啜り込みながら、皆それを考えていた。

十二、物見の塞

1

その朝、「物見の塞」の番小屋で、風嶽党の小頭を勤める文次郎《ぶんじろう》は苛立《いらだ》っていた。「中の砦《とりで》」に向かったと思《おぼ》しき佐双家の軍勢について、新たな知らせは入ってこないし、三日前に出した探りの二人も戻ってこない。探りを出したのは、こちらにも少数の侍が近づいていると警告があったからだが、その二人が侍たちにやられたのか、何か障《さわ》りが起きて戻って来られないだけなのかすら判らない。

追加の物見を出したいところだが、人手はほとんど「中の砦」に取られている。もともと十二人しか置かれなかったところで二人が行方《ゆきがた》知れずになって、残り十人ではここを守るだけで精一杯であった。数十人暮らせるように造った拠点を、たった十人やそこらで守れというのが土台無理なのだ。

そんな憤懣《ふんまん》を顔にも出して、文次郎は番小屋から表に出た。仲間と話してどうなるものでもないが、それでも独りで気を揉《も》んでいるよりはましと、柵門《さくもん》へ向かった。

柵門に佇《たたず》む二人が、文次郎に気づいてこちらを見た。口を開いて話し掛けようとしたとき、上のほうから鋭い口笛が響いた。

三人とも緊張した顔になってそちらを見上げる。上から、声が降ってきた。

「一人、大方山《おおかたやま》のほうから来る。男のようだ」

「西方より東方に一人回れ。東は囮《おとり》で本隊は西から来るかもしれぬから、西方もゆめゆめ油断するまいぞ」

文次郎は東方の物見場の人数を二人に増やし、西方を一人にして、残りを柵門前で待機させることにした。宿棟《しゅくとう》で休んでいた者も、手槍《てやり》や太刀を持って駆け出してくる。

物見場はできるだけ遠くまで見渡せるよう工夫して造ってあるから、まだ遠くにいるうちに発見したのかもしれないが、それにしても追加の報告が遅かった。

緊張が持続できずに文次郎がまた苛立ち始めたころ、ようやく追加で知らせがきた。

「来るのは、やはり一人。侍のようだが、腰が曲がり、杖《つえ》をついている。爺《じじ》いらしい」

待ちきれずに、二人が柵門を出て見にいった。

杖をつきながら、とぼとぼと歩いてくる小さな姿がある。追加の報告が遅かったのは、老人の足が遅くてなかなか近づいてこなかったためらしい。

「やはり爺いだ。こんなところへ何しに来やがったか」

道が尾根へ張り出した狭隘部《きょうあいぶ》の先まで出た二人のうち、一人が振り返って緊張が解けた声で報告してきた。

「芝居かもしれぬ。油断はすまいぞ」

この場の頭を任された責任から、文次郎は念を押した。助役《すけやく》（補佐）を勤める左門《さもん》が、前に出た二人のほうに歩んでいく。

やってくる老人の足取りが待ちきれず、追い着いた左門を含む三人は自分たちから出向いて前を塞《ふさ》ぐように立った。

腰を曲げて視線も落ちていた老人は、前に人が立ったことに気づくと立ち止まり、背を伸ばすようにして三人を見やった。

ろくに足腰も立たない年寄りだとばかり思っていたのが、その目を見たとたん、三人は自分たちの間違いに気づいた。が、そのときにはもう動くこともできなかった。

柵門に立つ文次郎たちは、老人の前の三人が何もせず、ただ突っ立ったままであることを訝《いぶか》しんだ。が、背にした西方の物見場から口笛による緊急の合図が発せられて振り返った。

どこから湧き出たか、得物を持った二人の男が西側の尾根を回りこもうとしていた。二人のうち一人は侍姿で、短鑓《たんそう》を手にしていた。もう一人は修験者姿で、大薙刀《おおなぎなた》を頭上に振りかざしている。

「あんなに近づかれるまでどこ見てやがった」

舌打ちした文次郎たちの目には、腰の曲がった老人よりこちらへの対処が重要と映った。駆け出していくとき、自分の視界の端を何かが音を立てて飛んでいったが、そんな物に気を回す余裕はなかった。

西の物見場を任された者も、ぼんやりしていたわけではない。しかし、東側の騒ぎに気を取られていたのは確かだ。道ではなく崖《がけ》の斜面の木に隠れるようにして、得物を持った二人の男が近づいてくるのに気づくのが遅れた。

普段なら柵門のほうにも人は立っているから、上下両方の視野から身を隠すことは不可能なのだが、今は人数が少ないため、柵門側も老人に気を取られ、監視の目がなかったことが災いした。

西の物見場に一人残った野伏せりは、口笛で仲間に急を報《しら》せた。こちらへと接近してくる侍たちも気づいたのであろう、歩きづらい崖から道へ出て、駆け出した。

物見場の野伏せりは、はっきり自分の視界に飛び出した侍に弓で狙いをつけた。

次の瞬間、何か風を切るような音が耳元でしたかと思うと、側頭部に衝撃がきた。昏倒《こんとう》するほどではなかったが、痛みと目眩《めまい》で弓を射るどころではなくなった。次には、後頭部に重い衝撃がきた。

東の物見場で、隣山《となりやま》のほうから人が来るのが見えたときは、さすがに緊張が走った。しかし、報せに対して一人応援が駆けつけ、やがて歩いてくるのが老人らしいと判って、気が弛《ゆる》んだ。老人の前に仲間三人が立ち塞がったときには、すっかり安心して下の様子を眺めていた。

ところが、老人の前に立った仲間たちの所作がおかしい。と思う間もなく、西の物見場のほうで警戒の合図を意味する口笛が鳴った。西側の道から、侍らしい男たちが駆け寄ってくるのも見えた。

弓持ちにそちらを狙えと指示しようとしたとき、自分たちの物見場の下に音の鳴るものが飛んできた。鏑矢《かぶらや》のようだった。

続けて、一間半ほど離れた藪《やぶ》ががさりと音を立てた。何ごとかと思っているうちに、近くの地面に今度は普通の鏃《やじり》がついているらしい矢が突き刺さった。

慌てて周りを見回すと、向かいの山から谷を越えて矢を放っている侍がいるのが見えた。隣に立つ射手は、指示を待つまでもなく、山向こうの侍に向かって射返《いかえ》し始めた。

とにかく、「物見の塞《さい》」を守る男たちにとっては、全てが突然に始まった。

2

虜囚の茂造は、茂みの奥で若殿様の壬四郎が矢を射るのを見ていた。場所は、昨日四人で探りに来たところとほぼ同じ、敵の拠点全体が見渡せるところだが、昨日より開けた場所を選んだようだった。

茂造の隣では、隙を見てこちらが逃げ出さないかと若様付きの足軽甚助が目を光らせているが、山に登る前のことを考えれば、茂造は逃げる気になどならなかった。独りでいるところに風嶽党の野伏せりどもと出くわすようなことがあれば、今度こそ命がない。

壬四郎は片袖《かたそで》を脱ぎ、弓に鏑矢をつがえると、弦《つる》を大きく引いた。壬四郎の隣には剣客の弟子の八弥が控えていて、向こう側で起きていることを見定めていた。

「若様、今にございます」

八弥の合図で、壬四郎は鏑矢を放った。殿様の嗜《たしな》みにしてはなかなかのもので、素人《しろうと》が作った安定感の悪い鏑矢が、ほぼ狙った方角へと飛んでいった。向こうに届く前に力尽きて落ちてしまったのは、頭部の大きい鏑矢ならば仕方のないことなのだろう。

本来の鏑矢がどのような音を立てるかなど茂造の知るところではないが、甚助が造ったそれは、頼りない音を鳴らしながら飛翔《ひしょう》した。まあ、音が出ただけでも上出来なのであろう。

壬四郎は続けて、二本、三本と、ろくに狙いもせずに立て続けに放つ。今度は普通の矢だから、おおよその見当で放っても、そこそこの場所に向かっていっているようだ。

向こうからも矢が飛んで来始めた。狙う、といっても距離がありすぎて、真っ直ぐには放てない。慎重に狙って矢を射始めた。するると壬四郎は、今度は一本ずつ、慎重に狙って鏃《やじり》をかなり上に向けて、風を読んでは弓を一杯に引き絞って放つのだ。

全て、幹是軒というあの恐ろしい男の事前の指示である。これだけ離れた先を狙って、しかも矢が飛ぶ横から不規則な谷風が吹いているのでは、双方いくら狙ってもまずは当たらない。

要は、向こうの射手に柵門《さくもん》に近づく味方を狙わせず、よそに気を向けさせる策であった。それでも飛来した矢が紛《まぐ》れ当《あ》たりなどせぬよう、わざわざ壬四郎のそばに八弥も置いて気を配らせているのだ。

「若様」

壬四郎が矢を射るのを八弥が止めた。

唱専坊が、東側の物見場に到達しようとしていた。

織豊期《しょくほうき》の終わりから江戸《えど》時代の初め、すなわち宮本武蔵《みやもとむさし》が活躍したのとほぼ同じころ、九州のほうに二《に》階堂流平法《かいどうりゅうへいほう》の松山主水《まつやまもんど》という剣術遣いがいた。松山は、「心《しん》の一法《いっぽう》」と呼ばれる金縛《かなしば》りの術を使ったと言われている。対戦する相手の身動きを取れなくして、据《す》え物斬《ものぎ》りにするという刀法である。

二階堂流の中でも当人一人だけしか使えなかった技ということで、実際どのようなものだったか後世に伝わってはいないが、瞬間催眠術《さいみんじゅつ》であったという説がある。しかし、彼我の実力に相当な開きがある場合、劣っているほうが蛇《へび》に睨《にら》まれた蛙《かえる》のようになることがある、というのは今の時代の勝負ごとでもごく普通に見られる。

要は、まず気迫なのであろう。その上で相手の心を自在に読み取るところまで到達すれば、「心の一法」になるのかもしれない。

実際の「心の一法」がどういうものだったかはともかく、幹是軒が「まずは威をもって相手を制する」と評した武庫川無二斎の神無流は、こうしたものだったものと思われる。無二斎に睨み据えられた野伏せり三人は、手を刀にやることもできずにただ突っ立っていた。

無二斎が握っていた杖《つえ》から手を離し、差料の柄《つか》に手を伸ばしても、対する三人は木偶《でく》人形《にんぎょう》のようにただそれを見ていることしかできなかった。

次の瞬間、もう無二斎の長刀は鞘《さや》から離れ、引き回された後であった。前に立った三人は、声を立てることもなく崩れ落ちた。

幹是軒と唱専坊は、それぞれの得物を持って走っていた。幹是軒の手には、例の短鑓があった。唱専坊は薙刀《なぎなた》である。二人を迎え討とうと柵門の前に立っている四人も、それぞれ大刀を引き抜き、あるいは槍を構えた。

唱専坊は、狩倉を出る前に、自分が背負ってきた笈《おい》から大きな布包みを取り出した。包みを開いた中から出てきたのは、大薙刀の刀身であった。唱専坊は錫杖《しやくじよう》の頭をはずし、薙刀に付け替えてこの場に臨んでいたのである。

幹是軒の前を走って相手四人の真ん中に突っ込むかに見えた唱専坊は、直前で左手に跳《と》んだ。そのまま振り返りもせずに相手の脇を駆け抜けていく。

四人の中で一番唱専坊寄りに立っていた男は、脇を通り過ぎようとする男へ向かって槍を突き出したのだが、左へ跳んだ相手に躱《かわ》されて空を切った。唱専坊は槍を突き出した男の脇をすり抜けるように走り去った。

唱専坊に攻撃を躱された男は槍を突き出した格好のまま突っ立っていたが、次の瞬間、低く呻《うめ》き声を上げて倒れた。唱専坊が跳んだ勢いで振るった薙刀の先で、脇腹を深く抉《えぐ》られていたのだった。

残った三人も、唱専坊を追い掛けることはできなかった。一人が目の前から消えたと思ったら、もう次の男がすぐ自分らの前まで迫っていたのだ。

次の男――幹是軒は相手に近づくと、駆けていた足取りを緩めた。相手の前では普通に歩く速さになっていたが、立ち止まることなくそのまま無造作に近づいていく。

通常、鑓《やり》の間合いは太刀より遠いが、幹是軒が手にしているのは短鑓《たんそう》であるため、さほど太刀と違いはないように思われた。

野伏せりの中でもう一人の槍を持った男が、幹是軒に突き掛かった。

幹是軒は、余裕をもって相手の槍先を払った。軽く払われたようにしか見えない穂先は、突き出した男の予想を超えて大きく流れた。単に槍に鑓をぶつけて弾《はじ》いただけではなく、そのまま柄を押し込んだのである。

流れた槍を手許《てもと》に引き戻すのが遅れた男の鳩尾《みぞおち》には、もう幹是軒の鑓が突き刺さっていた。幹是軒は、一昨日に遣ったのと同様に、石突の近くを右手一本で持って鑓を操っていた。長槍ほどではないが、端を片手で持つことで太刀より長い間合いを作っているのである。

一昨日と違うのは、突き刺した次の瞬間にはもう鑓が引き抜かれ、隣の男目掛けて突き出されていたことであった。

一瞬のうちに仲間三人を斃《たお》された最後の男は、それでも臆《おく》することなく幹是軒の前に立ちはだかった。男は、突き出される鑓を払って懐に飛び込み刀を振るう、一瞬の技に賭《か》けていた。

幹是軒は、相手との呼吸を測るでもなく、無造作とも思える突きを放った。待っていた相手は両手で握った太刀で、鑓のけら首のあたりを払った――が、流れたのは自分の太刀のほうであった。幹是軒の鑓先は、寸分たがわず狙ったところに突き刺さった。

幹是軒は鑓を脇に挟んで、倒れている男たちを見下ろした。四人とも、止《とど》めを刺す必要はないようであった。

己が斃した以外の三人を幹是軒に委ねて柵門より物見場に駆け上がった唱専坊は、その場にいた二人と対峙《たいじ》した。手前の男が弓を持ち、そのまま矢をつがえて唱専坊を狙っていた。

唱専坊は、驚いて離れたりはせず、逆に急激に射手へ迫った。

一瞬、身体を左にずらす。耳元を矢が駆け去っていった。

唱専坊は、右頰に受けた傷を気にもせず、手にした薙刀を横に振るった。

薙刀の刃に矢摺《やず》りのあたりが引っ掛かって、射手の手から離れた弓が飛んだ。射手が倒れる前に、張っていた弦《つる》の切れる大きな音がした。

物見場にいたもう一人の男に顔を向ける。

男は、悲鳴を上げるとそこから飛び出した。崖《がけ》を駆け下ろうとしたが、足がもつれ、そのまま転がった。男は道でも止まれずに、悲鳴を上げながら谷底へ落ちていった。

ここに、風嶽党の拠点、「物見の塞《さい》」は陥落した。

3

幹是軒は山向こうの壬四郎たちに向け、鑓を上げて合図をした。山向こうでも、壬四郎が弓を掲《かか》げて合図を返す。

壬四郎たちは、その場を離れ始めた。こちらに合流するためである。

幹是軒が柵門のほうを振り返ると、唱専坊が西の物見場から、一人の男に縄を打って先を歩かせ、下りてくるところであった。

「こやつ、弓も取らずにぼんやりとしており申した」

唱専坊が、新たな捕虜を突き飛ばすようにその場に座らせて言った。抜き身を提げたままやってきた無二斎が、男の顎《あご》をつかんで様子を調べる。

「横から顳顬《こめかみ》の辺りを一撃したか――刃の付いておらぬ小さき得物のようじゃが」

最後は幹是軒に確認する言葉である。

「これまで得物を遣うところを見たことはござりませぬ。無二斎殿のお見立てが、手前にとっても初めて」

「何のことでござる」

二人の会話の意味が判らない唱専坊が、訝《いぶか》しげに聞いた。

「昨日話した福坂様の目のことよ。目と耳だけではなく、鋭い爪も持っておるようじゃ」

まだ意味の取れぬ唱専坊を無視して、幹是軒は誰もいない繁みの辺りに声をかけた。

「首尾を参右衛門殿に伝えよ。これよりも手筈《てはず》どおりに、とな」

幹是軒が向いたところから少し離れた藪《やぶ》が、風もないのにざっと音を立てた。小才次が、了承と差《さ》し退《の》きを告げてきたのだ。

「福坂様は忍をお使いか」

驚きに目を剝《む》いた唱専坊が、ようやく察して言った。

幹是軒は、応《こた》えずに柵門の中へ歩いていった。塞の中を調べるためである。

無二斎は、懐から出した襤褸布《ぼろぬの》で刀に拭《ぬぐ》いを掛け始めた。

新たに囚《とら》えられた男は、唱専坊の足下でまだぼんやりとしていた。自分の身に起こったことの理解が、よくできていないようであった。

柵門の中の建物には、さして見るべきものはなかった。

隠れ潜んでいる者はいない。普段でも、三十人までは暮らしていないだろう。建物の規模に比べると、やや少ない人数である。

半分役目を終えた場所であろうとの予測は、当たっているようだった。思っていたとおり、わずかながら作物を作っている様子もある。

そのうちに、谷向こうにいた壬四郎たちが追いついてきた。幹是軒は柵門《さくもん》のほうへ戻ると、唱専坊と甚助に声を掛けた。

「中を見てくれ。山火事にならぬように燃やせるならば、焼いていく」

幹是軒の指示を受けて、二人が中に入っていった。壬四郎も、二人に続いて建物を見に行く。

幹是軒は木陰に腰を下ろし、鑓の手入れを始めた。襤褸切れで、穂先から血留玉《ちどめだま》（刀の鍔《つば》に相当する突起）までを丁寧に拭う。八弥が、近くでそれを見ていた。

「鑓に興味がおありか」

手入れを続けながら、幹是軒が八弥に声を掛けた。

「遠目ながらしっかりと拝見致しました。先日といい今日といい、真《まこと》に見事なお腕前にございます」

尊敬の念を籠《こ》めて、八弥が応えた。

「なに、戦場の一つ憶《おぼ》えにござる」

始末を終えた鑓を、八弥に差し出した。

「このような鑓でよければ、ご覧なされ」

「よろしいのでございますか」

八弥の声は、喜色に溢《あふ》れている。

「見るも試すも修行のうち。手に取って自分で扱《あつこ》うてみるがよい」

八弥は、両手で幹是軒の鑓を受けた。

礼儀として両手を出したのだが、受け取ってみて、その重さに驚いた。柄まで含めて全て鉄で出来ているのではないかと思えるほどの重量があった。

「これを、右手一本であしらわれる……」

しかも幹是軒は、鑓の半ばではなく端を持って操っていたのである。たいへんな膂《りょ》力《りょく》であった。

「何事にもコツがござってな、慣れれば何ほどのこともない」

幹是軒は当たり前のことだとばかりに平然と答えた。

八弥は考え込んだ。

――この鑓を相手にした場合、軽く弾こうとしたのでは、さきほどの野伏せりのように、逆に鑓の速さと重みで刀のほうが弾かれてしまう。かといって腰を据えて全力で刀を振るおうとすると、反応が遅れる。一撃目は払えても、こちらが付け入る前に二撃目が来てしまいそうだ。突くぞ突くぞと擬《ぎ》態《たい》をまじえて攻撃されたら、対応できないだろう。

結局、足捌《あしさば》きで突きを躱《かわ》すよりないようだが、その上で自分が振るう刀の間合いに入るには、どうすればよいのだろうか。

幹是軒には八弥の心の動きが読めるようだった。両手に鑓《やり》を持ったまま考え込んでいる若者をちらりと見て言った。

「お手前の師匠であれば、この程度の鑓捌きは、払い除《の》けるも打ち止めるも自在であろう」

本心からそのようなことを言っているのか、八弥は幹是軒の目を見て確かめようとした。幹是軒は続ける。

「遣うほうも自在。無二斎殿なれば、片手の指の二、三本で儂《わし》と同じ動きをなされるであろうな」

八弥は、思わず己の師のほうを振り返った。無二斎は、そばで何が話されているのか聞こえていないふうに、向こうの山を眺めていた。

奥の建物のほうから唱専坊と甚助が戻ってきた。唱専坊が大きな声で言った。

「手前に引き倒さば、山に火は回らぬであろう。袋井とそこの野伏せりも使って、さっそく始め申そう」

4

小此木兄弟の手勢は、今は足を止めていた。先行していた物見が風嶽党の「中の砦《とりで》」に行き当たったのだ。小此木参右衛門は、急いで攻めかかるようなことはせず、事前に申し合わせていた手筈どおりに、砦近くに備えの兵を置くと、少し離れた平地に簡素な陣を構えた。

物見が砦に行き当たったときと、その後も何度か、矢合わせ程度の小競《こぜ》り合《あ》いはあったが、それ以外は砦の内と外でただ睨《にら》み合う状況が続いていた。

この時点で焦る必要はなかった。幹是軒一行の動きが伝わってこないのは案じられるが、自軍は目論見《もくろみ》どおりことを運んでいた。ここまでずっと進軍の速度をゆるやかに保ってきたため、糧秣《りょうまつ》も十分運んでくることができたし、兵も疲れさせてはいない。数少ない心配のひとつは、水の確保である。渓流には敵が毒を混入させる恐れがあることから、わざわざ湧き水を探させて、絶えず見張りを置くようにしていた。

「物頭様」

陣幕《じんまく》の外に出ていた配下の一人が、参右衛門のところへ足早にやってきて西北の方角を指差した。参右衛門が仰ぎ見ると、ここから半里（三キロメートル弱。山中の一里は五十町、約五・五キロ）ほどのところで煙の上がるのが見えた。

「何でございましょうか」

配下は案じ顔を向けていたが、立ち上る煙が参右衛門には朗報に見えた。

「砦の様子を探れ。動揺が見えたら知らせよ」

配下に命じて下がらせた。入れ替わりで、別の配下が参右衛門の下に来た。

「樵夫《きこり》の態《てい》をした男が、福坂様の使いと申して、これを持って参りました」

巻いた書状を差し出す。受け取った参右衛門は、開いて中を確認した。何ほどのことも書かれてはいなかったが、かねて幹是軒と示し合わせていた符号が記されていた。

「ここへお連れせよ。それから、主《ぬし》らは、ちとはずせ」

参右衛門は幕の中にいた配下に命じ、与左衛門に目配《めくば》せした。書状を持ってきた配下が抗議をしたそうな顔をしたが、与左衛門に眼顔で抑えられて引き下がった。連れてこられたのは、しごく目立たない顔つきをした三十過ぎの男であった。

おどおどした様子の男の態度が、参右衛門の配下がいなくなると同時に変わった。地に片膝《かたひざ》をついて目上への礼を見せながら、堂々とした態度で言った。

「小才次にござる」

「なんと」

与左衛門が驚きの声をあげ、続けていった。

「あの折とは違《ちご》うて、姿を現したのはなぜじゃ」

小才次は、冷たい目で見返した。

「さして警戒もない屋敷ならば、忍び入るも容易。ここは用心の者を幾重《いくえ》にも侍《はべ》らせる野戦の陣にござれば、かく参った次第」

「忍でも隠れて入り込むは無理か」

「手はいかようにも有り申すが、お味方に対し、決して傷つけぬ、捕らえて押し込めたりもせぬとなれば、確かに難しいかもしれませぬ」

その答えに与左衛門も納得した。警戒厳重な中でも自由自在に出入りして誰にも気づかせない、などということができるものであれば、相手の大将の首を獲《と》るにも戦などしなくて済むことになる。一方の参右衛門は、弟の問答に構わず肝心の話を始めた。

「して、使いの趣《おもむ》きは」

「佐双家お世継ぎ様のご一行、風嶽党の物見の塞《さい》を陥《お》としてござる」

「やはりそうか」

参右衛門が喜んだ。続けて勢い込んで訊《き》く。

「して、この後も事前の策のとおりか」

「幹是軒殿はそう申しておられる」

「しかと聞いた。なれば、若君様ご一行をこちらに伴ってくれ。すぐにお迎えの準備を致す」

参右衛門は事前の合意どおりの話をしたのに、返事がなかった。

「どうした」

迷いながらの答えが返ってきた。

「若君のご一行の周りにはなかったことなれど、この辺りには忍の気配が致す。気になるゆえ、探りとうござる」

「お世継ぎ様たちのご案内はどうする」

「道は絵図にてお示し致す。お手許《てもと》の方をお迎えにお出しいただけぬか」

「待て」

与左衛門が口を挟んだ。

「なればなおさら、そちがご一行をここまでお連れしてくれ。敵に忍が加わっているとなれば、どのような手を使ってくるかもしれぬ。なれば、そちに気を配ってもらうのが一番じゃ」

参右衛門も口を添える。

「小才次、弟の申すとおりじゃ。若君をこれ以上の危険にお晒《さら》し申すわけには参らぬ」

また、ほんの少し考える間が空いた。

「御ふた方の申し条、得心した。なればこれより、戻り申す」

参右衛門が配下を呼んで、樵夫姿の小才次を連れて下がらせた。配下が目の前に現れたときには、小才次はまた、ただの山人になっていた。

十三、対　陣

1

風嶽党の「物見の塞」を陥落させた一行は、塞で得た捕虜一人を加え、前日の宿とした狩倉に戻った。

風嶽党の捕虜を除く全員が、出立の支度を始める。

唱専坊は杖《つえ》から大薙刀《なぎなた》の刃の部分をはずすと、丁寧に布で包み笈《おい》に仕舞った。代わりに錫杖の頭の部分を取り出し、刃を抜いた杖にすげ直す。持ち物まで含めてすっかり修験者の姿に戻った唱専坊は、笈を背負い、他の者の準備が調うのを待っていた。

その姿を見て、幹是軒が声をかけた。

「お主、まだ供をするつもりか」

「風嶽党との戦が続くのであれば、我もお供を続けとうござる」

唱専坊は、何を当たり前のことを、という顔で答えた。

「これより小此木の陣へ参るのだぞ。いかにこたびの勲《いさおし》があったとはいえ、お主の素性が明らかになれば、参右衛門とて、そのままには捨て置けぬであろう」

言外に、去れと言っているのだ。

「我が素性を福坂様が見破られたときに、この命はすでに無くなり申した。これより後、小此木のご一統に膾《なます》にされたとて、どなた様にも文句を言うつもりはありませぬ」

無邪気に笑みすら見せている。呆《あき》れて説得を続けようとする幹是軒を、壬四郎の言葉が遮った。

「この旅が終わるまでは、唱専坊は我が供じゃ。誰にも手出しはさせぬ」

唱専坊は壬四郎を見て真顔に直り、深々と頭を下げた。

「しかしのう」

困惑気味に顎《あご》に手をやった幹是軒の視線の先には、虜囚である茂造がいた。

「命が惜しくば、こやつも口をつぐんでおろう」

無二斎がそう言って、袋井のそばに寄った。茂造は、不気味そうに無二斎のことを見るが、蛇に睨まれた蛙の態である。

「唱専坊の素性が明らかにならば、誰の口から漏れたかは自明のこと。されば、そのような仕儀にはなり申さぬ。のう、袋井殿」

無二斎が、気安いふうに茂造の背中側から軽く肩を抱いた。茂造は、身じろぎをすることもできずに、不機嫌な顔で押し黙ったままでいる。

「さあ、支度が調いましたならば、行きましょうぞ」

唱専坊だけが、あっけらかんとしていた。

狩倉の外に出揃《でそろ》った一行の前に、どこからか樵夫《きこり》の風体をした男が現れた。不意にやってきたこの男を、幹是軒は当たり前のように道案内に使った。どうやら、以前からの知り合いのように見えた。狩倉の手前で山人を帰して以降、幹是軒が背負ってきた荷物は、樵夫の男が担った。

男に従い、一行はしばらく山中を歩いた。昨日までと比べると、よほど楽な行程であった。なにより、一応道らしきものが続いている。考えてみれば、風嶽党も「中の砦《とりで》」と「物見の塞」の二拠点を同時に持つ以上、両方の連絡は確保しなければならない。道らしいものができていて当然ではあった。

一刻半ほど歩くと、男が立ち止まって行く先を指し示した。木々の間に、辺りを警戒しながら歩く歩哨《ほしよう》が見えた。樵夫の男は、ふた言み言幹是軒と話すと、背に負った荷を降ろし、一行に軽く頭を下げて繁みに消えた。

幹是軒は、男がいなくなると歩哨のほうに声を掛け、自ら名乗った。藪《やぶ》の中から声を掛けられた歩哨は警戒する様子で仲間を呼んだが、相手が自称するとおりの者たちであることが判ると、土下座をせんばかりの態度になった。一人が本陣へ知らせに駆け出していく。領主世子一行の突然の出現に、小此木の陣は一時騒然となった。

まもなく、小此木の陣より領主館《りようしゆやかた》へ向け使者が一騎出立した。行軍でゆっくりと山を二日の行程ならば、戻りは下りになることもあって、急使は馬に無理をさせるが半日も掛からずに着く。知らせる内容は無論、「壬四郎、風嶽党の拠点一箇所を攻略」、である。

壬四郎は、ようやく人心地《ひとごこち》がついた思いがした。小此木の陣に着くと、「中の砦」攻めの差配をする参右衛門、与左衛門の兄弟が自ら出迎えに来て、歓待《かんたい》してくれた。久しぶりに温かい普通の飯が出たこともありがたかったが、幹是軒に、今後二、三日は歩かずに済むと言われたことに、心底ほっとしていた。

本陣に落ち着いて、壬四郎はここまで無事に来られたことを振り返り、改めて信じられない思いを抱いた。一緒に山に入った者を、誰一人欠くことなくこの場に至れたことが嬉《うれ》しかった。その想いは、袋井とかいう囚人についても例外ではない。

小此木兄弟の陣に着いたその日、幹是軒は参右衛門の配下を道案内に「中の砦」の偵察を行った。「中の砦」も、若干規模を大きくしただけで、その造りはほぼ「物見の塞」と同じである。

武具を身に着けた一定以上の勢力がそこから出撃し、またそこに帰っていくのであるから、近くに馬で通れる程度に整備された往還がなくてはならない。そして、敵に見つかりにくいことと攻撃された場合の防御とを兼ね備えた、地形と縄張り（設計）が工夫されていた。

具体的には、往還からはずれた間道を少し進み、さらにその間道からも急峻《きゅうしゅん》な尾根を回った反対側のわずかな平地に、「中の砦」は壁にへばりつくようにして存在する。平地の上も下も急な斜面で、谷の向かいの山も滅多に人が通らぬような場所が選ばれていた。

二つの拠点の違いは、「物見の塞《さい》」の建物が山道の途中の広がりの奥に造られ、その前を柵門《さくもん》で仕切っていたのに対し、「中の砦」では尾根を回った平地の両端が柵門で仕切られていることだ。

このほうが敷地を広く取れるため、人を多く置くことができる一方、寄せてくる敵勢は柵門までずっと狭いところを通らねばならないことから、一度に攻撃に繰り出せる人数が制限される。

また、「物見の塞」ではほぼ平坦《へいたん》だった拠点への尾根回りが、「中の砦」では両側ともに拠点へ向かって登っていく勾配《こうばい》になっていた。当然、下から攻めあがるより、上から見下ろすように守るほうが断然優位になる。

幹是軒は、「中の砦」の位置取りと縄張りへの目配りに感じ入った。両拠点の防御にここまでの違いがあるのは、「物見の塞」は領地を追われた末に行き着いて急遽《きゅうきょ》造られたところであるのに対し、「中の砦」を造る際は、場所からじっくりと選定するだけの余裕があったということであろう。

いずれにせよ攻略するのは難しい。少なくとも小此木の手勢程度では難しかった——幹是軒に、本気で攻め落とそうとの気があるならば、ではあるが。

2

小此木の軍と合流した日とその翌日、幹是軒は敵方の視察と味方の軍議にじっくりと時間を使った。兵の支度も抜かりなく行わせる。もう、危ない橋は渡り終えた。これよりはときを惜しまず、足を踏みはずさぬようにする慎重さこそ肝要《かんよう》であった。

三日目にして、初めて軍勢が攻撃を仕掛けた。大振りの楯《たて》を持った雑兵《ぞうひょう》を先に出し、その後ろに弓兵《きゅうへい》がつく。大楯の兵は、弓兵を相手の矢から守るためだけにいる。さらに遅れて、やや小振りの楯と持槍《もちやり》（長柄よりやや短めの長槍）を持った足軽を繰り出した。しかし、簡単に柵門まで寄せるようなことはしない。前に出て矢合わせをしては下がり、また前に出て挑発することを繰り返させた。

矢合わせの合間に、数発の銃声がしている。小此木の手勢に種子島（火縄銃）の用意はないから、全て風嶽党側の放ったものだ。しかし、数は多くなく、射程も弓と変わらぬ程度のようだ。これをもって手順を変える必要はないと、幹是軒も小此木の兄弟も判断した。

采配《さいはい》は、与左衛門が振った。兵に決して無理をさせず、味方に無用の損害を出さぬことを第一に心掛けている。矢を射掛け、敵の攻撃を引き出しては下がる。押しているように見せて無理に近づかず、相手を苛立《いらだ》たせて柵門の外へ誘い出そうとし、なおかつ腰が引けているなどと侮《あなど》られないように攻めねばならない。決して簡単ではないことを、与左衛門はきっちりとし遂《と》げてみせた。

幹是軒や参右衛門らは、それを谷越えの反対側の斜面から見ていた。この谷は「物見の塞」より広く、矢は届かない。こちらから攻めるふりもできない代わりに、流れ矢などを気にすることなく安心して督戦《とくせん》することができる。

「見事な采配じゃな」

幹是軒が口に出して褒《ほ》めた。

「真《まこと》でございますか」

参右衛門が心配そうに訊《き》く。なにしろ、攻めてはいても勝っている戦ではないのだ。

「与左衛門殿は、やがては小館一の軍師になるやもしれぬな」

その口調に心が籠《こ》もっているのを認めて、参右衛門はやっと安心した。

「やれやれ、やはり兄より出世いたしますか」

諦観《ていかん》を装った口ぶりだが、その声は、嬉しさのほうがずっと勝っていた。

――おことは、宰相の器よ。

口には出さずに、幹是軒は心の中で言った。本当にそうなるかは、むろん幹是軒にも判らない。だが、二人とも十分にその資質はあると、幹是軒は見ていた。

戦場から目を離し、空を見た。ここ数日、全く雨が降ることなく晴天が続いている。

――潮時《しおどき》か。

ふと、幹是軒はそう思った。

「そろそろよろしかろう」

幹是軒が参右衛門に声を掛けた。

そう潤沢《じゅんたく》に兵を連れてきているわけではない。砦の二つの柵門の一方からしか攻めてはいないが、それでも兵に余裕はない。交代もないままあまり長い間戦わせると、疲れから無用の損害を出す懼《おそ》れがあった。

参右衛門が、退《ひ》き鐘《がね》を叩《たた》かせた。与左衛門は遅れることなくそれを察知し、兵を退かせ始めた。軍は、前に進むより後退させるほうが難しい。

敗勢の中を撤退するわけではないが、それでも下がるところに敵が雪崩込《なだれこ》んでくると、乱戦になることがある。しかし与左衛門は整然と兵を下げ、相手に付け入る隙を全く見せなかった。

やや離れたところで戦振りを見ていた壬四郎が、二人のところへ来た。

「兵を下げるのか」

幹是軒は、丁寧に答えた。

「本日は相手の出方を探るだけで十分にございます。ご覧《ろう》じませ。一昨日《おととい》の塞とは守る人数も違い、抵抗のさまも全く異なっており申す。これ以上無理攻めしても、兵を損ずるだけにございります」

壬四郎は、そうか、とだけ言った。内心の不満が表れている。

「物見の塞」に続いてこちらも、と意気込むのも無理はないが、相手のあることだ。向こうからすれば、二つしかない拠点の一つをすでに落とされた以上、後がないのだ。こちらまで陥落するようなことになれば、また流浪の集団に戻りかねないのだから、頑強《がんきょう》に抵抗して当然であった。

「兵の様子を見て参ります」

参右衛門が壬四郎に断りを述べて一礼し、その場を後にしようとした。本来大事なことなのだが、上に立つ者は往々にして、末端の雑兵のことは配下任せにしてしまう。兄は兄で、立派な棟梁《とうりょう》ぶりであった。

その参右衛門を、待て、と壬四郎が止めた。

「俺もついて行きたいが、よいか」

一瞬戸惑った参右衛門だったが、顔をほころばせて頷《うなず》いた。

「無論にございます。お世継ぎ様が自らお出迎えくだされたとなれば、兵どもに何よりの励みになりまする」

二人は連れ立ってその場を後にした。甚助や、参右衛門の配下たちもついていく。幹是軒は、温かい目で一行の中心にいる壬四郎の背を見送った。

「見事じゃの」

一人になったかと思っていたが、無二斎が残っていた。

「真に見事な進退にござる」

幹是軒は振り返り、晴れ晴れとした顔で応《こた》えた。

「そうではない。お手前のことじゃ」

「我がこと。はて」

「儂《わし》らが供を願い出る前、お手前の口より山入りが野伏せり討伐などではなく、領主の側室を奪い返すためと聞いた」

幹是軒は堂宇で二人だけで話したとき、そのことを老武芸者に話していた。実際の策を明かしたのは出立の直前だったが、それで申し出を撤回されるようなことはなかろうと思っていたとおり、無二斎は淡々とこちらの話を聞いていただけであった。

「しかも参右衛門殿によれば、父であるご主君より命ぜられた若君に、自ら『くっついて行く』と言い出したとな。面白き御仁もおると、却《かえ》って供が楽しみになったほどだが、なかなかどうして。

本気で女子《おなご》を奪い返せると思うたか、あるいはどうやって奪い返すつもりなのか、お手並み拝見といくつもりであったが、端《はな》から女子などはお手前の眼中にござらなんだ。このように塞を一つ取って、若君に対するご主君の勘気を鎮めようとの策、なるほどそのような手があるかと感心させられ申した」

「それがここまで上手《うま》く行きましたのも、無二斎殿方のご助力のお蔭《かげ》。我らだけでは、到底ここまでの功は挙げられ申さなんだ」

「いや、ここまでは山入り前の話。お手前には、更に深いお考えがあった。お手前は、この逆境を逆手にとって、巣の中の雛鳥《ひなどり》を立派な若鷹《わかたか》に仕立て上げられ、さらに手足となって働く腹心まで見出《みいだ》された。いやはや、これには心底感服《かんぷく》仕《つかまつ》った」

「これは、買い被《かぶ》りが過ぎましょう。もしそうなったのだとしたら、それは全て成り行きにござる」

「成り行き……そう仰せなら、そうしておこうか」

一瞬口をつぐんだ無二斎が、また言葉を発した。

「福坂様。願いがござる」

幹是軒は無二斎を正面から見て真摯《しんし》に応えた。

「何なりと。これまでのご助力、何物にも易《か》えがたい」

「お手前と、仕合が致しとうなった」

世間話をするような言い方で、淡々と命のやり取りを口にした。

幹是軒は、心中瞑目《めいもく》した。

「承知。この合戦の後なれば、いつにても」

口から出た言葉は、こうであった。二人は軽く会釈《えしやく》をし合うと、無二斎がその場から離れた。

——これで、生き続けることはなくなった。戦には生き残っても、この福坂幹是軒は風嶺《ふうれい》の山中に屍《しかばね》を晒《さら》す。武庫川無二斎は、どう頑張っても自分の勝てる相手ではないからには。

そう思ったが、心は晴れ晴れとしていた。

無二斎は、道統を伝えるべき弟子の仇《かたき》を討とうとしているのでもなければ、自分の夢を絶った相手への復讐《ふくしゅう》をしようとしているのでもない。

──我は、ただひたすら剣に生きんとする武芸者に、対手《たいしゅ》(好敵手)と認められたのだ。

それは、戦場往来《せんじょうおうらい》の戦人《いくさびと》にとって、むしろ誇るべきことだった。

3

「福坂、それはどういうことだ」

若者の大きな声が響いた。

領主嫡男のために急遽《きゅうきょ》張り巡らされた陣幕の内には、主である壬四郎と幹是軒がいた。後は、壬四郎の後ろに甚助が控えているだけだ。

甚助は、ここまで上手くいっていた二人の対話の成り行きに、おろおろするばかりであった。しかし、世継ぎの世話をする以外には、いないも同然の扱いを受ける身分の者、どうすることもできずにいる。

床几《しょうぎ》に腰を据えた壬四郎は、前に片膝《かたひざ》をついて控える幹是軒を睨《にら》みつけている。

「今回のご出陣は、これまでと申し上げておりまする」

堂々と、幹是軒は答える。

「敵の砦《とりで》は、あのとおり、いまだ健在ではないか」

「今の兵力で攻め落とすには、無理がござる」

「この兵の数も、お主が決めて連れて来させたのでないか」

「いかにも、この幹是軒の不明にござった。ここまでの堅陣《けんじん》とは思いも寄りませなんだ」

「福坂」

「これ以上無理攻めをしても、お味方に損害が出るばかりにござる。将は、引き際も肝心にござれば」

「引き際も何も、俺はまだ何もしていないぞ」

「それは違いますぞ」

幹是軒ははっきりと断言した。

「若君は、我ら数名の手勢を率いられたのみで、風嶽党の第二の拠点をあっさりと落とされた。あっぱれな大手柄にござる」

「あれはお主らの功名じゃ」

「そうではございませぬ。頂《いただき》に立つ者の功名は、敵の首をいくつ獲《と》ったかなどと申す、我ら武者ずれの猪《いのしし》働《ばたら》きとは違いまする。我らを差配して、存分に働かせることこそ旗頭《はたがしら》の本分。若君は初陣にて見事それを果たされた」

　ここまでの推移は、幹是軒の肚《はら》にあった存念以上に上手くいった。最初幹是軒は、壬四郎を小此木兄弟に預け、自分と小才次だけで「物見の塞《さい》」を襲うつもりであった。当然、陥落させるまでには至らなかったであろう。それが、壬四郎が加わり、剣客師弟や修験者も供となったことで、これだけ戦果が拡大した。今の幹是軒の言葉とは矛盾《むじゅん》するが、「物見の塞」を陥《お》とすにあたって、壬四郎が直接敵と矢合わせまでしている武勇は、家中で壬四郎の評価を上げるのに大きく役立つはずだ。

　壬四郎の運、といえばそれまでだが、壬四郎は幹是軒と共に進むという、困難な道を自ら選んだ。戦国武将として、ある意味最も大切な運というものを、自身の意志と努力で引き寄せたと言ってもよかった。

「福坂。お館《やかた》様が俺に命ぜられたは、お蓮殿を風獄党より奪い返すことだ。俺は、まだそのとば口にも立っておらぬではないか」

「若君」

　幹是軒は、今度は一拍措《お》いて静かに語り始めた。

「お館様は、これまで幾たびも合戦をなされており申す。そのいずれの場合にも、敵を覆滅せんとのお覚悟でご出陣なされる。したが、毎回毎回お覚悟のとおりの結果となっておるならば、今頃この日の本は、お館様が天下となっており申そう。

　そうならぬは、別段お館様が弱いわけでも戦下手《いくさべた》なわけでもあり申さぬ。本来、戦とはそのようなもの。引き分けもあれば、お味方優勢でも矛《ほこ》の納め時があり申す。それを見誤《みあやま》ると、一転目も当てられぬほどの惨敗になりかねませぬ。

先ほど幹是軒が、将は引き際も肝心と申したは、その意にござる」

壬四郎は黙っていた。不満な様子がありありと見える。幹是軒は言葉を続けた。

「若君は、これまでお館様ですら散々手を焼いてきた風嶽党の第二の拠点を陥落せしめ、もう一つ残った拠点の在《あ》り処《か》まであからさまになされた。ここまでくれば、今残したとて、後でいつでも攻め潰《つぶ》せ申す。一回のご出陣としては、もう十分なお手柄にござる。お蓮の方様がことは、お館様とて無理は十分ご承知のはず。こたびの成果には、重臣一同もお言葉を添えてくださろう。このまま戻られても、お館様とて褒めこそすれ、お叱りになることは決してござりませぬぞ」

風嶽党は、二つしかない拠点のうちの一つを失った。そして、神出鬼没が売り物の野伏せりが、残るもう一つの拠点の場所まで知られてしまったということは、大名家で言えば本城の外堀まで埋められたに等しいものがあった。

対する佐双家は、出城ですらない警戒哨《しょう》を一つ潰されたに過ぎない。領主と野伏せりの違いはあっても、丈西砦陥落を引き算して十分お釣りがくるだけの戦功は、挙げたと言える。

それでも壬四郎はしばらく口を利かなかった。やっと、その口から言葉が出た。

「福坂は口が上手い。俺はいつも丸め込まれる。が、今そなたが言うたことにはどうにも得心がいかぬ。

お館様は、ご出陣の折はいつも、敵を覆滅せんとの御覚悟でお出になると申したな。こたびの山入りはどうじゃ。お蓮殿を連れ帰るつもりで出てきたか。最初から福坂の頭には、そのようなことは無かったのではないか」

幹是軒は背を伸ばすと、真っ直ぐ嫡子を見返した。

「ご賢察。まさにそのとおりにござる。

若君。仮に今でもお蓮の方様がご無事であらせられ、館にお連れ戻せすことができたとして、何となりましょうや。お方様がお館様にお目通りなされて、その後これまでと同じ暮らしに戻れるとお思いか」

「お蓮殿がことは、このままでよいと申すか」

「これ以上、何ができましょう。お方様は大事。されど、兵も大事にござれば、幹是軒は邪《じゃ》にも鬼にもなり申す」

「福坂っ」

壬四郎の声には、怒りが籠《こ》もっていた。戻した後のことは、お館様が考えるべき問題で我らが斟酌《しんしゃく》すべきことではないと言いたかった。

もともと幹是軒が自分にそう言ったはずだ。また、お蓮の方が今置かれているであろう境遇を思えば、救出を完全に放棄してしまうことへの罪悪感もあった。

その一方で、幹是軒の立てた理屈に含まれる真理に頷《うなず》く自分もいた。どこまでも追い求めれば、それだけ兵に負担を掛け、兵を余分な危険に晒すことになるのだ。

「ご賢察のほどを」

幹是軒は、壬四郎に向かって深々と頭を下げた。壬四郎は何も応《こた》えず、床几《しょうぎ》を立って幹是軒の脇を歩み去った。その足取りには、抑えんとしても溢《あふ》れ出さずにはおられぬ憤りが感じられた。幹是軒は、平伏したまま、黙ってその足音を聞いていた。

――今はそれでよい。

幹是軒は、去っていく若者の背中へ心の中で語り掛けた。今の歳で清濁《せいだく》併《あわ》せ呑《の》む強《したた》かさまで備えていたのでは、この先の伸《の》び代《しろ》のほどが知れる。今は、在るものを在るがままに見、怒りを怒りとして感じればそれでよいと、幹是軒は思っていた。

幹是軒は頭を上げ、甚助に優しく頷いた。腰を浮かせたまま、どうすべきか逡巡《しゅんじゅん》していた甚助が、遠慮がちに壬四郎を追って陣幕から出て行った。


壬四郎より遅れて陣幕から出てきた幹是軒を、小此木参右衛門が心配そうに出迎えた。

「やはり、お怒りのご様子でござったな」

「ご勘気《かんき》を蒙《こうむ》ったやもしれませぬな」

淡々と、幹是軒は応じた。

参右衛門からは、撤退の件は自分が言い出すとの申し出を受けた。実際の差配が、自分では攻略は無理と言うほうが説得力がありましょうとまで言った。泥をかぶることを厭《いと》わない真情を示してみせたのだ。

しかし、幹是軒は肯《がえ》んじなかった。小此木の兄弟は、これからの佐双家——壬四郎の佐双家に絶対必要な人材であり、このようなところで味噌《みそ》を付けさせるわけにはいかなかった。何よりも幹是軒は、別れの前に最後の仕上げまで自分で行いたかったのだ。

表情を曇らせた参右衛門を、逆に宥《なだ》めたのは幹是軒のほうだった。

「ご心配なさるな。聡《さと》いお方にござれば、いずれはお判りいただけよう」

そのときに自分はもういないかもしれないが、と幹是軒は心の中で付け足した。達成感と同時に、一抹の淋《さび》しさは感じていた。

陣の外が、なにやら騒々しかった。慌てている様子があるが、殺気立ってはいないため、敵がどうしたということではなさそうだ。いずれにせよ気にはなった。

そこに、小此木兄弟の弟、与左衛門が顔を出した。

「若君が足を挫《くじ》いてござる」

「なんと」

参右衛門が慌てた。怒りに任せて足下も見ずに山道を歩き、木の根に躓《つまず》いたか何かしたのであろう。幹是軒には、その純粋さすら好ましかった。

「これで、素直に山を下りられよう。怪我の功名と申すもなんだが、却《かえ》って良かったやもしれぬ」

幹是軒はそう言うと、二人に微笑んでみせた。

十四、換　将

1

事態が変化したのは、その日の夕刻だった。佐双家の部将、日下部《くさかべ》弾正《だんじょう》が、兵百二十余を率いて到着したのである。弾正は、さっそく壬四郎に拝謁《はいえつ》すると、主だった者全員を集めて軍議を開いた。

「お館様よりの下知を伝える。これより、この場の指揮は日下部弾正が執るものとする」

弾正は冒頭、そう宣言した。小此木与左衛門が何か言おうとしたが、兄が横で腕を押さえて制した。お館様の命なれば、参右衛門だけではなく、幹是軒も逆らうことはできない。

「これなるは、軍監《ぐんかん》の佐治田孫兵衛《さじたまごべえ》殿である」

佐治田は、貧相な顔をした小男であった。弾正の脇で、居心地が悪そうに床几に腰を下ろしている。この男の本来の役目は右筆《ゆうひつ》で、評定の場で隅に座っているのを、幹是軒も何度か見掛けたことがあった。

なお軍監とは、直接軍の指揮はしないが、主君の命がきちんと果たされているかを、戦場に出ない主君に代わって監督するお目付であり、戦の際に臨時で設けられる役職である。

右筆は今で言う書記官であり、文官であるから、軍監などに命ぜられるのはおかしいとの違和感があるかもしれない。しかし、戦国時代は役職に文官武官の固定はないから、そう不自然なことではない。たとえば後に徳川家康《とくがわいえやす》と関ヶ原《せきがはら》で戦った西軍の実質的な頭目、石田三成《いしだみつなり》も、右筆など文官系の職種を歴任している。

「福坂幹是軒殿」

弾正はまず佐双家の客将に声を掛けた。幹是軒は黙って軽く頭を下げる。

「風嶽党の拠点一箇所の覆滅、見事であった」

含むところがあるのか、言いづらそうに口にする。

「幹是軒殿は、他にも風嶽党に拠点があるとお考えとか。この場は弾正に任せ、敵の次なる拠点を探られたい」

要するに、厄介払《やっかいばら》いである。幹是軒は、またも黙って頭を下げた。

弾正は、次に小此木兄弟へ顔を向けた。

「小此木参右衛門」

参右衛門は、はっ、と応えて低頭する。

「本日の砦《とりで》攻め、手ぬるい」

幹是軒が顔を向けてきたのを見て、被《かぶ》せるように付け加える。

「が、小手調べに様子見をしたということであろうゆえ、責は問わぬ。明日《みょうにち》以降は我が命に従い、しっかり励め」

参右衛門は何も言わず、また深く頭を下げた。

参右衛門が一手の手勢を率いるだけの物頭であるのに対して、弾正は幹是軒と同様、物頭複数名分の「軍勢」を率いることを許された部将（侍大将《さむらいだいしょう》格）である。弾正が参右衛門を指揮下に組み入れるのに、何の障りも存在しなかった。

「よろしいか」

幹是軒が発言を求めた。弾正の許可する仕草を見て続ける。

「若君は、こたびの戦でお怪我をなされた。大事を取ってお戻りいただくべきと存ずるが」

壬四郎の表情は複雑だった。反発、安堵《あんど》、不安が入り混じった顔をしている。が、口は開かない。

弾正はちらりと壬四郎に目をやり、幹是軒に向き直って返答した。

「それは若君のお心次第。だが、まだお館《やかた》様からの命をお果たしになってはおられぬのではないかと、この弾正は案ずるが」

臆病者《おくびょうもの》と誹《そし》られていいなら別だが、このように言われて自分だけ帰れるものではない。

幹是軒の表情が微《かす》かに曇った。

「なれば、警護の者を十分に。普段のお身体ではないゆえ」

「無論である。この弾正、佐双のお家を思うことでは誰にも負けぬ」

弾正が見得を切った。ならばもう、幹是軒に口にすべき言葉はなかった。

その後、軍議を行う陣幕の内に剣客師弟と唱専坊が呼ばれた。

弾正は、剣客師弟にはこれよりも幹是軒に従うようにと言った。無二斎は無表情に、承知仕《つかまつ》った、とのみ応えた。

唱専坊には、以後も若君のそばに仕えよとの指示である。無二斎と唱専坊は幹是軒のほうを見たが、幹是軒はここでも口を開かなかった。

茂造のことは話にも出なかった。弾正は、得体《えたい》の知れぬ剣客師弟や信用できぬ風嶽党くずれらしき男は手許《てもと》に置く気はなく、幹是軒とともに放り出したかったのである。しかし、修験者である唱専坊は道案内として役に立ちそうだったから、幹是軒から取り上げた。

まだ決めてはいないが、「中の砦」を陥《お》とした後に、風嶽党の次の拠点探索を先導させることができる。それより大事なのは、幹是軒に付けておいて、新たな風嶽党の拠点を探し出され、幹是軒がまた手柄を立てるような事態を避けたかったのである。

壬四郎の警護は、弾正配下の常陸《ひたち》が行うと弾正が言ったとき、初めて壬四郎が口を開いた。

「甚助は、我が手許に置くぞ」

弾正は、困惑する顔になった。

「それもお館様の命ゆえな」

壬四郎が続けた言葉で、やっと誰のことか思い至った弾正は、意外そうな顔をした。しかし、ご随意《ずいい》に、とのみ言って、了承した。

弾正にすれば、足軽の一人ぐらいどうでもよい話であった。大事なところで寝こけるような足軽は足手まといになるばかりだから、後方で若君様とともに大人しくしてくれるのは、むしろ有り難いくらいだ。

幹是軒は、このような場になっても自分に付いた足軽への心配りを忘れない壬四郎に、悪い感情を抱いていない。ただ一方で、優しいだけでは戦国の世で領主は務まらない。今のお館様ほど冷酷非情《れいこくひじょう》では、なかなか人心《じんしん》はついてこないが、どう兼ね合いをつければよいのか、その答えは幹是軒も持ってはいなかった。

2

翌早朝、幹是軒、無二斎、その弟子八弥、虜囚茂造の四人は、「中の砦」攻略のため構えられた陣地から出立した。その朝は、これまでの数日とは打って変わって、今にも降り出しそうな重苦しい曇天《どんてん》であった。

一行のとりあえずの目的地は、ここへ来る前に泊まった狩倉とした。

幹是軒は陣を出る前、見送りに出た小此木兄弟に、壬四郎の安全への配慮について、念を押して頼んだ。心残りは、この陣地に来る前に別れた小才次と、以後のつなぎが取れていないことだった。

ここまで案内してくれた小才次は、幹是軒の許しを得て、忍の気配が感ぜられる周囲一帯を探らんと、単独行動を取っているはずなのだ。

小才次自身がどうしたのかとの心配もないではないが、領主嫡男の陰供《かげとも》を任せておれば、もう一つ安心ができたであろうに、との考えからであった。が、小此木兄弟の存念を確かめたことで、とりあえずは良しとせざるをえなかった。

見送りに出たのは兄弟と唱専坊だけで、日下部弾正はともかく壬四郎の姿も見えなかった。寂しい思いがなかったと言えば嘘になる。しかし、これでよいと割り切って、陣地に背を向けたときには吹っ切っていた。

別れ際に、唱専坊は幹是軒に向かい、名残《なごり》惜しそうに頭を下げた。幹是軒は場を沈ませぬため冗談を口にした。

「まるで末期《まつご》の別れのようじゃな」

「我はこの戦限りの供。このまま互いに別の軍勢となれば、今生の別れやもしれませぬ」

唱専坊の顔を見据えて、幹是軒が言った。

「縁《えにし》あらば、また会おう」

幹是軒が、自分を仲間だと認めてくれたということだった。熱いものを胸の内に仕舞って、唱専坊は深く頭を下げた。

「お世話になり申した。こたびのこと、生涯忘れませぬ」

「やれやれ、大げさな御仁よ」

そう言いながら幹是軒は、心の中で小此木兄弟と唱専坊に別れを告げた。

――風嶽党のさらなる拠点の探索がどうなろうと、山を下る前の無二斎殿との仕合は免れぬ。

末期の別れをしなければならないのは、自分のほうだった。


狩倉に着いてからのことは、まだ決めてはいなかった。おそらく、日下部弾正は無理攻めの結果兵を損ない、撤収することになるであろう。

大勝した場合も、それ以上に深追いしてせっかくの功績に瑕《きず》をつけるよりは、そのまま下がったほうが賢明と考えるであろうし、辛勝であっても兵力が続かないから、いったんは下がることになる。いずれにせよ、弾正の軍勢は「中の砦」攻めまで、と幹是軒は踏んでいた。

そうした何らかの結果が出るのを待って、無二斎との約束を果たせばよいか、というのが今のだいたいの考えである。幹是軒は前を歩く茂造の背を見つめながら、しかしここにも難題があると、頭を悩ませていた。

考えておかなければいけないのは、今後の茂造の扱いである。連れ帰って下男にでも使おうか、あるいは旅の荷物持ちにでも、とこれまでは漠然と思っていたが、無二斎との約束の後まで自分が生きているとはどうしても思えない。

金を渡して召し放っても、早々に使い果たして元の無頼に戻ることは目に見えているから、これはこれで後生《ごしょう》が悪い。無二斎に後を託したのでは、たちまちのうちに斬ってしまいかねない。ここにはいないが小才次に任せたとしても、あの男のことだから、素知らぬふりをして逃げ出すままにしてしまうだろう。

やれやれ、なぜこんなことまで頭を痛めねばならぬのだと思いながら、どうにかならぬかと思案をやめられない幹是軒であった。

茂造は、そんなことなど全く知らずに、黙々と山道を歩いていく。

小糠雨《こぬかあめ》が降り出してきた。


小此木兄弟は、日下部弾正からの下知に難色を示した。弾正は、「中の砦《とりで》」の二箇所の柵門《さくもん》両方から攻め掛かることで、敵の防御の兵を分散する策を立てたのだ。その主攻を弾正が受け持ち、反対側で牽制《けんせい》を行う役を小此木兄弟とその手勢全員に割り振ったのである。

牽制に回されること自体に異論はないが、兄弟のいずれかは相応の兵とともに、陣地に残る壬四郎を守る役目に就く、というのが兄弟二人の考えだった。

弾正は、昨日壬四郎の警護に任じた常陸に相応の兵をつける、と言って二人を説得した。

示された兵数が自分の手勢の七、八割にも相当することから、二人は弾正の策に従うことにした。幹是軒との約束を直接果たすことはできなくなっても、ご領主の命を受けた格上の部将の下知に、強く逆らえなかったのだ。

常陸は、主《あるじ》同様の関羽《かんう》髯《ひげ》を生やし、弾正よりは一回り小さいながらがっちりした体軀《たいく》をしている。尊大《そんだい》で、横柄《おうへい》でありながら、勘定高い。見掛けだけではなく、中身も主の悪いところばかりを真似たような、悪洒落《わるじゃれ》かと疑いたくなる男であった。

自分をそのまま小型化したようなこの男が脇にいることで、己の威厳がより一層増すと弾正は考えているようで、どこへいくにもこの男を連れ歩いた。このため常陸は、陰で「小弾正《こだんじょう》」と呼ばれていた。

小此木兄弟の最後の抵抗は、雨が降り出したことを理由にしての攻撃の延期だった。攻め口が上り坂で、もともと足場が悪い上の降雨は、ますます砦の攻略を難しいものにする。兵の損失も案ぜられた。

しかし、弾正は頑として兄弟の意見を聞き入れようとはしなかった。

小此木兄弟は後ろ髪を引かれる思いをしながら、手勢を率いて自分たちの攻め口に向かった。せめてものこととて、唱専坊は壬四郎の下に残した。もっとも、弾正としてもここで唱専坊を使い潰《つぶ》すつもりはなかったから、連れて行こうとすれば待ったが掛かったであろう。

幹是軒らが出立するのを見計らったように軍議が行われ、兄弟が慌《あわただ》しく出陣したのが、幹是軒らの一行出立の一刻ほど後のことであった。

弾正の「中の砦」攻めが始まったとき、幹是軒らの一行は、まださほど離れていないところにいた。後になってみると何か感ずるところでもあったのかと思えるのだが、無二斎が、合戦の様子を見たいと言い出したのだ。

本日の目的地である狩倉までは一里足らずという道のりであり、すでに一度通った道筋でもあるので、どのぐらいで着けるかの見当は十分ついていたのだ。それに、この合戦の決着がつかないと自分たちがこれからどうするかも決まらない。

そこで尾根まで登って、高みの見物としゃれ込むことにしたのであった。法螺貝《ほらがい》が吹き鳴らされるとともに、矢合わせが始まったのが、晴れていれば陽が中天に近づくころ、幹是軒らの出立から二刻近く経ってのことだった。

3

雨がそぼ降る中、壬四郎は床几《しょうぎ》に腰掛けていた。大傘が彼の頭上を覆い、風に飛ばされぬよう、甚助が地面に固定された傘の柄に気を配っている。

微《かす》かに、喚声《かんせい》が耳に入ってきた。雨の音にまぎれて、昨日よりずっと遠くで戦が行われているように聞こえる。

「始まりましたな」

唱専坊が壬四郎に語り掛けた。

壬四郎は応《こた》えず、自分の考えに打ち沈んでいた。

常陸とその配下は、朝の挨拶《あいさつ》で顔を出して以降は壬四郎たちの前に姿を見せなかった。陣幕の内に残った少数の者たちも、遠慮してか、遠巻きにしてあまり近づこうとはしなかった。

唱専坊は、今朝幹是軒らが出立したときのことを思い浮かべていた。

風嶽党の覆滅に手を貸すとの自分の目的に沿うのは、今やっているとおり、この場に残ることであった。しかし、幹是軒らと一緒に行けないがために、何か大事なものを逃してしまうような気もしていた。

「唱専坊」

壬四郎が、小さな声で修験者姿の男に呼び掛けた。喚《おめ》き声《ごえ》のするほうに顔を向けて耳を済ませていた唱専坊は、穏やかな目を壬四郎に向けた。

「福坂は、これ以上は無理攻めだと言った。弾正は、一気に攻め落とせると言う。どちらが正しい」

ゆっくりと、唱専坊は答えた。

「その答えは、二刻もすれば出ましょうほどに。ご自身の目でお確かめくだされ」

「やらねば、答えは出ぬのか」

しばし考えた唱専坊は、その問いには直接答えず、こう言った。

「やらずに自らの非を認めるというは、なかなか難しゅうござる」

「やれば、兵を大きく損なうことが判っているとしてもか」

「やらずにそれを認めるには、太い肝《きも》が要り申す。自ら戦場で命のやり取りをするより、ずっと太い肝が要るのかもしれませぬ」

「判った。どちらが自分の非を認めなかったか、この目で確かめよう」

壬四郎は、口を引き結んだ。

「若様、嘘をつかねえでくだされ」

呟《つぶや》くような声がした。甚助だった。

最初、壬四郎は誰が何を言ったのか、理解できなかった。

甚助は、ゆっくりと膝《ひざ》と両手を地面についた。

「若様は、どっちが正しいか、もうご存知だ」

壬四郎は何も言わずに甚助を睨《にら》んだ。

「若様。福坂様と、日下部様で、どっちが正しいかではねえ。福坂様と、若様で、どっちか正しいか、若様はとっくに気づいていなさる」

真っ青な顔をしながら、それでもはっきりと、甚助は言った。

唱専坊は甚助のほうに正対し、一歩、二歩とあゆみ寄った。その間に、叱り付けねばならぬ、と肚《はら》を据えた。

口を開きかけた唱専坊を、壬四郎が右腕を上げて止めた。

「甚助」

静かに、壬四郎が呼んだ。

「へいっ」

昂《たか》ぶった声で、甚助が返事をした。

「咽《のど》が渇いた。白湯《さゆ》を持ってきてくれんか」

甚助は、のろのろと立ち上がり、白湯を取りに向かおうとした。自分で自分のやったことが、信じられぬような顔をしていた。

「甚助」

陣幕の外へ出ようとした甚助を、壬四郎が止めた。

「よう言うた。礼を申す」

甚助は、やおら地面に這《は》いつくばると、水溜《みずたま》りに頭が突っ込むことになるのも構わず、その場に土下座した。

唱専坊は、その光景を黙って見ていた。心底、よい主従だと思った。

十五、乱　戦

1

日下部弾正の采配《さいはい》によって法螺貝が鳴り響いたころ、雨は本降りになっていた。

「中の砦《とりで》」の攻め口は二つ、いずれも山の急斜面を削った上り坂の細道である。敵が守る柵門《さくもん》に一度に取り掛かれる人数は、細い道の幅で決まってしまう。

上り坂でもともと悪い足場が雨でぬかるみ、滑る。正面からは容赦なく矢が放たれてくる。

兵が尻込《しりご》みして当然の状況だが、弾正は遅滞を許さなかった。後ろから味方の兵を追い立てる。兵は、後ろから押されるようにして前に出た。そうしなければ、道からあふれ出て斜面を転げ落ちてしまいかねなかった。

唯一の救いは、雨で敵方も種子島が使えないことだが、もともとそう数がある物ではなかったため、実際の戦力低下につながってはいない。

矢を受けて倒れた味方の死体は、無慈悲に斜面から蹴《け》り落とされた。後ろへ下げる余裕もなければ、避けて通る道幅もない。まだ息がある者も、立って前に進めない限り同じ道を辿《たど》った。

兵は、勇猛に前進してではなく、後ろから押されてやむを得ずに柵門まで辿り着いた。手にした楯《たて》が矢を防いだというより、前の人間の身体が楯になってそこまで来た。が、前進もそこまでだった。

それ以上の前進は、柵門と、そこから突き出された長柄槍《やり》が阻《はば》んでいた。槍の後ろより、矢も次々と放たれてくる。

山の中では、長柄槍は取り回しが利きづらいため、通常は使われない。それを風嶽党の兵が持っていたのは、完全に砦の守備用としてであろう。

一方の弾正の兵は、急いで侵攻してきた側になるため、このように移動の邪魔になるものを山に持ち込んではいない。せいぜい、普通の長槍である。

柵門越しになるため、長柄槍の有効な攻撃方法である打ち下ろしや足払いには使いづらいが、普通に突き合っても間合いの違いから、守備側にすれば柵門に相手を近づけさせない効果があった。

そのうちに、佐双の兵は、柵門の前に積み重なった味方の死体によって敵との距離がだんだん開いてきた。間が開けば、長柄と弓がますます威力を増してくる。

兵は、柵門を越えて迫ってくる死の圧力に耐えられず、後ろに下がりだした。下がれば下り坂である。その傾斜が、兵の後退の速度を増した。

弾正がいくら声を嗄《か》らしても、その後退は止まらなかった。皆、我勝ちに逃げようとしたために、後ろから押されて谷底へ転げ落ちる者、足をもつれさせて転び踏み殺される者なども出る始末であった。

最初の吶喊《とっかん》の失敗である。


小此木兄弟の攻め方は、基本的に昨日と一緒であった。矢を射掛け、寄せると見せて敵の攻撃を引き出し、形勢がよくないと見ればいったん下がる。主攻への敵の対応を分散させることが目的ならば、それで十分だった。

「兄者、もう少し寄せたほうがよくはないか」

与左衛門が馬上から兄に言った。同じく馬上から、参右衛門が応える。

「これでよい。無駄に兵を損じることはない」

「しかし、弾正殿が門を抜くのに失敗《しくじ》ったら、こちらの攻めが手緩《てぬる》いからだと言われかねぬぞ」

「見よ。こちら側に惹《ひ》きつけられるだけの兵は惹きつけておるわ。何を言われても、そう返すのみ」

「どのように攻めても、成功すれば自分の手柄、失敗したらこちらのせいで、変わらぬか」

与左衛門が嗤《わら》った。

「さあ、もうひと攻めじゃ」

参右衛門が兵らを励ました。

弾正が二度目の攻撃に兵を繰り出したとき、兵の士気はすでに地に落ちていた。弾正がいくら叱咤《しった》しても、なかなか前には進まず、互いに先頭を譲り合った。弾正は、その兵らの足取りの重さに怒り、太刀を抜いて威嚇《いかく》した。ようやく、兵の列が動き出す。

今度の攻撃では、矢は盛んに前に飛ぶが、兵は先頭が柵門に近づくほど自然と前進の速度が落ちた。強矢《こわや》でも楯を射貫《いぬ》かぬほどの距離で停滞してしまう。その有り様を見て、敵の矢勢も初手ほど激しくはなかった。

それでも、ゆっくりとではあるが、弾正が差配する軍は、「中の砦」の柵門に近づいていた。やはり、弾正の激しい叱咤で後ろから押しやられていたのである。

柵門前の様子がはっきり見通せるようになってみると、攻撃の障害となるはずの自分たちの仲間の死骸《しがい》は、どういうわけかきれいに取り片付けられていた。どうせ、道から下へ転げ落とされただけであろうが。

寄せ手の先頭が腰が引けながらも柵門の前に達しようとしたとき、逆に柵門の門扉《もんぴ》のほうが押し出されて開いた。今までどう下がろうかと後ろばかり気にしていた兵が思わず啞然《あぜん》とした後、一番乗りに目がくらんで我知らず前へと踏み出す者が現れた。一人がそうなると次第に周囲に伝播《でんぱ》し、やがてはついに前へ前へと駆け登ろうとする動きとなった。

そのとき、上り坂の向こうで見えなかった柵門の奥から、黒い塊《かたまり》が現れた。大きな牛であった。牛の後ろから現れた野伏せりが、凶暴な笑みで白い歯を見せ、抜き放った太刀で牛の尻《しり》に斬り付けた。

坂道に固まる佐双の兵に、悲鳴と混乱が渦巻《うずま》いた。後ろの者は、前で何の騒ぎが起きているのか、知るべくもなかった。そして、騒ぎの因《もと》を自分の目で確認できるようになったときには、もう遅かった。逃げようにも左右は急峻《きゅうしゅん》な斜面で、背後は兵で満たされていた。仲間とともに、悲鳴を上げる以外にできることはなかった。

狂奔《きょうほん》する大牛とともに、十数人の雑兵がばらばらと谷底へ落ちていく。さすがの弾正も、唖然として声がなかった。

その光景を、谷間《たにあい》の向こうから無二斎は無表情に見ていた。人の愚《おろ》かな行為はもう見慣れた、とでも言うような、達観した目をしていた。

若い弟子の八弥は、ありのままを目に焼き付けた。ことの良《よ》し悪《あ》しは、後で思い返してじっくり判断すればよい。今は、何事が起きているか、ひとつも見逃さぬことこそ肝要であった。

虜囚の茂造も、感情の籠《こ》もらぬ目を向けていた。自分と関わりのない男たちが、男たち自身とも関わりのない戦で死んでいく。目の前で行われている馬鹿げた茶番《ちゃばん》は、ただ単に、自分には笑えぬ狂言芝居のようなものでしかなかった。

幹是軒は、痛ましげな目で佐双の兵が傷つくのを見ていた。自分も多くの兵を死地に追いやっているからには、自分に弾正を誹《そし》ることはできない。目の前に繰り広げられることどもが、幹是軒には、味方の兵を自身の手で崖《がけ》から追い落としているように見えていた。

「む！　あれは……」

無二斎が声を出した。その目は、今争いが行われている「中の砦」の寄せ口とは、別な方角を見ていた。

2

小此木の兄弟は、日下部弾正の苦戦とは関わりなしに、自分たちの攻撃を続けていた。砦を挟んだ反対側であるため、兄弟からは弾正軍の戦況は把握できなかった。ただ、退《ひ》き鐘《がね》が鳴るまでは、延々と牽制《けんせい》の攻撃を続けるしかない。

「いかぬな」

自軍の攻めを見ながら、参右衛門が呟《つぶや》いた。

「あしらい方を憶《おぼ》えられたか」

与左衛門が応ずる。砦《とりで》の野伏せりたちは、こちら側が助攻であり、弾正側こそ佐双軍の主力であることを見抜いたようであった。小此木の手勢に対する備えが引き抜かれ、数が減っていることが見て取れた。

　当然その分、弾正が攻める側の守りが厚くなっているはずだ。

「兄者、どうする」

　焦りを滲《にじ》ませた声で、与左衛門が判断を仰いだ。

「やむを得まい。一度本気で行くぞ」

　参右衛門が肚《はら》を括《くく》った。

「兵を欠くな」

　弟が無念そうに言う。今日の戦自体が、無駄に兵を損なう不毛な行為であることが判っていながら、やる以外にない。弾正を止められなかった自分たちの無力が、歯痒《はがゆ》かった。

　参右衛門はいったん兵を引かせた。自分を中心に集団を形成しようとする。与左衛門が、集団の前を馬で遮った。

「兄者、俺が行く」

　参右衛門は譲らなかった。

「邪魔だっ、どけっ。お前はこの場で、この後の残兵をまとめよ。一度吶喊すれば、その折は失敗ったとて、奴らは次に備えねばならなくなる。同じ形を取るだけで、奴らは守りを固めるぞ。後は任せた」

「兄者っ」

「一族の長《おさ》の命ぞ。従え」

与左衛門は歯嚙《はが》みをした。乗り手の苛立《いらだ》ちを共有しているかのように、馬が落ち着きなく足を動かした。うろうろと馬が辺りを踏み鳴らせば、それに伴い馬上の視界も変わる。ある一点に目が行って、与左衛門は慌てて馬を御した。

「早う、どけっ」

兄が、弟の逡巡《しゅんじゅん》をなじった。

「兄者、あれを」

「この大事に何を呑気《のんき》なことを。いいから、どけっ」

参右衛門は、弟の馬を押しのけて通ろうとした。与左衛門のほうが、馬を寄せてきた。

「兄者、戻らねばっ。本陣が！」

「何⁉」

木々の陰で、野伏せりらしい男たちの移動するのが見えた。向かっているのは、壬四郎がいる陣地のほうであった。

「常陸が居《お》ろう」

参右衛門は、自分の目に映る光景に半信半疑《はんしんはんぎ》であった。

「何を馬鹿な！　常陸がちゃんと守っておれば、野伏せりが争いもせずにあんなところまで行けるかっ」

弟が、兄を叱りつけるように言う。

弾正の寄せ口の反対側で風嶽党の勢力を牽制していた小此木の手勢が、一斉に撤退を始めた。砦では、弾正側がまだ攻めの姿勢を見せているため、撤退する小此木の手勢への追撃は、手控えられた。

弾正が小此木兄弟に約束した守備の兵は、頭数だけを言えば、そのとおりに揃っていた。しかし、実際に戦闘に耐え得る者、として勘定をし直すと、その数は守兵全体の三分の一にも満たなかった。

日下部弾正の軍は、小此木兄弟が探りながら進んだ道を真っ直ぐやってきたとはいえ、半分の丸一日で到着した。当然、必要最低限を超える装備を運んでいる余裕はない。

現地で確実に入手可能な水など、余分に兵に持たせてはいなかった。小此木の手勢は、陣を張った近くに十分な量の湧き水を確保していたが、それは自分たちの員数を前提としており、予測もしていない三倍もの人数に膨れ上がったのでは、到底足りるものではなかった。

ここまで強行軍を強《し》いられた弾正配下の雑兵は、先着していた小此木の兵から警告を聞く余裕もなく、渓流の水に武者《むしゃ》振りついたのである。

流れには、案じていたとおり、上流で毒が落とし込まれていた。致死性の高いものではなかったかもしれないし、井戸に落としたのとは違って渓流に落とした毒は拡散されて薄まり、やがて流れ去っていく。が、一晩経って、影響は確実に出てきた。腹をこわし、まともに歩けない者が少なからず出たのである。

弾正は、こうして砦攻略に使えない兵を、守備兵と称して陣地に残すことにした。一気に砦を抜くためにも、攻略にあたる兵の数を少しでも多く確保したかったのだ。

一方、弾正の攻撃軍が砦へ向かってから症状を重くした者もいるため、陣地の実際の守兵は数えるほどであった。壬四郎が周囲にあまり兵の数を見なかったのも、残りはほとんど重病人か、その介抱《かいほう》にあたる軽症者となっていたからだ。

弾正は、砦の両側から攻め立てられる敵には、伏兵を出して反撃に転ずる余裕などないと楽観していた。ましてや、自分たちの脇をすり抜けて本陣を襲う能力があるなどとは思ってもいなかった。幹是軒がたった数名で「物見の塞《さい》」を陥《お》としたことから、風嶽党を見くびっていたのである。

3

陣幕の中にいた者にとって、それは突然にやってきた。喚声が上がって幕が切り破られ、あるいは引き倒されると、野伏せりがわらわらと湧き出してきた。

「何っ⁉」

守備を任された常陸の言葉は、これだけであった。何もしないうちに、野伏せりが一《いっ》閃《せん》させた刀で首が飛んでいた。

杉山唱専坊は、吶喊《とっかん》の声がすぐ近くで上がると同時に、無意識に得物を摑《つか》んでいた。小此木の陣に来るにあたって、蓬萊寺の僧兵くずれではなく、また熊野育ちの修験者に戻るために、その得物も大薙刀《なぎなた》から錫杖《しゃくじょう》に戻されていた。

唱専坊は、床几《しょうぎ》に座る壬四郎を背にして立ち、喚声が聞こえるほうに身体を向けた。最初は一人、二人だけが幕の陰から飛び出してきた。行く先に何があるか知らずに飛び込んできた男たちより、待ち構えていた唱専坊のほうが準備はできていた。錫杖を二度振るうと、野伏せりは二人とも声もなく昏倒《こんとう》した。

しかし、争いの気配は陣幕の向こうまで伝わったようだ。正面の出入り口だけからではなく、幕を押し上げ、あるいは斬り落として、左右からも同時に野伏せりが現れた。

唱専坊は咄嗟《とっさ》に前に出た。待っていたのでは人数に圧倒される。唱専坊の旋回する杖《つえ》が、まず様子を確認しようとした野伏せりたちを打ちのめした。唱専坊の足は止まらない。背後の壬四郎に気を配りながら、ようやく得物を構えた野伏せりの刀を弾《はじ》き、刺突《しとつ》して顎《あご》を打ち砕く。

次の一歩を踏み出そうとしたとき、右足がついてこなかった。体勢を崩しかけて膝《ひざ》を落とした唱専坊は、前を警戒しながら素早く脇目を使って後ろを見た。唱専坊に打たれて倒れた野伏せりが、腹ばいのまま刀《やいば》を薙《な》いだのだった。

右脛《みぎすね》の筋が絶たれた――動きが封じられた。

しかし、その野伏せりは背中に刃を受けて悶絶《もんぜつ》していた。

「唱専坊、済まぬ。間に合わなんだ」

壬四郎が太刀を抜き、挫《くじ》いた不自由な足で自分の背後近くまで来ていた。

「若、何をなさっておられる。早《はよ》うお退《さ》がりを！」

唱専坊は背後に叱咤《しった》の声を掛けた。壬四郎から応《いら》えはなかった。が、唱専坊のほうも更に言葉を掛ける余裕はない。動きの止まった唱専坊を仕留めようとする、手槍《やり》や刀を弾き返すので精一杯だった。

「長槍ども、来よ」

攻めかかる男たちの後ろから声がした。目の前で対峙《たいじ》していた三人が退《の》き、五人ほどの長槍を持った男たちと入れ替わった。

「合図とともに、左右、正面は突け。残る二人は打ち下ろせ」

この光景、どこかで見たな、と僧兵くずれの修験者は思った。

——ああ、そうだった。蓬萊寺合戦の「雁《かり》の坂」の戦いの折、後に残って自分たちの追撃を遮った若侍を、こうして仕留めたのであった。

因果応報、という言葉が心に浮かんだ。

——誰かが俺の仮の名を呼んでいる。俺は、仏敵の継嗣を守らんとして死ぬのか……。

しかし、なぜか悔いはなかった。

4

足軽甚助は、斜面の藪《やぶ》の陰から、引き倒された陣幕の向こうの出来事を見ていた。手に持っていたはずの白湯《さゆ》の入った椀《わん》は、どこかに行ってしまっていた。

陣幕の内では、唱専坊が倒れた。若君様が、声を限りにその唱専坊の名を呼んでいた。野伏せりの一人が槍を振るったことで、その声は途絶えた。

甚助は思わずその場から飛び出しそうになった。倒れた若君に馬乗りになって、野伏せりの一人が止《とど》めを刺そうとしたのを、頭分らしい男が止めた。

頭分の指示で、どこかから馬が一頭引かれてきた。手足を縛られた若君様が、馬の背に結わえ付けられた。

甚助には、そのとき若君が身じろぎするのが見えた。若君を括《くく》りつけた馬を従えて、野伏せりが去ろうとするのを、甚助はその場でじっと見ていた。

小此木の手勢が撤退したことも知らず、弾正は三回目の突撃をかけようと兵をまとめ直していた。すでに兵の士気は地の底まで落ちているが、頭に血が上った弾正には、そんなことに気づく余裕もなかった。のろのろとしか動かない雑兵に業を煮やして、一人や二人斬り捨てて気合を入れてやろうかと考え始めた弾正に、配下が声を掛けた。

配下が示すほうに目をやった弾正は、信じられぬ光景を見た。陣地のある方角から、兵が逃げ散っている。追いかけているのは、明らかに野伏せりのほうだ。

弾正は啞然《あぜん》として、声も出なかった。これよりなにをなすべきか、何も思い浮かばない。頭の中が真っ白になっていた。


幹是軒らは、尾根を駆けるように下っていた。いまさら間に合わないのは判っていた。それでも、一刻も早くその場に着きたかった。

虜囚の茂造は、脅されて一行の先頭を急がされていた。もたもたすれば斬る、と言われた。無二斎だけではなく、幹是軒の目も本気だったから、黙って従うよりなかった。

雨はもう上がっていたが、地面は濡《ぬ》れたままで足下は滑る。転んで、足手まといとして斬られては割に合わぬ、と心の中で不平を漏らした。

さすがの幹是軒も焦っていた。

──失敗《しくじ》った。最後の最後に来て、取り返しのつかぬ大失敗りだ。

気《せ》は急くのに、道は一向に捗《はかど》らない。

頼りになるのは、唱専坊と、あと一人。

──小才次。

祈るように、心の中でその名を呼んだ。

十六、やがみの小才次

1

「中の砦《とりで》」と対峙《たいじ》する陣が逆襲を受けるより二日前。「物見の塞」を陥として「中の砦」に向かう幹是軒の一行を、小此木の陣まで送り届けた小才次は、一人になって、周囲の山に分け入った。

先に一人で小此木の陣への使いに走ったときは、忍の気配はわずかに感じられるだけであった。幹是軒の一行を伴って来たときは、更に薄くなっていた。それが幹是軒らと別れてわずかに踏み出しただけの今は、濃密に感じられる。

小才次に対して気配を隠すつもりはない――というより、自分たちの存在を誇示《こじ》している様子すらあった。

小才次は、身を隠そうとすることは諦《あきら》めた。もう完全に相手の監視の輪の中に入っており、その目から逃れることは不可能だ。

樵夫《きこり》姿のまま、辺りの木の品定めをしているような素振りで歩いた。自分の動きが芝居であることを相手は承知しているし、小才次がそれを判っていることも、相手の理解のうちだ。それでも、小才次は芝居を続けて移動した。

小才次が待っていたのは、走り出すべきときである。それで振り切れると思ってはいないが、自分が大きく動くことで相手も動かせれば、その正体をつかむ手がかりが何か得られるかもしれない。相手が、監視の輪から小才次がはずれるかもしれないと慌てさせるような走り出しの機会を、辛抱強く狙っていた。

「小才次」

囁《ささや》くような声で名を呼ばれたのは、まさに走り出そうとする瞬間だった。忍の鋭敏な耳は、その小さな囁きをはっきりと捉《とら》えた。

ほんのわずかに、反応が遅れた。それでも、真後ろに跳躍《ちょうやく》した。

つい先ほどまで自分がいた場所を、鋭利な何かが勢いよく通り過ぎていく――小才次へ目掛けて放たれた得物は見せ掛けだった。飛ばずに、それを弾いて前に進んだほうが、結果的には正しかった。

しかし小才次は後ろに飛び、そこへ目掛けて放られた縄や目潰《めつぶ》しの中に自ら飛び込む格好になった。小才次の動きは、いつ走り出すかも含めて、完全に相手に読まれていたのだ。

目潰しだと思った玉には、何かの薬が混ぜられていたようだ。小才次は息を止めたが、手足を縄に取られてその場から逃れられないのでは、長くは続かなかった。

自ら命を絶とうかとも思ったが、なぜか、そうしなかった。そして、なぜ自分がそういう気になったのか、思いつく前に意識を失った。

ぐったりとした小才次は、手足を縄に吊《つ》るされて、宙に浮かんだ。

2

小才次は長い夢を見ていた。

小才次が物心ついたとき、すでにその暮らしは忍の鍛錬の中にあった。

小才次に親はいなかった。どこかから攫《さら》われてきたのかもしれないが、それを教えてくれる者もいなかった。周りはそうした子供が多かったから気にもしなかったし、精神的にも肉体的にもそんなことを考える余裕などない毎日であった。

同じ鍛錬をする子供たちの中で、小才次は次第に頭角を現した。小才次が特に優れていたのは、隠形《おんぎょう》や忍び込みである。地方の忍として小豪族から発展し、伏兵からの奇襲や後方攪乱《かくらん》といった直接戦闘を得意としていた尾飼忍の中では、やや毛色の変わった存在であった。

そのため、長じると、小才次は主に蓬萊寺の依頼で、石山《いしやま》（大阪）や加賀《かが》（石川）などとの使いに重宝されるようになった。

初めはただの使いであったのが、次第に相手を探ることも求められるようになる。探る相手は、はっきり敵と見なされる者より、味方であるはずの者のほうが圧倒的に多かった。

実際に害が及ぶかどうか判らぬ敵を探るより、味方の秘密を探って利用したほうがずっと自分の利益になる、そのような雇い主の在りように、小才次は何度も出くわした。最初は雇い主の依頼で尾飼の里と目的地を往復することが多かったが、そのうちに仕事の場所から場所へと、直接移動するようになった。

やがて、小才次は「やがみ」との別称をつけて呼ばれるようになった。やがみ——漢字で書けば家神か屋神であろうか、この地域で、家に付く神様のことである。福の神や貧乏神の仲間とも、それらをまとめた総称とも言われている。

当人がその気にならねば居ることも知られず、またいつ来たのか、いつ去ったのかも判らない、という小才次の技の冴《さ》えを賞賛する異称であった。が、それと同時に、接する者に与える、人とも思えぬ得体の知れなさを表してもいた。

一時期、小才次は、京で貧乏貴族の供侍として雇われたことがある。無論、忍働きを隠すための偽装である。が、安い上に滞りがちな賃金に文句も言わぬ小才次は、ろくに仕事もせぬのに、雇い主から大いに喜ばれた。

雇い主と言えばその貧乏貴族は気のいい男で、自分の暇つぶしもあったのだろうが、小才次に行儀作法や学問など、さまざまなことを教え込んだ。

小才次が変わったのは、このころからかもしれない。

小才次が持ち帰る情報は、誰よりも正確だった。しかし、見たまま、聞いたままを、ただ有りのままに話すようになった。それをどう判じるかは、本来命じたほうの役目である、というのが小才次の考えになったからだ。

命ぜられる自分は、なぜその情報が欲しいのか、というような基本的なことすら知らされないことが多い。それで正しい分析のできるわけがなかった。

しかし、「小才次は使えない」というのが使うほうの評判となった。他の忍の報告は、憶測や希望的な観測が入り混じる。求めるほうがそれを喜ぶのだから、当然であった。

京で素養を身につけた小才次を、自身の無教養から来る劣等感の裏返しで、生意気、不遜《ふそん》と見なす依頼者も多かった。小才次も、そういう相手にはわざと無知を思い知らせるような態度をとったから、なおさらであった。

蓬萊寺合戦の直前まで、小才次はずっと京や近江、加賀、摂津《せっつ》石山などで働いており、尾飼の里に帰ってくることはなかった。故郷の知らせも、役目に関わりのあることしか入ってはこなかった。が、先に述べたような理由でだんだんと仕事が減り、小才次はついに里へ呼び戻されることになった。

異邦人の帰郷である。


蓬萊寺合戦の折、一族存亡の危機を憂《うれ》えた尾飼忍の上忍は、持て余していた小才次を使い捨てにすることを決めた。上忍が命じたのは、専門外の荒事《あらごと》、しかも部将の暗殺という、普段剣呑《けんのん》なことをやっている者でも滅多にお目にかからない仕事であった。

狙うは、佐双家でも勇名高い客将、福坂幹是軒。小才次は、あっさりとその命を受けた。

小才次は、的に掛ける男を観察することから始めた。見た目は、どこにでもいる侍の一人だった。ただ、日常の挙措のはしばしに隙のなさが窺《うかが》えて、安易に手出しすることは憚《はばか》られた。

それでも戦場の混乱の中であれば必ず隙はできようと、小才次は考えた。

そうやってじっと観察しているうちに、見ていること自体がだんだん面白くなってきた。部将などというものは、粗野《そや》で乱暴な者か、領主に取り入ることが上手《うま》いおべっか使いばかりであろうと思っていたが、幹是軒という男はどこか違っていた。何がどう違うのか首をひねっているうちに、合戦が始まった。

尾飼の上忍からは、たびたび催促があった。しかし、小才次は急がなかった。

自分が捨て駒にされようとしていることは判っていたが、その命に逆らおうとか、逃げ出そうとかは、考えもしなかった。

ただ、やる以上は自分の命と引き換えでも成し遂げたかった。それが、小才次の意地である。そのために、いくら催促が掛かろうとも、じっくりと機会を待つつもりでいた。

戦場において、小才次は、幹是軒が鑓《やり》を振るって大暴れするところも、待ち伏せにあって全滅しかかり、逃げ出すところも見た。そのいずれかで手を出す隙がなかったかと思い返すと、そうではなかったはずと認めざるを得ない。

結局のところ小才次は、幹是軒のことをまだ見足りなかったのであろう。戦が終わると、上忍からの「つなぎ」がなくなった。尾飼の忍は、自分を除いて滅んだと噂に聞いた。

しかし小才次は、自分が受けた命を放棄するつもりはなかった。仕事が遅れたことへの罪滅ぼしなどという気はさらさらない。ただ、目の前の獲物に仕留め甲斐《がい》があっただけだ。

小才次は、これが自分にとって忍としての最後の勤めになろうと考えていた。この任を終えた後で生き延びられたとしても、町人か山人として暮らしていくつもりであった。

幹是軒は、合戦の後、領主館《りょうしゅやかた》への出仕をしばらく遠慮した。臨時の配下としてついた多数の兵を失った責を理由にしていたが、佐双家の重臣どもは、こたびの戦功を高く売りつけるための「もったいつけ」であろうと陰口をきいた。

しかし、屋敷に逼塞《ひっそく》する幹是軒は、本当に意気消沈していた。屋内に入り、人の目が届かなくなると、その背中は一回り小さく凋《しぼ》んでしまう。

何がこれほどまでにこの男の気を沈ませるのか、小才次には理解ができなかった。さほどに小心な男だったかと、期待したこちらが落胆したほどである。

ある日、幹是軒が何か書き物をしている折のことであった。幹是軒はふと筆を置くと、呟《つぶや》くように言った。

「そこの忍よ、もうよいであろう。何かやることがあるなら、さっさとやって消えてくれぬか」

「……いつから気づいておられた」

姿を現さぬまま、小才次は問うた。自分でも意外であったが、気づかれていたことに驚きを感じなかった。

「はて、先だっての合戦の折にはもう居《お》ったようだの。みっともない負け戦も全て見られていたであろう」

「蓬萊寺合戦で戦功第一の男が、そのようなことを」

「戦功一番か。何のための戦功だ」

自らを嘲《あざけ》る言いようだ。が、小才次に答えられる問いではなかった。

幹是軒も、言ってすぐそれに気づいた。

「すまぬ。言うたのは、無益な戦いであったということよ」

「戦にそのような区別があるのか」

「なければ、何のために戦など行う」

己の立身出世のため、栄誉栄華のため、負ければ全てを失うから……理由はいくらでもあるはずだった。小才次は、これまでずっと、そうした理由から雇われてきたのだ。

が、この男は違うのかもしれない。立身や栄誉が理由なら、いつまでも客分で留《とど》まってはいないはずだ。身寄りがあるのかどうか、ただ一人佐双家に厄介になっており、一族郎党のためということもない。

「それでは訊《き》くが、これまでの戦には、益があったと言われるか」

今度は、幹是軒のほうが、答えるのにときを要した。

「そのつもりであったのだがの……はて、これまでは考えてもこなんだか」

ふと、そこで気分を変えたようであった。

「しかしながら、面白き忍じゃの。害する相手と、ここまで親しく語るか」

存在を感得していただけではなく、完全に押し殺していたつもりの殺気まで察知していたということであった。

「お命、頂戴《ちょうだい》してよいか」

「おお、好きにせよ。儂《わし》は、刃向かう気も避ける気もないからの」

そう言うと、また筆を取り直し、何か書き始めた。小才次と話していたことなど、最初からなかったような態度であった。

小才次はその背中に、思い切り殺気を放った。幹是軒は、何も感じていないように筆を進め続けた。

そのときから、小才次は幹是軒を狙うことをやめた。


領主から再三の呼び出しを受けて、幹是軒が出仕を再開したのは、それから二日ほど後のことであった。

まず幹是軒は、蓬萊寺合戦の戦功に対する全ての褒賞を謝辞した。代わりに相応の恩賞の給付が、幹是軒の下で戦死し、あるいは負傷した者たちに、領主名義で行われた。その後の幹是軒の勤めへの態度も、周囲の目からはさほど変わらないように見えていた。平時に人とまつろわぬ様子も一緒だし、家臣間の勢力争いから距離を置き続けることも一緒であった。

変わったのは、幹是軒の依頼を受けて小才次が動くようになったことだった。幹是軒は、どこをどのように調べろということを、ほとんど言わなかった。ただ小才次に諸国を巡らせ、その有り様を聞いて善《よ》しとした。

小才次にしても、物見遊山に旅をしているのと変わらぬような気になったが、あるとき幹是軒が領主顕猛に献策しているところを気まぐれに盗み聴いて、考えを改めた。幹是軒の立てる策は、小才次の知らせを全て咀嚼《そしゃく》した上でのものであったからだ。

事実を有りのままに伝える――その小才次のやり方に変化はなかったが、何を伝えるかの取捨選択《しゅしゃせんたく》をしなければならなくなった。それが、これまでの仕事との違いであったろう。

幹是軒は、小才次の口の利き方には頓着《とんちゃく》しなかった。始めは怒らせるつもりでわざとやってみたぞんざいな話しようが、幹是軒との間では当たり前のことになった。

各地の情報を集める以外の仕事として、幹是軒は、京や近江で存じ寄りの商人への、金の運搬を頼んだ。小才次の報酬は、その中から好きなだけ取ってよいと言われ、いくら取ったか、いくら預けたか、訊かれることもなかった。

上忍の軛《くびき》から離れ、はぐれ忍となった小才次は自分の才覚で稼がねばならなくなったが、もともとさほど頂戴していたわけではなし、必要とするものは多くなかった。

そうして、今日までやってきた。気がつけば、小才次はまだ忍のままであった。

3

目覚めたとき、小才次は縛られ、廃屋の中にいた。辺りを見回すと、そこは打ち捨てられた炭焼きの小屋のようであった。目に見える様子というより、屋内に漂う残臭が、それを教えた。

次に、自分のことに意識を持っていった。腹の空《す》き具合からすると、気を失ってから丸一日以上経っているように思える。

小才次は動かせる範囲で身体を動かしてみた。痛みもなく、縛られている以外は、身体に異常は無いようであった。後ろ手にした上で手首、両腕を身体に沿わせて胴体、足首と、三箇所で縛られている。

常人であれば身動きも満足に取れないかもしれない。しかし、忍を拘束しようとするにしてはずいぶんと安易な縛り方であった。

外に人の気配がないことを確かめつつ、小才次は小刻みに身体を揺すり、縄目を緩めようとした。しばらくときが掛かったが、ようやく緩んできた。後は、簡単だった。

小才次も、場所によってではあるが自分で関節をはずすことができる。上半身を起こした状態から足を縛られたまま立ち上がると、腕を身体に縛り付けていた縄ははらりと地面に落ちた。手はすでに、もう自由になっている。

足の縄も解いた小才次は、自分の装束を確かめた。目覚めたときに驚いたのだが、身体に密着させるように身に着けていた苦内の感触が、そのままあった。確かめてみると、それ以外の忍道具も一式そのまま残っていた。

自分を捕らえた相手の魂胆が判らずに、小才次は困惑した。

自分が捕らえられたとき、相手が自分の名を呼んだことを、小才次は考えていた。

――知《し》る辺《べ》か。だとすれば、全滅したと聞いていた尾飼の衆。それではなぜ、今まで姿を現さなかったのか。そして、敵対する自分の命をなぜ助けたのか……。己は、同じ里の忍とはいえ、命に背《そむ》いて勝手働きしているのに。

手掛かりがない今の状況では、考えても答えは出なかった。

もう一度外の気配を窺《うかが》い直し、小才次は慎重に小屋の外へ出た。外の気配を探るのに苦労したのだが、やはり雨が降り出していた。

屋外で再度探っても、人の気配はなかった。小才次は、「中の砦《とりで》」と思われる方角へ移動し始めた。

今自分がいる場所を、把握していたわけではない。合戦の雄《お》叫《たけ》びや得物を打ち合わせる音が、その位置を教えていた。辺りの気配を探りつつ、小才次の足は、段々と速まっていった。

「中の砦」は、合戦の最中であった。小才次はそこへ、山の斜面を下るように近づいていくことになった。それが、最短距離だったのである。

身を隠しながら近づいていく小才次の目に、合戦の凄惨《せいさん》な有り様が見えるようになってきた。しかし、何か違和感があった。普通の兵と兵、兵と忍との殺し合いとは、何かが違っていた。

日下部弾正は、「中の砦」の両側から攻めるとともに、少数の兵を斜面にも配し、新たな攻め口を探させていた。風嶽党のほうにも備えはあった。そこかしこで、遭遇戦が発生したのである。

戦闘は、砦へ攻め寄せるための径路を探す佐双の小隊へ、待ち受けた風嶽党の手の者が奇襲することで発生した。仕掛け罠《わな》を使った矢や竹槍《たけやり》、落とし穴などに佐双の兵が嵌《は》まったところへ、攻撃を仕掛けるのである。攻撃は、罠が回避された場所でも行われた。

奇襲を掛けているのは、忍のようだった。苦内を飛ばし、刀身を黒く塗った短めの直刀で襲いかかる身のこなしは、まさしく忍以外の何物でもない。

が、通常ならば相手を攪乱《かくらん》したらいったん撤退し、次の攻撃に備えるといった忍の戦法を、その者たちは取ろうとしていなかった。しゃにむに攻撃を仕掛け、自分が傷つき倒れるまで止むことはない。死を決した戦振りなのだ。

突然の攻撃に混乱する佐双側の兵も、相手が一人、二人の少数であることに気づくと、数で制圧した。

小才次は目の前の光景に混乱していた。なぜこのような無謀な戦いをするのか。次々と倒れる忍には、見覚えがあるような気がしていた。

砦の寄せ口のほうで、喚声と悲鳴が上がった。

小才次が目をやると、大きな黒牛が寄せ手の兵の中に真っ直ぐ突入するところであった。

小才次は目を瞠《みは》った。常人には見えないかもしれないが、牛の背には全身を黒衣に包んだ小柄な人影が貼り付き、狂奔する畜生を操っていた。

その人影は、牛や、牛に突き飛ばされ蹴《け》り殺された雑兵らとともに、谷底に消えていった。

「東内殿……」

小才次の口から声が漏れた。牛の背に乗っていた人物は、確かに小才次の知る辺であった。

佐双家の足軽、巳太《みた》は、足軽頭に率いられて、砦がある山の斜面を下っていた。人が歩くのも困難な地形で、たびたび勾配《こうばい》が急すぎて行き止まりになり、引き返しては新たな道を探し探し進むという、しんどくて面倒なお役目だった。

しかし砦のほうでは戦が始まったらしい音や声が聞こえてくるから、自分は運がよかったと思っていた。が、それも突然何かが藪《やぶ》の中から現れ、足軽頭が腹を竹槍で刺されて動かなくなるまでだった。

その何かは、手に持った刀を片手で振り回し、もう一方の手で短い棒のようなものを投げては仲間を殺そうとした。ついにそいつが仕留められたとき、足軽頭を含めて二人が死ぬか虫の息だった。もう一人も大怪我をしているから、残りは巳太だけだ。一人では怪我人を運んで帰ることもできない。

巳太は、怪我人もその場に放置して歩き出した。助けを呼びに行くのか、逃げ出そうとしているのか、自分でも決めかねたままでのことだ。それはおそらく、途中で味方と行き会うかどうかで決まるはずだったのだろう。

突然、巳太の目の前に人影が現れた。何もないところから、幽鬼のように湧き出したのだ。巳太は恐ろしさのあまり、無意識に手槍を突き出した。

小才次自身は気づいていなかったが、捕らえられたときに嗅《か》がされた薬がまだ残っていたのであろう。目の前の光景に気をとられていた小才次は、佐双の足軽が近づいてきたことを感知できなかった。気づいたときには、脇腹に強い衝撃を受けていた。

小才次が倒れたとき、小才次を手槍で突いた足軽も、背中に二本の苦内を受けて倒れた。そこには、別の二つの影が湧き出していた。

「やれやれ、もう少し見所のある奴だと思っていたが、世話の焼けることよ」

一方の影が嘆息《たんそく》した。

「東内の教え子じゃ。供養《くよう》と思うて辛抱せい」

もう一方が宥《なだ》めるように応じる。

「五日ほど前に性無《しょうな》きこと（やんちゃ）をやったのも、実はこやつであろう」

「良いではないか。それで、伊賀者に我が物顔をされずに済んだのだ」

最初の影が砦の様子を見、山向こうの佐双の本陣がある辺りへ目を移した。

「終わりそうじゃの」

「急がんと、また死に損なうぞ」

「こやつはどうする」

二人は、しばらく押し黙った。

「手当をしようか。この戦、まだ終わるまいて」

「残ったは我ら二人か。やれやれ、死忍が死ねぬか」

そう溜息《ためいき》をつくと、手早く小才次の処置を始めた。

二人は、佐双の本陣へ攻め入る部隊を、佐双家の軍勢と行き会わぬように途中まで道案内し、埋伏《まいふく》の陣《じん》を取った仲間の応援に戻ったところであった。

4

死忍。死地に追いやられた忍。たとえば、敵を罠に嵌めて損害を負わせるが、罠に嵌めたほうも逃れる術《すべ》はない――そのような場で使い捨てにされる忍が、死忍である。小才次も幹是軒暗殺を命ぜられた際は使い捨てが前提だったが、そのように運次第では生還する可能性が少なからずある場合は、死忍とは呼ばない。

転じて、自ら死を覚悟してことに臨み、生還を期さない忍も死忍と呼ばれるようになった。ことにあたり、失敗したときだけではなく成功した暁にも生還しないことから、効率はひどく悪い。

しかし、命を捨てる前提にしただけで、成功の確率と敵の損害の程度を大きく上げられるため、仕掛けられるほうにすれば非常に始末の悪い相手であった。

小才次の手当てをする道順《どうじゅん》、保輔《やすすけ》の二人とも、尾飼忍である。伊賀の瞬左の相手をした者を含め、この二人の前に死んでいった、十数名の忍全てがそうであった。

忍は、忍としての体術ができてこその存在である。

一族の領袖《りょうしゅう》として依頼を受け、下忍に命じて履行させる上忍を別にすれば、年老いたり病気や怪我で動けなくなった者にできることはない。そのような者は、尾飼の里に戻ってわずかな養い扶持《ぶち》で余生を送るしか術がなかった。

そのような者たちに、諦《あきら》めていた仕事が入った。和田木村を始めとする十一ヶ村での「つなぎ」の役である。

蓬莱寺合戦が行われる前、佐双家と宗門が冷戦状態にあったとき、十一ヶ村が領主である佐双家に反旗を翻《ひるがえ》し、一揆《いっき》を起こした。宗門はこれを援助する用意があったが、まだ佐双家と表立って事を構えるつもりはなかったため、十一ヶ村と直接のやり取りはできない。

そこで白羽の矢を立てられたのが、宗門に雇われていた尾飼忍であった。実際の「つなぎ」の仕事はほとんど「現役」が行ったが、身体が衰えて引退した下忍を、村々の長《おさ》との調整役として、十一ヶ村に入れたのである。

実態は、自分らは陰に隠れてこちらを使嗾《しそう》せんとするような宗門の態度に不信を抱いた村々を、宥めるために送り込まれた人質であった。宗門が直接ものを申せないのと同じ理由で直接の人質が出せないから、宗門の代弁者から人質を出せば、代弁者の言うことに信頼が増そう、ということである。

しかし、蓬莱寺と佐双家の間にいったん和約が成立したことで、事態は一変した。蓬莱寺に見捨てられた十一ヶ村は、佐双家とその盟友となった宗門との、共通の敵になったのである。

一揆制圧のために佐双家から出された軍勢を、宗門の手足となって働いていた風嶽党が先導した。十一ヶ村は事態の急変に対応できず、また地理ばかりでなく人物風土にも詳しい宗門の関係者が制圧に協力したため、一揆の主だった者は縁者を含めて全て捕らえられ、処刑された。その上、佐双家当主顕猛の命により、十一ヶ村はことごとく廃村となるほどの弾圧を受けたのである。

十一ヶ村に配置された老いた忍たちも、村長たちと同じ運命を辿《たど》るはずだった。制圧に来た軍勢が佐双家のものだけであったなら、そうなっていただろう。

しかし、風嶽党が先導していることが村側に知れ渡ったことで、状況が変わった。老いた忍たちは、裏切った宗門の人質として、村人の手によって血祭りにあげられることになった。

が、忍たちにとっては寝耳に水の話であった。自分たちも、そのような話はひと言も聞いていなかったのだ。老いた忍たちは、宗門と一族の、二重の裏切りにあったのだった。

佐双の軍勢が来襲する前に、村の中で小さな争いがあった。そして、人質となっていた忍のうち十名ほどは、村から退散することに成功した。

十一ヶ村より立ち退いた忍たちであったが、どこにも行くあてはなかった。彼らは一族からも切り捨てられていた。他に採るべき途《みち》とてなく山に入り、朽ち果てるのも余儀《よぎ》なしとするよりなかった。

余談になるが、貧しかった山村には「姥捨《うばす》て」伝説の残るところがある。実際には、捨てたその場で飢えて死なすような例は少なく、いくばくかの耕地のあるところで別に暮らさせたのだそうだ。そこから新しい村が出来た例も少なからずあるというから、山の中は、当時でも人口を分散すればある程度人を養う力があったのだろう。そうして山で最後の平穏な日々を送ろうとしていた忍たちに、新たな知らせがもたらされた。山中を渡り歩く狩人《かりゅうど》や山師たちから聞いたか、生活必需品を求めて自ら里へ下りて知ったか、それは判らぬが、知らせは、尾飼の里が灰燼《かいじん》に帰《き》したというものであった。

十一ヶ村一揆では歩調を同じくした佐双家と宗門であったが、その後ほどなくして決定的に袂《たもと》を分《わか》った。それぞれが戦の準備に入る中で、風嶽党を構成する国人たちと共に、尾飼忍も宗門側に立つと目《もく》された。

宗門からの寝返りを画策していた風嶽党は、自分たちが実際に動く前に、それを宗門に察知されることを怖れた。その具体的な恐怖の相手が、尾飼忍であった。

前に述べたとおり、実際の尾飼忍は戦闘集団の性格が強く、小才次のような例外を除いて情報収集能力はさほど高くはない。実際、風嶽党の寝返りについて気づいてはいなかった。というよりも、風嶽党がそうであったように、今度の戦もまた宗門に付くのかどうか内部で紛糾《ふんきゅう》していて、他に目を向ける余裕はなかったのである。

忍としてはみっともないことだが、蓬莱寺合戦が始まってすぐ、宗門の注意が全て佐双の軍に注がれるようになってから、尾飼忍の主だった者は風嶽党の騙《だま》し討ちに遭い、密殺された。従って、蓬莱寺合戦の中で尾飼忍が活躍した例はほとんど残っていない。

尾飼忍の戦闘は、蓬莱寺合戦が佐双側の圧勝に終わって後、残党狩りの中で始まった。ほとんど合戦に参加していないため見逃してもらえるかとの期待は甘かった。佐双顕猛は、自分側に寝返ったはずの風嶽党すら滅ぼそうとしたのだ。旗幟《きし》を鮮明にしなかった尾飼忍が許されるはずがなかった。

忍の里は、風嶽党を形成していた国人衆の里よりも、徹底的に「根絶やし」にされたのである。

十一ヶ村一揆を生き延びた老いた忍たちは、自分たちの生まれた村へ戻った。自分たちを裏切ったのは上忍とその取り巻き連中であり、村に暮らす者たちではなかった。そこは、生き物の影を探しても鼠一匹見つからないような有り様だったが、山の奥に逃れることでわずかに生き残った者たちがいた。老いた忍は、生き残りを見つけては、自分たちが拓《ひら》いた新たな村へと引き連れていったのである。

こうして新たな暮らしが始まったが、山の生産力は増えた人口全てを養えるほど豊かではなかった。

佐双の掃討軍と戦わずに逃げ延びたのは、ほとんど女子供か、傷ついてものの役に立たぬ男である。労働の主力となるべき忍たちにも、老いが目立ってきた。新たな地を見つけて拓くだけの気力体力は、もうない。

忍たちは、自分らがいなくなり養い口が減れば、一時的に生産力が落ちても暮らしていけるだけの地味《ちみ》はあると判断した。今年の食糧の不足分を補《おぎな》い、いつ来るか判らない不作の年に備えるために、多少の金が手に入ればなおよい。

それができるような自分たちの始末の仕方には、さいわい心当たりがあった。尾飼の里から連れてこられたものの、残っても足手まといになるだけの者も、自ら参加を志願した。

身寄りのない小才次は斟酌《しんしゃく》しなかったが、忍たちにとって、敵は風嶽党よりは自分たちの里を潰《つぶ》し、子や孫を根絶やしにした佐双家であった。風嶽党も、頭目が柿沼の隠居になったことで信用ができた。そこで最後のひと働きは、風嶽党とともに行うことに決めた。

昔ほど身体が利かないのは事実である。だが、動かなくていいのであれば、隠形《おんぎょう》は昔と同じほどにできた。

息が続かないが、わずかな時間であれば昔と同じ動きもできる。一番古い忍に合わせねばならぬが、雑兵めら相手なれば十分な結界も張れる。

それなれば、ある程度の役には立つはずだった。

十七、足軽甚助

1

小此木兄弟率いる牽制《けんせい》の手勢は、弾正到着後にやっつけで拡張された本陣から遠いほうに位置したため、後から退却した弾正の軍とほぼ同時に陣地に到着した。その途中で、引き返してきた幹是軒らの一行とも合流していた。

弾正、小此木兄弟、幹是軒らは、先を争うように領主嫡男の陣幕の内に入った。そこは、荒れ放題に荒らされていた。陣幕でも外縁部に近い片隅《かたすみ》に、首を飛ばされた以外はまともな格好のままの、常陸の死体があった。

幕の囲いのほぼ中央には、襤褸《ぼろ》雑巾《ぞうきん》のようになった修験者が、赤黒く血に染まって蹲《うずくま》っている。唱専坊は、その格好のまま事切れていた。

唱専坊の死体が守らんとするように頽《くずお》れていた背後には、壬四郎の床几《しょうぎ》が倒れていた。床几の主の姿は、どこにも見えない。

小此木参右衛門が指図して、兵らに辺りを捜させた。剣客の若い弟子八弥も一行から離れて、何か手掛かりを捜している様子であった。

「馬の蹄《ひづめ》の跡があります。一頭だけ、並足で歩いて……いったん止まり……また並足で歩き出しています」

八弥が見つけ、様子を見立てながら声を上げた。

雨あがりであり、多数の兵に踏み荒らされた後であっても、いったん見つけてしまえば馬の足跡は容易に観察できた。

「だとすれば、野伏せりが牽《ひ》いてきたのであろうな」

八弥の師匠である無二斎が、ぼそりと言った。

通常、陣幕の中のこんなところまで、兵が馬を牽いて入ってくることはない。敵兵が迫ってきた中、もし世子を逃がすことを考えてのことだとしても、馬は陣幕の外に待機させる――こんなところで馬に乗せても、幕の囲いが邪魔になって素早く移動することもできなくなるだけだ。だから、佐双の兵が連れてきたものではないと、無二斎は言ったのだった。

「歩き出した後は……何か重い物を負わされたように見えます」

足を挫《くじ》いて満足に動けなくとも、壬四郎は戦支度《いくさじたく》を身に着けていたはずだ。そのままだったなら、応分の重量がある。

八弥は、馬の足跡を追って陣幕の外へ出て行った。

弾正は、ただ呆然《ぼうぜん》と突っ立っていた。小此木与左衛門が、その弾正に食って掛かった。

「日下部様、これはいかなることか。十分な守りの兵を置いてくださったのではなかったのか」

与左衛門の抗議に、弾正は答える言葉を持たなかった。与左衛門の怒り顔は、遅れて顔を出した佐治田孫兵衛に向いた。

「軍監殿。これをいかがなさるか」

佐治田は口ごもり、この場にいる佐双の幹部全員の顔を見比べた上で、言い訳するように言った。

「身共《みども》は軍監ではなく、副監《ふくかん》にござれば」

責任はないと言いたげなもの言いである。副監とは佐双家独特の制度で、重要な戦でありながら領主が直接出向くことが叶《かな》わぬときに、正副二人の軍監をつけることがあった、その二人目のほうのことである。たかだか野伏せり征伐に二人の軍監は大げさだが、領主世継ぎの軍事行動であるためそのようになったのであろう。

「それでは、軍監はどなたか」

幹是軒が鋭い声で質《ただ》した。佐治田は、口を閉じたまま弾正のほうを見た。幹是軒が、今度は弾正に問い掛ける。

「弾正殿。お手前のお言葉では、お手前は軍監ではなく、お館様《やかたさま》の下知で采配《さいはい》を交代されたとのことであったはずだが、下知状《げちじょう》（主君直筆の命令書）か奉書《ほうしょ》（右筆などが代筆した命令書）をお持ちであろう。お見せいただこうか」

弾正は動かなかった。弁明の言葉すらない。

――弾正がこんなところに姿を現したときに、確かめるべきであったか。

強い後悔の念が湧いた。

このような嘘をつく者がいるとは思わず、またこのような重要事をわざわざ確認するのは非礼にあたるから、やらなかったのは責められるようなことではない。それでも、自責の念が幹是軒を責め苛《さいな》む。

今さら悔やんでも取り返しようがないが、それでも昂《たか》ぶる感情を鎮めることができなかった。

幹是軒は怒りを押し殺し、弾正を睨《にら》み据えたまま与左衛門に言った。

「小此木与左衛門殿。日下部弾正と佐治田孫《じか》兵衛殿を引き連れ、急ぎお館へお戻りくだされ。別に急使は出すが、お手前の口から直に、お館様にことの次第を申し上げるように。お手前の兄上とそれがしは、お世継ぎ様を捜し続けるゆえ、よしなに頼み入る」

与左衛門は無言で頷《うなず》くと、弾正を促して兵とともに陣幕から退出した。佐治田は、弾正と違って幹是軒から自分が「殿」付けで呼ばれたことに幾分安堵《あんど》し、緊張を欠いた顔で与左衛門らに続いた。


小館領主佐双顕猛が無理難題を持ち出し、押し通してしまったときには、いったん嫡男壬四郎を見放した重臣たちではあったが、その壬四郎が小此木のわずかな手勢とともに山に入ると聞くと、居心地の悪いものを覚えた。応援の軍を、という話は、当初からあったのである。軍監として挙がった名前の中に、弾正は確かに入っていた。

弾正の肩を持って弁解すると、軍監として彼を推した重臣には、いざとなれば代わって指揮を執らせるとの意図も確かにあったのだ。そうでなければ、物頭が指揮する軍勢の軍監に、部将をあたらせるなどといった逆順は考えられない。

弾正自身は、嫡子山入りと聞いたとき、ほとんど関心を持ってはいなかった。心境が変化したのは、壬四郎の名の下に、福坂幹是軒が数名の手勢だけで風嶽党の拠点一つを潰してしまったと、急の知らせが入ったからである。

小此木参右衛門からもたらされたその知らせを、館の内に手懐《てなず》けた近習《きんじゅ》からいち早く聞き出した弾正は、大いに焦った。新参者と言うもおろか、ただの客分でしかない幹是軒に、これ以上大きな顔をされるつもりはなかった。

弾正は急いで軍勢を取りまとめる一方、館へ出向き領主顕猛に直談判《じかだんぱん》して軍監と援軍のことを承諾《しょうだく》させた。顕猛もいくばくかの罪悪感はあったのだろうか、弾正の申し出を、副監を付けることまで含めて、全て了承した。

そこから先は、明らかに弾正の暴走である。弾正は領主の了承を取り付けるやいなや、副監となるよう強引に口説《くど》き落としていた佐治田孫兵衛を拐《かどわ》かすように馬に乗せ、待機させていた小此木の急使の道案内で山に入った。そして休憩もほとんど取らない強行軍で「中の砦《とりで》」に達すると、翌日には攻撃を開始したのである。

小此木の軍勢が手間取って、砦にまともな損害も与えないまま、なおかつ敵を拘束して逃げ散らせずにいてくれた。弾正には、絶好の機会が天から与えられたように見えたのであった。

　無論、弾正が急いだのは、自分が主君の命を捻《ね》じ曲《ま》げているとの自覚があったからだ。ただ、手柄を挙げてしまえば文句も出るまいと楽観していた。小此木兄弟から出た慎重論を言下《げんか》に否定して全兵力で吶喊《とつかん》するようなまねをしたのも、誤魔化しが発覚する前に一気に片をつけるためである。

　幹是軒に重要拠点をほんの数名だけで陥《お》とされた風嶽党など、なにごとかあらんと侮った結果であった。

　なお付け加えると、この時期、農閑期《のうかんき》ではないから足軽の多くは本来の家業である百姓仕事に従事していたが、弾正は田畑から無理やり引き抜くようにして自軍をまとめさせていた。

　一方の小此木の手勢は、少数で若干時間の余裕があったということもあり、前に述べた半専業軍人の足軽頭を多めに編入し、この時期でも募集に応じる浮浪人などを雑兵に雇い入れて充足している。弾正の軍は、準備不足だけでなく、もともとの兵の士気と質も大きく劣っていたのだった。

2

突然、陣幕の中にけたたましい笑い声が響いた。皆がぎょっとして見た視線の先には、虜囚の茂造がいた。

「何がおかしい」

怒りを押し殺した声で、幹是軒が問うた。その場で斬り捨ててしまいかねない迫力がある。茂造は、それでも臆《おく》せず笑い続けた。

「これがおかしくなくて、世の中何がおかしいってんだ。死骸《しがい》も見えねえが、あいつはどうしたい、え、甚助はよ？」

嘲《あざけ》り嗤《わら》いを浮かべながら続ける。

「お世継ぎ様は野伏せりに捕まって連れて行かれたんだろうよ。でもな、足軽も一緒に連れて行くかい？　お世継ぎ様の世話をさせようってか！」

誰も、何も言わない。茂造が駄目を押した。

「逃げたんだよ。え、あんな忠義面してよ。人間、そういう場面に出くわしゃあ、そんなもんだろう。しゃあねえやなあ」

また高笑いを続ける。

「黙れっ」

参右衛門が怒鳴ったが、茂造の笑い声は止まらなかった。参右衛門は、思わず太刀に手を掛けた。

そのとき、鋭い指笛の音に続いて、八弥が師匠を呼ぶ大声が聞こえてきた。全員が幕の外へ出、八弥が呼ぶ方角の見当をつけると、山道を登り始めた。


小走りになった一行が辿《たど》り着いたのは、陣地より五町ほど離れた山の斜面、そこかしこに藪《やぶ》が生い茂ったところであった。藪の繁みが荒らされ、乱暴に二つに分けられた奥に、八弥はいた。八弥は、腰を落とし立て膝《ひざ》になり、一人の男を抱きかかえていた。

甚助であった。

甚助は、鎖骨から脇腹にかけて袈裟懸《けさが》けに斬られ、どっぷりと血に染まっていた。

「まだ、息があります」

集まってきた一行を見上げ、八弥が言った。幹是軒が藪に分け入ると、八弥を押しのけるようにして代わった。着物が血に汚れることなど、全く気にはしていなかった。

参右衛門が憤りを隠せぬように後ろを振り返り、遅れてきた茂造を見つけると、その胸ぐらを摑《つか》んだ。強引に藪の前まで引きずり、幹是軒と甚助の様子を見せてからその場に引き据えた。

「見よ。お前が逃げたと嗤った男だ。ここまで主《あるじ》を追って来て、気づかれて斬られたのであろう。忠義面をしていたどこの誰が、臆病風に吹かれたと言うのだ――おい、言ってみろっ」

　胸倉を摑んだまま、茂造の身体を揺さぶった。茂造は、参右衛門の言葉も耳に入らぬ様子で、甚助から目が離せずにいた。

ふと、斬られた甚助を胸に抱いた幹是軒の表情が変わった。

「甚助、おい甚助、判るか」

　甚助の耳元で、大声で怒鳴った。甚助は、息を吹き返したようであった。目を開くと、何か言おうとして唇をわななかせた。

「何、甚助、何だ」

　佐双家でも名の知れた将が、足軽に声を掛け、必死にその言葉を聞こうと耳を口元に寄せた。

「わ、若君、様、向こう……馬の、背に……縛られ、て……」

　わずかに右手を上げ、震える指先で見守る一行の背後を指した。

「そうか、向こうに連れられたか」

「……す、まねえ……おらは、役立たず、だ。丈西の、砦の、とき……今度も……何とか、お役に、立とう、と……」

「何を言うか。手柄じゃ。一番の大手柄じゃぞ」

　幹是軒は、腕の中の足軽の身体を、優しく向き直らせた。その方角を指差して言う。

「見えるか。向こうが風嶽党の砦じゃ。お主が若君様の連れられた方角を確かめてくれたによって、若君様が砦には行かなんだことが判った。若君様が連れられたは、奥の里じゃ。それさえ判れば、この幹是軒が何としても連れ戻す。お主のお蔭《かげ》じゃぞ。お主のお蔭で、この幹是は、若君様をご無事に連れ帰れるのじゃ」

甚助は、もう目を閉じ、佐双家客将の腕の中でぐったりとしていた。

「甚助、お主は、若君様の一番の家来じゃ。甚助、おい、判るか甚助」

甚助は、もう、動かなかった。幹是軒の言葉が通じたのか、穏やかな死に顔をしていた。

八弥が、嗚咽《おえつ》をこらえ切れずに、咽《のど》を鳴らした。参右衛門も、細く吐こうとした息が震えるのを、止められずにいた。

幹是軒は、息絶えた甚助を、そっと地面に横たえた。立て膝で見下ろしたまま、動けずにいた。

「奥の里。場所は定めておるのか」

無二斎が訊《き》いた。いつもと変わらぬ言い方だが、気のせいか、湿った声に聞こえた。

立ち上がった幹是軒は、甚助が最後に指差した方角を燃えるような目で見据えた。

輿《こし》は奥の里へ向かった——難所は背負ったか歩かせたにしても、少なくとも輿がすぐ近くまでいける場所。

芦谷甚助――入沢村芦谷名の出の甚助。山人の、昔のことを聞いて懐かしむ顔。奥の里と聞いて強く反応した茂造――風嶽党の一味でないにもかかわらず。

幹是軒は振り返った。

「袋井茂造」

虜囚に声を掛けた。茂造が、のろのろと顔を上げる。

「茂造、奥の里へ案内してもらおうか。奥の里、狭霧村袋井《さぎりむらふくろい》の庄《しょう》へ」

3

幹是軒が察したとおり、茂造は狭霧村袋井の庄で生まれた。五歳までその地に育った茂造を、ある晩、異変が襲った。

夜中に目が醒《さ》めたのは、身体が布団の中で振り回されるように大きく揺さぶられたからだった。家がめきめきと不気味な音を立てていた。家の外で、誰かの悲鳴が聞こえた。茂造は動けなかった。目は醒めたが真っ暗だったし、身体を振り回されて起き上がることもできなかった。隣で寝ているはずの、お父《とう》やお母《かあ》がいるのかいないのかも判らない。

突然、家が大きな音を立てて崩れた。梁《はり》が降ってきて、茂造の身体を跨《また》ぐように斜めに突き立った。それを合図にしたように、揺れは小さくなったかと思ったら、もう止まっていた。そうなって初めて、お母が何かしているのに気がついた。

お母は、半分崩れて家の中に垂れ下がった天井の下から、何かを引きずり出そうとしているようだった。

呻《うめ》き声が聞こえた。梁と床の間に挟まれた、お父だった。お母はお父を引っ張ったり、お父の上に乗っかっている梁を持ち上げたりしようとしたが、どうしても助け出せないようだった。

「行け」

お父が、お母の顔を見て短く言った。それまで聞こえなかったが、ごろごろと低く唸《うな》る音が外から聞こえていた。

それからどうなったのか、茂造はよく覚えていない。お母の腕に抱えられて、真っ暗な中、山を登っていた。ちらりと記憶があるのは、明るくなった後、家のあった辺りが全部土に埋まり、自分の家の屋根が端の方だけ地面から出ている不思議な光景だった。茂造の集落だけでなく、村全体が壊滅した。袋井の庄以外は、全て土砂とともに谷底まで流れ落ちたと、後からどこかで聞いた。

後の世に、風嶺崩《ふうれいくず》れと呼ばれた、地震と山津波《やまつなみ》であった。

そこから先は、母子《ははこ》二人、放浪の生活が始まった。親類縁者だったのかどうかも知らぬが、いくつかの村、いくつかの家で厄介になる日々が続いた。

しかし、一箇所にそう長い年月腰を落ち着かせることなく、次の村、次の家へと渡り歩いた。そのたびに、お父が変わった。その時々で、わずかな畑を耕す百姓になったり、炭焼きになったりした。

なぜ同じところにずっと落ち着いてはおれなかったのか、それは今でも判らない。ついに山の中で居る所がなくなった二人は、里に下りた。二人にとっての里の暮らしは、山以下だった。

いつの間にか、茂造はお母と別れて生きるようになった。互いの住処《すみか》など、すぐに判らなくなったが、気にもしなかった。

周りには、自分と似たような男や女がいた。生きていくためには何でもやった。盗みや強請《ゆす》りなどは、悪事のうちにも入らなかった。

そして気づいたときには、野盗の一員になっていた。いつそうなったのか、自分でも判然としない。それまでもそれから後も、茂造にとっては似たような生き方が続いた。

ある日気まぐれで買った遊女《おんな》が、袋井の地名を知っていた。その女の知り合いが、その出だというのだ。これも気まぐれで袋井出だというその女を覗《のぞ》きに行った茂造は、そこに病み衰えたお母を見た。

けったくそが悪かったが、それでも神妙にして見せた。お母は茂造を責めもしなければ、怒りもしなかった。ただ、袋井の地に戻りたいと言って泣いた。

死んだお母の死骸《しがい》を川に流した後、茂造は生まれた村に戻ってみる気になった。そのときの仲間が剣呑《けんのん》で、離れる口実が欲しかったところだったのだ。それでも遺髪を胸に、本当に山に入ったのは、少しは後ろめたい思いがあったのかもしれない。

山を行く途中で、風嶽党に出くわした。ひっ捕まって、役にも立たぬと斬られかけたとき、頭目らしい坊主頭の老人が現れた。老人は茂造から話を聞き出すと、何を思ったかそのまま生まれ故郷だった場所まで連れていった。

「ここを、奥の里になさるので」

老人の連れが、ただの平地になった袋井の庄を見て、口にした言葉が耳に残っている。

途中まで送っていくとの口実で老人から離された茂造は、山中でまた殺されかけた。追ってきた老人の使いがすんでのところで止めて、金まで渡して放免してくれた。ただ、見たこと聞いたことを話せば命は無いと、散々に脅された。二度まで死にかけた茂造は、言われなくとも金輪際、風嶽党と関わるつもりはなかった。

里に下り、金はすぐに消えた。それまでと同じ暮らしに戻った。

そして、佐双の目付に捕まった。

4

幹是軒に出自を暴かれた茂造は、俯《うつむ》いたまま何かを考えていた。幹是軒は、言葉を加えた。

「案内《あない》するだけでよい。我らはそこで、お前を解き放つ。金もたんとやる。後はどこへでも、好きなところへ行くがよい」

茂造は、俯いたまま首を振った。顔を上げて幹是軒を見ると、真っ直ぐに言った。

「案内はする。そのかわり、俺も得物が欲しい」

幹是軒は自分の腰から大小を引き抜き、茂造に差し出した。

「これまでよりも危ないまねをさせるゆえ、当然だな。儂《わし》は本陣で代わりをもらうから、遠慮せずに取れ」

茂造は、また首を振った。

「なら、本陣で短いのだけもらう。長い刀は、どうせ俺にはろくに使えねえ。それより――」

自分で弓を持った兵の下に歩み寄ると、弓と、矢を二本受け取った。振り向いたときには、弓に矢をつがえていた。八弥と参右衛門が、思わず刀の鍔《つば》元に手をやった。

茂造は、つがえた矢の先を二十間（三十五メートル強）ほど先の木の枝に向けた。そこには、番《つが》いの山鳩《やまばと》がとまっていた。弓を引き絞った袋井の右手には、もう一本の矢が、筈《はず》のところを薬指と小指で持たれている。

瞬間、風を切る音がした。

山鳩が胸を射貫《いぬ》かれて、熟柿《じゅくし》のように地に落ちた。もう一羽が驚いて飛び立つ――と、一間（二メートル弱）も飛ばぬうちに片割れと同じ運命を辿《たど》った。

一本目を放った反動を抑えて弓を構えなおしたときには、もう二本目がつがえられていた。それを放つまで、一瞬の早業であった。

「何番目かの親父が、猟師だった。俺にもお母にも、口より先に手足が出るろくでなしだったけどよ、こいつだけは仕込まれた」

最後に狙ったのは、その親父の背中だった。息子だけが猟から戻ったのを見て、お母はまた次の村に出ることにした。後で考えると、袋井の庄を出て以来、一番長く居たのがそこだった。


——これでいいのだろうか。

虜囚であった男は思った。

茂造はこれまで、坊主が説教で語る類《たぐい》のことは、みんな誤魔化しだと思って生きてきた。偉い、ということになっている奴らが、自分が偉く居続けるために捻《ひね》くり出した屁《へ》理屈《りくつ》だと。

その考えが強くなるようなことは一杯見てきたが、その反対はほとんど見たことがなかった。

だから、蓬萊寺の僧兵くずれが、宗門の仇《かたき》の息子を守ってあんな死に様をしたことに、我慢がならなかった。そんなことが、あるはずはないのだ。

何かの間違いのはずだと思って、どんな間違いか探しているうちに、あれだけ忠義面をしていた足軽が逃げ出していることに気づいた。おかしくて堪《たま》らなかった。あの幹是軒という恐ろしい侍が、斬りつけてきそうな怖い顔をしていたけれど、斬られても構わないぐらいおかしかった。

それが、戦になったら何の役にも立たないようなあの足軽が、ろくに得物も持たずに一人で主《あるじ》を追いかけていた。それで斬られて死にそうになっても、まだ自分より主のことを気に掛けていた。

——あの足軽は俺が、侍なぞ居ないほうが世のためだと言ったとき、侍が居なくなっても争いはなくならないなんぞと言ってたじゃねえか。そこまで世の中が見えてながら、なぜあんなことができるんだ……。

嘘だった。嘘のはずだった。こんなことが、起こっていいはずがなかった。それなのに、起こった。茂造がこれまで生きてきた中ではなかったことだ。

——本当にそうだろうか。お母は、あれだけ苦労していろいろなところを流れながら、なぜ足手まといのはずの俺を連れ続けたんだろうか。俺がお母から離れて、勝手に生きて、自分はおそらく散々苦労して病に倒れてから、俺が顔を見せたとき、なぜ愚痴の一つも言わなかったんだろうか。

散々好き勝手に生きてきた。何度首を刎《は》ねられてもおかしくない生き方だ。

——佐双の目付に捕まえられたとき、俺は、本当は赤田と一緒に首を刎ねられてたんだ。だったら、今生きているのが嘘だ。嘘なら、この山の中にいる間だけでも、これまでの本当の人生とは違った、嘘の生き方をしてやろうか。どうせ元の世過ぎに戻ったって、後生はよくない。なら、今はそれで、いいじゃねえか。
茂造はそうして、幹是軒の言葉に顔を上げた。

十八、奥の里

1

参右衛門や幹是軒らは、「中の砦《とりで》」と対峙《たいじ》する本陣へ戻った。

幹是軒は、早々に準備を調えて出立するつもりであった。茂造より、すぐに出れば日暮れ前後には着けるであろうとの話を聞いたからだ。

準備といっても、わずかな食料と水があればよい。これまで普通に山を登るための身支度であったものを、戦支度へと変更するためいったん荷を解《ほど》いた。

茂造は、提供された中から選んだ弓を自分用に調整していた。剣客師弟は、黙ってその様子を見ている。

そこに、小此木参右衛門が現れた。参右衛門は自身の同行と、それが認められないならば兵だけでもと提供を申し出た。

幹是軒は、その両方を謝絶《しゃぜつ》した。

――参右衛門には参右衛門の得意とするところがあり、「奥の里」侵入はその範疇《はんちゅう》からはずれている。得意でない者が交じって万一失敗《しくじ》りの原因となったのでは、取り返しがつかない。なにしろ今回の目的は、若君救出なのであるから。兵についても同様。少数では連れて行っても十分な戦力にはならず、数を揃えたのでは相手に察知されて侵入が叶《かな》わない。従って、ありがたいが受けられない。

口調は丁寧ながら、そのように述べて峻拒《しゅんきょ》した。

誰も口にはしないが、成功の見込みがあると考えている者は、その場に一人もいなかった。そして若君の救出がならない場合、幹是軒は生きて帰るつもりがないことを、皆が知っていた。

参右衛門を同道しないのも、兵を連れないのも、本当の理由が何かは口にするまでもない。

「福坂殿」

ぼそりと、無二斎が口を開いた。

「奥の里なる風嶽党の拠点に着いた後は、どのようになさるか」

「その場次第でござろうな。この茂造も、奥の里が出来た後を見たわけではござらん。その場で様子を見、臨機応変に動く。それ以上は今考えても詮無《せんな》いこと」

「それでは、この兵法者が策を進ぜようか」

幹是軒は支度をしていた手許《てもと》から視線を上げ、無二斎を見た。無二斎は言葉を続ける。

「なに、お手前がこれまでに採られた手の焼き直しにござるよ。

奥の里に入り、若君の下に行き着くまで、ずっと気づかれずにおることはできまい。

なれば、気づかれぬようにできるだけ里まで近づき、その後は逆に陽動で動く者があらば、注意が皆そちらに惹《ひ》きつけられて侵入も若君の探索も容易《たやす》くなる――どうかな？」

幹是軒は十分理解ができずにいた。無二斎が、ことも無げに言った。

「陽動は、この無二斎が仕《つかまつ》ろう」

「武庫川殿……」

言葉が続かなかった。幹是軒は、無二斎との約束が果たせなくなったことを、どう詫《わ》びても詫びきれまいと思っていた。その相手からの申し出に、ただ頭が下がった。

参右衛門が毅然《きぜん》とした顔で配下を呼び、宣言した。

「いま一度合戦の支度を始めよ。福坂様が出立したら、「中の砦」攻めを再開致す。皆に、こたびは夜戦の覚悟をさせておけ」

幹是軒に向き直って言葉を続ける。

「若君を奪われてなお攻め続ければ、若君は「中の砦」にいると我らが見ている、と連中は思うはず。敵の兵も砦に惹きつけておけますので、福坂様の助攻程度にはなりましょう」

「参右衛門殿……」

小此木の棟梁《とうりよう》は、幹是軒の顔を見て、しっかりと頷《うなず》いた。

――人生の最後ではあるかもしれぬが、よい仲間を持った。

幹是軒は、肚《はら》の底から力が湧いてくるのを感じていた。

壬四郎が目醒《めざ》めたとき、手足は縛られ、口には猿轡《さるぐつわ》が咬《か》まされていた。無論、刀は取り上げられている。

馬の背を跨《また》いで腹這《はらば》うように乗せられ、手足を縛った縄に、馬腹から回した縄を括《くく》り付けるようにして固定された。槍《やり》の柄で殴られた顳顬《こめかみ》の辺りがじんじんと痛んだ。

馬を牽《ひ》いた野伏せりどもは、最初はもっといたような気もするが、数えたときには四人ほどで、口数も少なく道を急ぐ様子だった。そうして壬四郎は、一度も馬の背から降ろされることなく、目的地らしい集落に辿《たど》り着いた。

ずっと身体を折った体勢で揺られていたために頭に血が下がり、馬から降ろされたときは朦朧《もうろう》とした状態だった。足の縄も解かれないまま乱暴に両脇を抱えて引きずるように移動させられた。

部屋の中で猿轡をはずされ、誰かに頭の傷の具合を探られた。挫《くじ》いた足も探られる。そして、縛《いまし》めを解かれ鎧具足《よろいぐそく》も脱がされて、格子の嵌《は》まった牢《ろう》に入れられた。

辺りを見回してみたが、座敷を改造した物ではなく、最初から牢として使う目的で作られたところのようだった。牢の中には、壬四郎以外には誰もいなかった。

比較的新しく建てられた物のようだと、壬四郎は漠然と考えた。

ときが経って意識がはっきりしてくるほど、無力、挫折《ざせつ》、喪失といった感情が襲ってきた。戸口の外にいる見張りはたった一人のようだが、逃げ出す気力など全くありはしなかった。

子供子供した甘えで我《が》を通そうとし、諫《いさ》める幹是軒の言葉に憤って陣地を飛び出し足を挫いた。そのせいで、大事なときに身動きもままならず、唱専坊を、あたら敵に殺させてしまった。自分も、むざむざ敵に生きて囚《とら》われるような見苦しい仕儀に立ち至った。

どうしようもない駄目な男だ。こんな男は、野伏せりに首を獲《と》られて死ぬのが相応《ふさわ》しい。まあ、それも遠い先の話ではなかろう。

――そういえば、甚助はうまく逃げられただろうか。

敵が不意に襲い来る前に、甚助を幕の外へやったことだけが、自分のまともな行動だった。あの誠実な男だけは救《たす》かってほしい、と、壬四郎は切実に思った。

2

老剣客の武庫川無二斎とその弟子八弥は、二人だけで陣幕の外にいた。弟子を背にした無二斎は、山を見ながら口を開いた。

「八弥。こたびは供を許さぬ。ここで帰りを待て」

八弥は、反発の声を上げげた。

「どこまでもお供を致します」

「こたびだけは、この無二斎にも生還が期せぬ。もし儂《わし》が戻らぬときは、一人で里に下りよ」

一瞬黙った八弥は、こう言い返した。

「生還が期せぬなれば、その死《し》に様《ざま》を見取ることも修行にございます」

無二斎が振り返り、自分を見つめる若者と、目を合わせた。八弥は、目をそらさなかった。再び山に目をやった無二斎が、言った。

「さようか。なれば、好きにせよ」

雨はすっかり上がり、雲間から陽光が射し込み始めていた。


風獄党の頭目、柿沼方円入道は、腹を立てていた。「中の砦」で佐双の軍勢に反撃を行い、その陣地を奇襲したところまでは良い。しかし、なぜ佐双の世継ぎなどという厄介な男を生かしてこんなところまで連れて来るのか。どうしても持ち帰りたいなら、首級《しるし》だけでよかったのだ。

反撃を指揮し、捕虜をここまで連れ帰った高垣陣内《たかがきじんない》は、今後の佐双との交渉に使えると言った。が、方円入道に言わせれば、その考えは甘い。自分の嫡男が捕虜になれば、幽閉されている敵の城ごと焼き尽くすのが、方円入道の知る佐双顕猛という男だった。

——とにかく、その小僧をこの目で見てやろう。

憤然としながら、方円入道は牢の前まで足を運んだ。牢の中から入道を見返す若者は、案に相違して落ち着いた顔をしていた。

「どうれ、小童《こわつぱ》。肝を潰《つぶ》してはおらんか」

ことさらに凄《すご》みを利かせて、方円入道は呼び掛けた。

「風嶽党の頭目か」

こだわらぬ口調で、壬四郎が問うた。

「いかにも。風嶽党に結党以来与《くみ》する一族、柿沼統の領袖《りようしゆう》にて、方円入道と言う。そなたは、佐双顕猛が嫡男、壬四郎か」

「知っておったから、連れて参ったのであろう」

「ほう。落ち着いた様子に見えるは、覚悟ができておるのか、それとも痩《や》せ我慢《がまん》か」

ここで初めて、壬四郎は苦笑を見せた。

「敵に囚われて覚悟も何もあるまい」

「高垣陣内と申す我が副頭目は、そちを人質に顕猛と交渉するつもりらしいぞ。上手《うま》くゆけば、命が助かるやもしれぬな」

揺さぶりを掛けてみる心積もりであった。その言に、壬四郎はまた苦笑した。

「無駄なことを。ろくに刃向かいもできずにむざと敵に捕らわれる子なぞ、父は惜しいとは思わぬ。さっさと首を刎《は》ねるがよい」

「冷たい父よの。もっとも、その冷酷さゆえ、数々の非道を為《な》してきたのであろうがの」

返事が来るまで、今度は少しときが掛かった。

「否定はせぬ。しかし、非道は風嶽党も同じらしいな」

「何を抜かすかっ」

方円入道が怒鳴った。壬四郎は臆《おく》せず、静かに言葉を続けた。

「蓬萊寺合戦での裏切りの件、その前の、十一ヶ村一揆《いっき》平定の際の先駆けの件、全て聞いた」

内心の動揺を隠し、方円入道は壬四郎を睨《ね》めつけながら応じた。

「それは全て、生き延びるためではないか」

壬四郎は、真っ直ぐに敵である方円入道を見返した。

「佐双家とて、合戦に敗れれば生き延びてはこられなんだろう。同じことよ」

「数々の一族を根絶やしにまでした家の跡継ぎが、よくぞ言うたものよ」

壬四郎は、もの思う顔つきになった。

「風嶽党とて、佐双の家と同じ立場に立てば、同じことをやったであろう。やがてこうして、非道の限りを尽くした者が、天下を統一するのかもしれぬ」

また、方円入道の顔を見る。その目はどこまでも澄んでいた。

「生き永らえてそこまで見ずに済むというのは、あるいはよいことかもしれぬな」

「それでは、望みどおりにしてやろうかい」

「風嶽党は、この後何を目指す」

「栄誉栄華よ。佐双家なぞは捻《ひね》り潰して、小館の館《やかた》で高笑いしてやろうわい」

「それで、非道のない世は創れるか」

「益体もないことを。お主なれば、創れるとでも抜かすか」

「俺では無理であろう。ずっと志《こころざ》し続けることすら、難《かた》かろう」

「やれやれ、歳に似合わず抹香臭《まっこうくさ》い童《わっぱ》よ」

そう言って、方円入道は背を向けた。本音では、怖れも見せぬ壬四郎に気圧《けお》されて退散するところであった。

――この若者の下なれば、佐双の軍は確実に強さを増す。高垣陣内の交渉がどうなろうと、この若者、生きて帰すべきではない。

方円入道は、そう心に誓《ちか》った。

3

「中の砦《とりで》」と対峙《たいじ》する陣地では、参右衛門の前に、配下の者たちが集まっていた。その半数は日下部弾正が率《ひ》き連れてきた者で、本来、参右衛門とは同格のはずの物頭もいる。

与左衛門は、弾正らを連れて小館の館に向かう支度が調い、出立を報告に来たところであった。

「参右衛門殿。ここはどうあっても、いったん、お退《の》きになるべきかと存ずる」

「さよう、若君様が敵方の手に落ちた以上、ここでの攻めは若君様のお命にかかわる」

弾正より指揮権を取り戻した参右衛門は、「中の砦」攻撃続行に反対する者たちに取り囲まれているところであった。

反対意見の代表は、日下部弾正の配下としてここに来た物頭の一人だった。弾正の指揮下で兵たちに無理な攻めを強いていた男が、ここでは一転して慎重論を張っていた。梃子《てこ》でも動かぬ、との様子だが、砦の頑強な抵抗に軍功を上げることは無理と判断し、命大事になったことが、与左衛門の目にも明らかであった。

このような強硬な反対に囲まれていながら、この日の参右衛門は全く動じていなかった。

「退《ひ》くべきとは、いったん軍を山から下ろすということかな」

「いや、そこまでは言うておらぬ。陣を下げて、しばらく相手の出方を見ようと申しておる。こちらの攻めが止んだと知れば、若君様と交換に和睦《わぼく》を言い出してくるやもしれぬ」

「さよう、その間に館に使いを出して増援を受け、新たな兵と交代することもできる。今おる雑兵どもはかなり痛手を受けたで、それを入れ替え、士気を高めた上なれば、参右衛門殿の言われる砦の攻略も成り易《やす》かろうほどに」

詭弁《きべん》であった。こちらが兵を退けば、図に乗って、壬四郎を人質に高飛車《たかびしゃ》な要求をしてくることはあっても、和睦《ゆうちょう》を求めて身柄を返してくることなどあり得はしなかった。

兵を入れ替えるほど悠長なことをやっているときもない。要は、撤退するための理屈付けを探しているに過ぎないのだ。

「皆様も、同じお考えか」

参右衛門は静かに見回した。新たな発言がないということは、無言の賛同が多数を占めることを示している。と、同時に、多くの者がここで実質的な退却を決めてしまうことに、後ろめたさを感じていることも表していた。

参右衛門は、反対する同輩の顔を見渡した。相手の面々は、自分の優位を確信する顔でこちらを見ている。その多くが、戦場での命のやり取りの多さは自分が上であると、見下した顔だった。

壬四郎のことは、皆が諦《あきら》めていた。しかし、参右衛門としては見捨てるわけにはいかない。

——福坂様は、まだまだ諦めていない。そして、甚助……。

一瞬だけ瞑目《めいもく》し、目を見開いて一番声高に持論を繰り返していた相手を見やると、やおら太刀を引き抜いて斬り捨てた。

参右衛門を侮り、その静かな様子に油断していた相手は、何が起きたか判らぬうちに死んだ。

血に濡《ぬ》れたままの白刃が、単に撤退論者の尻馬《しりうま》に乗るどころか、嗾《けしか》けてすらいた男に突きつけられる。周りの者が驚き退いて、輪が広がった。

「何をする……く、狂うたか」

血の滴《したた》る刃《やいば》を鼻先に突きつけられた男だけが動けずに、掠《かす》れた声をあげた。

参右衛門は、相手の顔を睨めつけながら、その場の全員に向かって言葉を発する。

「馬鹿者、よっく考えよ。このままおめおめと引き下がって、お館様がお赦《ゆる》しになると思うてか。

　若君様を受け取って、和議を結んで帰るだと？　――そのような兵と壬四郎君を、迎え入れてくださるお館様だと思うてかっ！」

　参右衛門は、切っ先を下げた。目の前から刃が消えたとたん、男は腰を抜かしてへたりこんだ。

「戻りたい者がおるなら、これ以上止めはせぬ。勝手に山を下りよ。下がりたい者は、陣を下げればよかろう。

　我は、この小此木参右衛門の攻めに加わらんとする者のみと共に闘う。往《い》にたい者は、往ねっ」

　手の太刀を横に振って、大声で怒鳴った。振るわれた刀から飛び散った血を浴びながら、そこから動ける者は一人もいなかった。

　それを見た上で、参右衛門が、自ら座をはずした。血刀を引っ下げたままの男の前に、さっと道が開いた。

　参右衛門の弟与左衛門は、兄の変わりように胴が震える思いだった。人の輪を抜けて出てきた長兄は、弟のそばで言った。

「誰もここより抜けぬようなら、あの男だけ一緒に連れて行ってくれ」

　いまだに腰を抜かしている男のことだった。弟の同意を確かめるためにその目を見た兄は、後は一言も残さずに去った。

その瞳《ひとみ》には、怒りと悲しみが映って見えた。

危急のこの場を収めるのに、他に手はなかったと与左衛門も思う。しかし、それでも兄は、自分の行った理不尽を赦せずにいる。与左衛門は、兄の本質が何も変わっていないことを知って、もう一度心を震わせた。


「奥の里」において、風嶽党頭目、柿沼方円入道は、居室で高垣陣内と対座していた。陣内は、うんざりとした口調で言った。

「たかが小僧一人、返したところで何事もござるまい」

「まず、その交渉が成立せぬと言うておる。和睦を持ち出さば、こちらの足下を見られるだけよ」

陣内が冷たい目を方円入道へ向けた。

「たとえ足下を見られたとて、今より悪くはなりますまい。物見の塞《さい》を焼かれ、中の砦も場所を露見してしまい申した。佐双の軍が本気を出さば、一瞬で揉《も》み潰《つぶ》されましょう」

「中の砦は健在ではないか」

誰の力で落とされずに済んでいるのか、と陣内は思った。

――「中の砦」の守りを指揮したのも、逆襲を計画し成功させたのも、この俺ではないか。佐双の嫡男を生け捕りにしたのも俺だ。あの修験者姿の男が、壬四郎に「若」と呼びかけたのを聞き、機転を利かせて、兵が止《とど》めを刺そうとしたのを止めたのだ。

なれば、これよりどう使おうが自分の好きにさせてもらいたい、と陣内は思っていた。そもそもこのような仕儀に至ったのは、入道が佐双の砦を襲撃し、顕猛の側室を奪うような無謀なまねをさせたからだった。

──今、俺がその尻拭《しりぬぐ》いをしてやっているのではないか。

感謝されこそすれ、好き勝手を言われる筋合いはなかった。

「佐双の軍が本気を出さば、と申し上げたはず。佐双なれば、今の軍勢とは比べものにならぬ大軍を用意できるはずでござろう」

方円入道は首を振った。

「周りをよく見よ。小館の地は、左右に敵を抱えておる。そのいずれもが虎視《こし》眈々《たんたん》と佐双に隙が出るのを待っておるのに、そう容易《たやす》く大軍を山へなぞ繰り出せるものか」

周りをよく見てほしいのは入道のほうだ、と陣内は考えている。党を再生させ、砦を造った功労者として立ててやってはいるが、実際のところ方円入道率いる風嶽党は、今の軍勢相手でももう青息吐息《あおいきといき》ではないか。

「なれば、隣領の香西城主あたりにくれてやってもよい。我らも、そろそろ誰の下に就くか、旗幟《きし》を鮮明にせねばならぬ時期でありましょう」

「なにを浮薄《ふはく》な。この風嶽党、そうそう安くは売り渡せぬわ」

時代錯誤《じだいさくご》な、と思う。そのときそのときで高く値をつけるほうに加担して、世渡りできる時代ではなくなっている。

――早く強いところを見定めて、こちらの帰趨《きすう》を決めないと、厄介者と見なされて潰されてしまう。老体には、それが判らぬのか。

安く売り渡さぬといえば、あの尾飼の死忍とか称する得体の知れない老人どもを雇うのに、言い値で、なおも即金で全額払ったことも気に食わない。思ったよりは使えるが、どうせ死にたがっている奴ばら、半金だけでも渡しておれば、あとの半金は払わなくとも済んだはずだ。

「いずれにせよ、申し入れはさせていただく。これは、柿沼の一統を除く我らが総意にござれば」

「あの若造を返すことはならぬぞ」

「なれば、咽《のど》を潰し眼を潰し、手足の筋も断って返せばよろしい」

驚いた入道の視線を受けながら、陣内は老頭目の居室を出た。

――まだしばらくは、我慢だ。あと少しで、全て自分のものにできる。準備はほぼ終わっているのだ。いま焦って全て無にするような真似は、避けねばならぬ。

自分にそう言い聞かせていた。

柿沼方円入道は、出て行く陣内の背中を目で追った。あの男、見誤ったかもしれぬ、と思っていた。

蓬萊寺合戦の折に宗門側を裏切り、佐双家に付いた末に騙《だま》し討ちにあったのは、入道の息子が頭目であったときの話だった。そのまま各々の領地で一つ一つ平定されるはずだった残党を一手にまとめ、ここまでくるのに、入道は隠居を取りやめ、散々な苦労を重ねてきた。

陣内は豪族の中でも有力な高垣統の出ではあるが、若い頃に一統を飛び出し、放浪していた男だ。一族存亡の折にふらりと帰ってきたあの男を引き上げたのは、方円入道だった。

――力はあるが、人を率いる術《すべ》を知らぬ。今はよくとも、逆境に立ったときは周りがついてこぬであろう。

それが、己が引き上げた高垣陣内に対する今の入道の評価であり、後悔だった。

4

出立の準備が調い、福坂幹是軒、武庫川無二斎、南八弥、袋井茂造の四人は陣地を後にした。

次の戦の支度で慌しい中を、小此木参右衛門が四人を見送りに出た。参右衛門の弟与左衛門は、日下部弾正ほかの咎人《とがにん》と、数名の風嶽党の捕虜を連れて、すでに小館の領主《りょうしゅ》館《やかた》へ向け出立した後だった。急を知らせる早馬は、これに先行して出してある。

剣客の師弟は、これまでと変わらぬ出《い》で立《た》ちだった。ただ、腰の大小以外に長刀を背に一本、後ろ腰に小太刀を一本、余分に身につけていた。

茂造は、脇差を腰に差し、弓を手にしている。その背には、矢箱一杯の矢が背負われていた。

幹是軒の格好は、額金《ひたいがね》の付いた鉢巻《はちまき》、面頬《めんぼお》、腹当《はらあて》に両籠手《こて》と脛当《すねあて》、武者草鞋《むしゃわらじ》という、雑兵とも野伏せりともつかぬものだったが、堂々とした有りようが、下賤《げせん》の者には見せない威厳を醸《かも》し出していた。

手にはあの短鑓《たんそう》、腰には大小以外にもう一本、長めの脇差ほどの棒を差している。なお腹当とは防具の一つで、完全装備の鎧《よろい》の胴の部分（胴丸《どうまる》）を簡略化し、背後の防御を省《はぶ》いた物を言う。現代における剣道の防具の「胴」をそのままに、腰に下がる「垂れ」だけ小さくしたような形態をしている。

陣地を背にしてすぐ、無二斎が幹是軒にぼそりと問うた。

「影は、戻ったか」

幹是軒は、口を閉ざし前を向いたまま首を横に振った。

「さようか」

無駄なことは口にせず、後は黙って足を運ぶ。

唱専坊と甚助は看取《みと》ったが、小才次についてはまだわずかに期待を持っていた。しかし、それもこれまでであろう。この期《ご》に及んで小才次まで失ったのは、痛かった。

牢《ろう》の中で、挫《くじ》いた足を投げ出して座る壬四郎は、視線を感じて入り口のほうを見た。戸の陰から頭だけを出し、三、四歳ほどと見える少女がこちらを覗《のぞ》いていた。山の中にしては、立派な着物を身に着けていた。

いかにも頼りなげだった見張りは、気を抜いてどこかへはずしているようだ。壬四郎は微笑した。

「このようなところに来るものではない。母様に叱られるぞ」

少女は、反発した。父様も母様も、もうこの世にいない。

「じじさまの俘囚《ふしゅう》が、偉そうに言うな」

「これは参った。方円入道殿の孫姫か」

「千代《ちよ》じゃ」

「千代姫は、なぜこのようなところにおわす」

「千代は、行きたいところに行く」

利かん気の強そうな少女である。が、次の瞬間、表情を曇らせた。

「陣内と話をするゆえ、外におれとじじさまに言われた」

「陣内とやらいう御仁は、好かぬようじゃな」

「嫌いじゃ。お前も嫌いじゃ」

「じじさまの敵の、我が嫌われるのは仕方がないとして、陣内殿はじじさまのお味方ではないか」

「陣内はじじさまに逆ろうてばかりおる。じじさまはお困りじゃ」

――再生なった風嶽党も、一枚岩ではないということか。

そのとき、遠くで千代姫を捜す声が聞こえた。

「じじさまたちが捜しておられる。もう行きなされ」

いったん声のほうに身体を向けていた千代が、壬四郎を不安げな目で見た。

「千代姫がここに来たことは、誰にも言わぬ」

「ほんとうか」

「ああ、本当じゃ」

少女の姿が見えなくなり、駆け去っていく足音だけが聞こえた。

5

小此木参右衛門による「中の砦《とりで》」攻めが再開された。心配された兵の士気は、思ったほど落ちてはいなかった。陣幕内で行った軍議における参右衛門の果断と苛烈《かれつ》さが、どこから兵にまで伝わったためらしかった。

参右衛門の采配《さいはい》は、一昨日に与左衛門が採った攻めと同じ考え方を基にしていた。が、今回は敵をできるだけ砦に貼り付けさせ、意識をこちらの攻めに向けさせるために、多少の無理は必要と覚悟していた。

――また兵を損なう。本来不要であったことのために。

毅然《きぜん》とした顔で采配を振りながら、参右衛門の瞳《ひとみ》は暗かった。


山道を急ぐ四人の周りで、日が暮れ始めていた。山は、陽が落ちるのが早い。暗闇で足下が見えない場所を歩くのは危険だった。

とはいえ敵にこちらの存在を知らせることになるため、灯《あか》りを持って歩くこともできない。今晩はここいらで一泊野宿かと幹是軒が考え始めたとき、先頭を行く茂造が振り返った。

「もうすぐだ。この小さい尾根を越えたら、袋井の庄だ。道は、右回りに集落の正面に出るか、左回りに脇から入るもんの二本だ。前に風嶽党に脅されたときは、正面の道から行ったが、多分どっちもまだ通じていんだろうよ」

「なれば、ここで分かれよう」

無二斎が、ぼそりと言った。弟子を見ながら続ける。

「我らは、正面に出る本道より足場が悪いであろう脇道をゆく。山の夜道も修行で何度も歩いているゆえ、心配は要らぬ。集落の中で騒ぎが起これば、正面の守りも減ろうゆえ、その後に入られよ」

「なれば、我らは正面より」

幹是軒が、茂造の脇に立って言った。茂造が無二斎に言葉を添える。

「脇道は林の中だ。月明りは届かねえ」

無二斎は、ただ黙って頷《うなず》いた。幹是軒に顔を向ける。

「福坂殿。約定は、生きておりましょうな」

「無論のこと、この命ある限り」

「では、後ほど」

二人は礼をし合い、互いに背を向けた。虜囚であった男と、弟子が、それぞれに続いた。


壬四郎の牢の前に、ぞろりとした着物を着た女が立った。自分の考えに打ち沈んでいた壬四郎は、相手が牢格子のすぐ近くに立つまで気づかなかった。すでに、宵闇が辺りを包んでいる。

女性《にょしょう》の姿は、背に灯りを受けて、壬四郎からは陰になっていた。年増《としま》と呼ぶべき年頃か、というぐらいしか判断がつかない。

「今日は、千客万来だな」

壬四郎が皮肉な口調で言った。

「見知りおきの者を気遣いて訪ぬれば、その謂《い》いかや」

薄暗がりの中、驚いて顔を見極めようとした。声に、聞き憶《おぼ》えがあった。

「お蓮殿か」

「お見忘れではないようじゃの」

貫禄《かんろく》を感じるほどゆったりとした喋《しゃべ》り方で、父の側妾《そくしょう》である女が言った。

「連れ去られたと聞いたが、息災《そくさい》なようですな」

「このとおり、元気にしておりまする」

両方の袖《そで》をつまんで、しなをつくるように膝《ひざ》を屈《かが》ませてみせた。館《やかた》にいたときの楚々《そそ》とした姿とは、別人に思えた。

そのときに灯りに映《は》えた横顔は、毒々しいまでに赤い紅を挿《さ》していた。その様子に、壬四郎は違和感を覚えた。

「早くもこちらのどなたかに鞍替《くらが》えをなさって、可愛がられておられるか」

「下衆《げす》な勘ぐりを申すなっ」

先ほどの様子から一転して、お蓮の方は突然、怒鳴った。

「妾《わらわ》は、柿沼統の娘じゃ。父の下におれば、このとおり、佐双の家にいるより、まともに扱われるわ」

その答えに、壬四郎は眉《まゆ》を顰《ひそ》めた。

「領北の庄屋《しょうや》の娘とか聞いた憶えがあるが」

「風嶽党の頭目の妹とては、里にも出られまい。下りたところに鷹狩《たかが》りに来た顕猛と偶然出くわした。知る辺の庄屋の遠縁《とおえん》とでもしてもらわねば、ほかに言い逃れようもなし」

前の頭目はこの女の兄で、彼らの父親が今の頭目、方円入道であるらしい。まだ蓬萊寺合戦に続く一連の緊張状態以前の話ではあるが、領主と旗幟《きし》定まらぬ国人との間は、そんなものだったのかもしれない。

しかし、壬四郎には疑念があった。

「父は、嫌がる女子《おなご》を無理に側女《そばめ》におくようなことはせぬぞ」

お蓮の方は、きっと壬四郎を睨《にら》んだ。

「断らば、なぜにと探る者がおろう」

義理の息子にあたる壬四郎は、相手の言い分を考えた。

「なるほど、そういうものかもしれぬ。しかし、なぜに今さら風嶽党へ。小太郎殿のことは、気にならぬのか」

壬四郎が問うたのは、自分の義理の弟、お蓮の方の息子のことだった。突然、お蓮の方がけたたましい笑い声を上げた。

「小太郎とは、誰のことぞ」

「何を言われる。そなたが産んだお子にござろう」

再び、お蓮の方の口から哄笑《こうしょう》がおきた。突然憤怒《ふんぬ》の顔になり、壬四郎を睨む。

「佐双の血を引く者なぞ、産みとうはなかった。それでも腹がせり出し、産まれてきよる。やむをえぬで、産み落としてすぐに、縊《くび》り殺したわいな」

「！　――何と……」

「今の小太郎は、乳母《うば》がどこぞより拾うてきた赤子よ」

戦国時代とはいえ、普段ならあり得ないことであった。しかし、小太郎が生まれたのはちょうど、蓬萊寺合戦前で領地の全域が騒然としていたときである。

お産を控えたお蓮の方とその従者は、当時は友好関係にあった隣領近くの領主親族の下に退避していた。その地域に蓬萊寺の宗派が浸透していなかったからだ。その間のことであれば、起こり得ないとまでは言い切れない。

「殿は、まだお気づきでないかや」

そう言って、けたけたと笑う。声に、狂気が混じっていた。

「お気づきではあるまいのう。このごろ、とんとお渡りがないからのう。気づこうにも、気づきようがあるまいて」

また、内から笑いが溢《あふ》れ出してきたようだった。戸口のほうから、小さな声がした。

「お蓮さま……」

戸口のところに、見張りに手を引かれた千代がいた。それぞれで想いは違うかもしれないが、手をつないだ二人ともに、心配そうな顔でお蓮の方を見ていた。姪《めい》を目にしたとたん、お蓮の方の態度がころりと変わった。

「おお、千代さまか。この蓮のことを心配して探しにきてくりょうたか。すまなんだのう。ゆこか、行って菓子でも食べよか。それとも、蓮の化粧道具でも使《つこ》うて遊ぼうか」

お蓮の方は、壬四郎に背を向けると千代のもとへ行き、抱き上げてそこから出ていった。もう、牢内《ろうない》の男のことなど意識から飛んでしまったようであった。見張りの男も、二人が立ち去ると安心した顔になって自分の持ち場に戻った。

お蓮の方は、明らかに精神の均衡を崩しているように見えた。だから、小太郎を自ら縊り殺したというのが、真実なのか妄想なのかは判らない。しかし、産んですぐに亡くして取替え子をした、というのはおそらく真《まこと》であろう。

蓬莱寺合戦の前後であるから、風嶽党の頭目であった兄をはじめ、肉親知人が何人も佐双の兵の手に掛かったはずだ。その間に、側室の内面と周囲に、簡単には推し量れない何かが起こったのかもしれなかった。

そしてときが経ち、小太郎が成長するにつれて、顕猛とは似ていないところがどんどん目につくようになる——そういう親子も世の中にはあると、他人は思えても、取替え子をした当人は、恐ろしくて恐ろしくて堪《たま》らなくなっていく……。

——それが、蓮殿の狂気の因《もと》か。

あるいは、父が「このごろ渡らぬ」ことが、お蓮の方の猜疑《さいぎ》と不安をいや増したのであろうか。

お蓮の方は、領主館より離れて位置する別邸に住まいしている。お蓮の方の言ったとおりに、このところずっと主《あるじ》の妻訪《つまど》いがないのであれば、館から監視する目は届かない。当人が抜け出すことは無理でも、密《ひそ》かに使いを出したり、商人にでも化けさせた風嶽党の手の者を引き入れたりすることは、さほど難しくはなかったと思われる。

――つまりは、お蓮の方の求めに応じ、連れ出すために丈西の砦《とりで》は襲われたのか。自分の血を引いた子供が別邸に残っている以上、執着のなくなった側室が略奪されても、奪い返しの軍などは起こさないと考えるのが常識。どのように扱われていたかも判らぬ女を取り返しても、持て余すだけだから。風嶽党がそう考えたとすれば、それで筋は通る。

お蓮の方にしても、小太郎が血を分けた実の子でないならば、置いていくことに何の未練も感じはすまい。

――親父殿が俺に風嶽党を追わせて知りたかったのは、あるいはこれやもしれぬ。

何の根拠もないまま、壬四郎はそう考えた。

長い間、父のことに考えが及ぶたびに、気が沈むか腸《はらわた》が煮えくり返るかしていた。今その顔を思い浮かべて、憐憫《れんびん》といくばくかの共感を覚えたことは、壬四郎にとって初めての体験であった。

十九、暗夜

1

小才次は生きていた。弾正による「中の砦」攻めの際、惑乱《わくらん》した兵によって負った槍《やり》傷《きず》は、尾飼忍生き残りの道順、保輔によって手当がなされた。

小才次の意識は突き刺されたときだけ一瞬途切れたが、そこから覚醒《かくせい》した後ははっきりしていた。道順、保輔が手当をしている最中も、身体を預けたまま、気を失ったふりをしていただけだ。

二人も、あるいはそれに気づいていながら、素知らぬふりをしていたのかもしれない。その間に小才次が理解し得たことは、二人が自分を除いて尾飼忍最後の生き残りであり、佐双家を敵に回して死ぬつもりであること、そしてどうやら、佐双の手先となった自分に対しては害意がない、ということだけだった。

この矛盾だらけの境地になぜ二人が至ったのか、小才次には知る手掛かりもない。二人は小才次の手当を終えると、その身体を繁みの中に隠し、去っていった。

去り際に保輔が小才次の口に含ませたのは、尾飼忍に伝わる秘薬、滋養丸《じようがん》であった。

小才次は、二人の後を追うことは諦《あきら》めた。さすがにそこまでは許してくれまい。自分の身体の状態を確かめると、戦闘の終わった戦場から、小此木の手勢が設けた陣地に向かった。

小才次は陣地のそばまでは近寄らず、遠見で中の様子を探った。襲撃を受け大きく毀《こわ》された陣地の中には、幹是軒をはじめ主だった者が揃っていた。が、若君である壬四郎の姿は見えなかった。

幹是軒の一行を小此木の陣に送り届けて以来、小才次は失敗《しくじ》り続きであった。様子を探りに出てあっさりと囚《とら》われ、幹是軒から予測として聞いていたより激しい闘いとなった「中の砦」攻めの間は、何の働きもできなかった。ようやく縛《いまし》めを解いて戦場に至った途端、雑兵に不覚をとり、浅手とはいえない傷まで負ってしまった。その間に、若君が敵に奪われてしまったようだ。

これでは、幹是軒に合わせる顔がなかった。

小此木参右衛門は「中の砦」を攻め続けるための兵の立て直しに入ったが、幹是軒たちはどこかへ出立するつもりのようであった。当然、その目的は若君奪還であろう。

小才次は、幹是軒たちの後を追うことにした。直接その姿を見ながら追うのではなく、通った痕跡《こんせき》を辿《たど》ってゆく。これなら、あの老剣客にも自分の存在を察知されることなく、後を追えるはずだった。幹是軒たちに気づかれずに、自分の失敗りを挽回《ばんかい》する方法を探っていたのである。

夕暮れも近くなって、ようやく幹是軒たちが向かおうとしている場所の見当がついた。来たことのある土地ではないが、高地に出たときの観察とこの辺りの地形から、見た目も定かならぬ道の先がどうなっているのか、ある程度の予測はできる。

――これよりは先回りする。そして、できることをやる。

保輔たちとは違うが、小才次にも「死忍」の覚悟ができていた。

尾飼忍の生き残り、道順と保輔はいったん「奥の里」に戻った後、柿沼方円入道から借りた少数の手勢を連れて警戒に出ていた。

二人という人数は、ただ警戒にあたり、味方に知らせを発するだけなら十分である。しかし、二人が「死忍」であり続けるためには、野伏せりの手を借りざるを得なかった。

二人の尾飼死忍は、いったん野伏せりたちを置いて二人だけで周囲に探りをかけた。そして、佐双の将らしき男を始めとする四人がこちらへ向かってくること、途中で二手に分かれたことを察知するや、すぐに待機させた手勢の下に戻った。

野伏せりの一人は、「奥の里」へ知らせにやる。残りは待ち伏せに使うが、一度に両方を狙ったのでは、両方ともに仕損じる恐れがあった。

二人の死忍は、全員で一方だけに襲撃を掛けることにした。道の様子からしてそちらの相手のほうが忍にとって待ち伏せをかけやすいこともあったが、脅威度の高いほうを狙うという判断でもあった。言い換えれば、尾飼死忍最後の舞台として相応《ふさわ》しい選択を行ったのである。

――風嶽党に対する最後の義理は、近づく者があるという使いを出したことで果たしたし、これまでの戦闘で、受け取った金に見合う働きは十分しのけたとの自負もある。自分らがいなくなった後のことは、方円入道たち自身で決着をつけるべきであろう。

それが、自身の終焉《しゅうえん》を間近に控えた死忍二人の感懐《かんかい》だった。


幹是軒らと分かれた剣客師弟は、急ぐでもない足取りで歩み続けていた。しかし、剣の修行に鍛えられた男たちの歩幅は大きく、悪路を進んでいるとは思えぬほどしっかりとしていた。見た目以上にその速度は速い。歩きながら、無二斎はぼそりと言った。

「八弥。この戦に生き残り、もし福坂様との仕合にも勝ったなれば、儂《わし》は腹を切ろうと思う。その折は、介錯《かいしゃく》を仕《つかまつ》れ」

意外な言葉であった。が、八弥にはなぜと訊《き》くことができなかった。

剣によって自分の道を伐《き》り拓《ひら》いてきた男には、余人には見えない行く末があるのかもしれない。

突然であり、理屈も何もないもの言いであったが、そう言って否定することも、冗談として笑うことも、剣の道に生きる者の一人である自分にはできない。

「私も、この戦に生き残ったなれば、でございますな」

八弥の口からは、そう答えが返った。無二斎は、一瞬足を止めて、しっかりと弟子の顔を見た。つられて、八弥も足を止める。

「そなたは生き残れ」

そう言うと、無二斎は前を見てまた歩き始めた。師の背中を見ながら、八弥もまた足を前に出した。

2

方円入道に急を告げるため、道順ら尾飼忍や自身の仲間と別れた野伏せりは、「奥の里」のすぐ近くまで戻ってようやく一息ついた。

――あの得体の知れねえ老いぼれ忍者どもはどうも苦手だ。自分らが死ぬことを、なんとも思っちゃいねえ。それも、こうして里にいるお頭に、近づいてくる敵があるって知らせれば終わりだな。また戻るときゃあ新たに加えられるだろう仲間と一緒だし、老忍者《おいぼれ》どもに余計な指図を受けなくて済むかな。ああ、もうすぐ里の入り口だ。そろそろ門番の立ってんのが見えてくるか。

緊張の解けた野伏せりは、里の入り口が見渡せる開けた場所に出る直前で、背後から黒い影に襲われた。声もあげることができずに頽《くずお》れる。そのまま、藪《やぶ》の中へ引きずられていった。

通りかかった野伏せりを始末した小才次は、侵入口を探り出すべく、慎重に観察を続けた。手当てを受けた槍の傷口は、とうに開いている。忍装束の腹の辺りは、表のほうまでじんわりと湿り気が滲《にじ》み出していた。

――「物見の塞《さい》」でも行わなかった殺しを、今やった。

本来、情報の収集や伝達を勤めとした小才次は、戦場での戦闘や暗殺、誘拐といった荒事は行わずに、今まできた。かつて一度だけ請け負った幹是軒の暗殺も、実行せずに終わった。

しかし、ここにきて自らの矜持《きょうじ》を捨てたことに、苦いものはない。これから為《な》すことが、自分の生涯で、最後の忍の技となるはずだった。


無二斎と八弥の師弟は、師匠が前を歩き、弟子がその後に続いていた。無二斎の意志である。

最も危険な場に差し掛かって、無二斎は、自分の感覚で襲い来るものを察知しようとしたのだ。二人が歩んでいくと、右の前方に、少なからぬ人の気配があった。ただならぬ殺気が立ち籠《こ》めている。前への警戒を怠らないまま、ちらと、脇目で後ろを振り返った。八弥も、しっかり気づいているようであった。

剣客師弟は、周囲へもしっかりと注意を払いつつ、殺気の塊に近づいていった。そして、二人の感覚が危険を知らせる辺りへ無二斎の足が一歩踏み込んだとき、予想した右手から喚声が上がった。それに応じるように、八弥が右側へ踏み出した。

刹那《せつな》、四方から何かが飛び出してきた。

尾飼忍の道順は、道の正面、やや左手に張り出した茂みの中に潜んでいた。

その道の達人と思われる剣客に、察知されずに潜み続けることは、隠形《おんぎょう》の名人とはいえ簡単なことではない。道順は、その場に罠《わな》を仕掛けると、ただひたすら仮死の状態になった。

呼吸すらほとんど止まっている。蝮《まむし》に嚙《か》まれても小禽獣《しょうきんじゅう》に手足を喰《く》われても、その有り様は変わらなかったであろう。そうして、意識もほとんどないままに、敵の二人が来るのを待ち続けていた。

もう一人の尾飼忍保輔は、野伏せりたちと道の脇に伏せていた。野伏せりたちは、自分たちが奇襲の主役だと思っていた。道順の仕掛けのことは知らされていなかった。

保輔からは、敵がやってくるのを道順が知らせてくるので、ここで待ち伏せると聞いていた。先行して知らせる者がなくとも、野伏せりより先に敵が来るのを察知することなど、保輔には容易なことだ。保輔は、忍だけに通じる小さな合図で道順から知らされたような振りをして、野伏せりに武芸者たちが来ることを伝えた。

二人の忍の間に、平仄《ひょうそく》を合わせる手段はなかった。長年の間に培《つちか》った阿吽《あうん》の呼吸か、それとも目前の死を覚悟した練達の澄んだ精神がなせる業《わざ》か、保輔が野伏せりを煽《あお》って武芸者たちに向かおうとしたその最適な瞬間に、道順は手許《てもと》の綱を切り、罠を開放した。

道順は、その行為をほとんど無意識のままに行った。

たとえば、水中で息を長く止め続けようとして限度を超えると、身体がいうことをきかなくなり、そのまま溺《おぼ》れてしまうのと同じことなのかもしれない。生命の維持が困難なほど間欠的であった呼吸も、心ノ臓の鼓動も、元に戻ることなく、そのまま静かに止まった。

自ら瀬戸際に臨んでいた道順は、そのまま深淵《しんえん》に墜《お》ちていった。

道順の最期の意志を受け継いで、十数本の竹槍《たけやり》が、正面から、背後から、側方から、そして上方から、二人の武芸者めがけ闇を切り裂いて襲い掛かった。

夜の山の中にも、さまざまな気配がある。天敵を怖れて暗闇で活動する虫、鼠、それらを狙う鼬《いたち》、梟《ふくろう》……いろいろな生き物が息づいている。さすがの無二斎も、この中で道順の気配を察知することはできなかった。

保輔が引き連れた野伏せりたちの気配が大きすぎて、まるで満月のすぐそばにある屑《くず》星《ぼし》のように、存在を見逃してしまったのである。

それでも、自分が避けるだけなら容易にできたであろう無二斎の選択は、弟子を飛来する凶刃から守ることだった。

八弥は、横合いで喚声を上げ襲い来る野伏せりどもに反応し、師の脇に出ようとした。身体を翻した無二斎がその襟首を摑《つか》み、老人とは思えぬ力で野伏せりたちとは反対の方向に投げ飛ばした。

ともに屈《かが》んだだけでは、斜め上から降ってくる竹槍を躱《かわ》せなかったのだ。引っこ抜くように後ろに投げるより、前へ出ようとする力を利用して回し飛ばしたほうが、あるいは余裕を保てたのかもしれない。しかし、無二斎が選んだのは、飛来する凶器の先端を背にして、弟子を自分の身体の前で扱うことだった。

無二斎であっても、八弥が出ようとする力に逆らった投げを打った後に、自分の身体めがけて飛んでくる得物全てを躱すことはできなかった。

背中から二本の竹槍を生やした無二斎が、道の真ん中にうっそりと立った。

狙いをはずした竹が地に落ちて弾む音が続いた。投げ飛ばされてすぐに上体を起こした弟子は、師の姿を見て何が起きたのかを知った。

「先生っ」

森の闇の中に、八弥の悲痛な叫びが谺《こだま》した。わずかな星明りの中に立つ老剣客は、八弥を見て顎《あご》を振った。あるいは、戻れという意味だったのかもしれない。しかし弟子は、

「行け」と解した。

「號《ゴウ》」

人の口から出たとは思えぬ叫びを、八弥は発した。前へ向け駆け出そうとする。

尾飼の忍保輔がその前に立ちふさがり、一撃で斬り捨てられた。野伏せりたちには、

忍が自ら、若い剣客の刃《やいば》に飛び込んでいったように見えた。尾飼死忍の最後の一人は、そうして息絶えた。

慌てて八弥を追おうとした野伏せりたちの背後で悲鳴が上がった。振り返ると、驚いたことに老剣客が、倒れることもなく、自分らの仲間を一人斬り殺したところであった。自分を囲み槍を突きつける野伏せりたちに、老剣客は二度刀を振るった。剣が二閃《にせん》しただけで二人の野伏せりが崩れ落ちる。その凄《すさ》まじさに、囲みが二歩、三歩と広がった。

そこで無二斎は、堪《こら》え切れずに口中に溜《た》まった血を吐いた。無二斎としては、口の中のものを吐き出すだけのつもりであった。が、栓《せん》がはずれた酒樽《さかだる》のように、咽《のど》の奥からは次々と噴き出してくるものがあった。血を溢《あふ》れさせ続け、息のできない無二斎に、達人の威圧はなかった。

左右から、二本の槍が老剣客の胸に突き立った。

保輔たちに伴われて武芸者二人を待ち伏せた野伏せりの小頭は、若い剣客が駆け去ったほうを見やった。

――今から追っても、奴が「奥の里」に至る前には追い着くまい。

あれからもう、老剣客に新たに斬られる者は出なかったが、老剣客はまだしばらく抵抗を続けた。

突き立てた槍のけら首を握って刀を振り回すので、突いたほうは槍を離さざるを得ない。太刀では間合いが近すぎ危なくて近寄れないから、仕方なしに落ちた竹槍を拾って向かう。そうした戦いが、しばらく続いた。

今、道の端で針山のようになって蹲《うずくま》る黒い塊の周りで、配下の野伏せりたちが呆然《ぼうぜん》としている。

——こいつらを連れ戻っても、しばらく役には立たんな。

小頭は、見慣れた配下の顔を眺めながら思った。

——あるいは、風嶽党を捨てて退散する潮時か。

年寄りでこれだけの化け物なのに、まだあの若い者《の》とやりあうのは、ぞっとしなかった。

3

「奥の里」に忍び入ることに成功した小才次は、集落の建物の陰を移動していた。

身体に熱がある。槍の傷と、その前に囚《とら》われていたときの体力の消耗が、小才次を襲っていた。朦朧《もうろう》とする意識をはっきりさせようと、小才次は頭を振った。

夜の集落の中を、自分に与えられた棟から頭目の館《やかた》へ移動しようとする野伏せりは、視野の隅の闇の中で、何かが微《かす》かに動いたことに気づいた。

「何奴っ」

野伏せりは大声を上げた。闇は自分の目の前で大きく広がり、人形《ひとがた》になった。太刀の柄《つか》に手をかけた男であったが、抜くこともできずに倒れた。

小才次は、倒れた男の前に屈みこむと、自分が放った大苦内《おおくない》をその咽元から引き抜いた。

小才次の苦内は、尾飼忍が使う中でも一段と大振りである。ここまでの大きさになると、もう棒手裏剣とは呼べないし、今のような非常時を除いて投げるための道具でもない。

小才次にとっての苦内は、穴を掘り戸を破り、いざとなれば刀の代わりになる道具であった。小才次は刀は持たずに、この大振りの苦内を、両方の腿《もも》の外側に一本ずつ貼り付けて携帯していた。他に武器として携帯するものといえば、鏢《ひょう》と呼ばれる小さな金属《きんぞく》塊《かい》を持っているだけだった。

先ほどの大声に、人の集まる気配がする。小才次は、人の来る方角を避け、いったん集落のはずれへ移動することにした。

「奥の里」の中ほどに位置する脇道へ、山から鬼が降ってきた。若い武芸者の格好をした鬼は、里の入り口を守る男たちがいるにもかかわらず、真っ直ぐに突っ込んできた。

門番をする男たちに有無を言わせず、手にした長刀を振るう。その刃はとどまることなく旋回し反転して、そのたびに野伏せりを斬り伏せた。

神無流の威圧と剛靱《ごうじん》、無尽流の不断と俊敏とを併せ持つ、新しい流儀の誕生であった。

集落のはずれに向かった小才次は、しかしながら身を隠し続けることができなかった。身体の内から発する高熱が、感覚を狂わせていたのだ。集落のはずれ近くで焚《た》かれた篝《かがり》火《び》に、その影が映し出された。

騒ぎが大きくなる中、ただ一人の生き残りとなった尾飼の忍は、集落はずれの小屋に追い込まれた。

自分の前を遮ろうとした二人の野伏せりに向かって、小才次は鏢を打った。悶絶《もんぜつ》する二人を飛び越えて、小屋の中に入ると戸を閉める。

小才次の使う鏢は、大きめの椎《しい》の実《み》ほどの大きさで、平面をやや窪《くぼ》ませた四《し》角錐《かくすい》を二つ、底で張り合わせたような格好をしている。手裏剣のような飛び道具として使えるほか、地に向かって強く打てば、突き刺さった反対側の先端が天を指し、蒔《ま》き菱《びし》の代わりにもなる。

「物見の塞《さい》」攻略の折にわざと側面を相手に打ち当てたように、小才次はこれを自在に操った。しかし、小さいため数は持ち運べるが、咽や開けた口の中といった急所を精緻《せいち》に狙わない限り、一撃で人を戦闘不能にするほどの威力はない。今のように進退窮《しんたいきわ》まった場合に頼りになる道具ではなかった。

小才次は暗い小屋の中を見回した。発熱のため、鼻もほとんど利かなくなっている。それでも、憶《おぼ》えのある匂いがした。

一つだけ離れて置かれる小屋の目的は、限られている。小才次は懐に収めた道具をまさぐった。血で湿っていても使えるそれが、確かに入っているはずだった。

——丈西の砦《とりで》に始まり、奥の里に終わるか。

小才次は、顔に皮肉な笑みを浮かべた。


小屋の外では、野伏せりたちが戸をこじ開けようと苦労していた。内から用心棒で筋《すじ》交《か》いに押さえたにしても、ここまで固い戸ではなかったはずだ。

——それにしても厄介なところに逃げ込んだもんだ。集落のほかの建物から離れているとはいえ、中身が中身だけに火をかけるわけにもいかねえ。

固く閉まった戸が、数名で力を合わせているうちに、ようやく緩んできた。

外からかかる強引な力に耐え切れず、地面と天井で戸を釘付《くぎづ》けにしていた小才次の苦内が、同じ目的で刺し込まれていた鎹《かすがい》代わりの手鉤《てかぎ》とともにはじけ飛んだ。

野伏せりが大きく戸を開け、なだれ込もうとしたときに、小屋の奥の闇の中で、火花が飛び散るのが見えた。先頭で飛び込んだ男は慌てて逃げ出そうとしたが、すでに遅かった。小屋は、内側からの大きな圧力に吹き飛んだ。

佐双家の丈西砦の混乱が、武器倉の炎上から始まったように、風嶽党「奥の里」の集落全体の混乱は、煙硝倉《えんしょうぐら》の爆発から始まった。

4

里の中で爆発があったとき、高垣陣内は頭目館《とうもくやかた》脇に建てられた自分の屋敷にいた。轟音《ごうおん》に外が騒然とする中、陣内は手早く三つの可能性を考えた。

一つは、佐双の軍がここまで攻め寄せたということである。しかし、佐双の跡継ぎを捕らえてこの里に向かう際、尾《つ》けられていることに気づいて足軽を斬ってから、背後には十分注意したはずだ。途中様子見《ようすみ》で残した配下から、佐双の軍は「中の砦」攻撃を再開したとの報告を聞いており、こちらにまで目が届いているとは考えにくい。

二つ目は、頭目である柿沼方円入道が、自分の手勢を使って陣内一派を排除しようと画策しているのではないかということである。現状で組織も施設も掌握している頭目のほうが、自身の掌握する施設を毀損《きそん》することは考えにくいものの、こちらにその罪をなすりつけるつもりなら、あり得なくはない。

そして三つ目が、単なる事故ということだった。

陣内は自派に属する配下を呼んで、これら全てに対処することにした。

まず、外の警戒を厳重にして、一番目と三番目の可能性に備える。二番目に対しては、自ら頭目館に向かうことで対応する。

理由まで言えば難色を示したかもしれない配下も、命令と自分の行動予定だけを告げたので、あっさりと応じた。

無駄なことはしないのが、陣内の主義だった。

陣内は、外出の際にときおり着ける革手袋を左手に嵌《は》め、手首の部分の紐《ひも》を右手と口で器用に結んだ。指先が出るように造られた手袋を着け、左手を開閉させてみる。渡《わた》り緒《お》を腰に結んで太刀を下げ、屋敷を出た。

左手にしている革手袋について、なぜそのようなものをと聞かれたときは、「刀の柄《つか》は血で滑ることがあるため」、と答えることにしていた。嘘ではないし、それで理由はつく。刀は、両手で保持する場合は左手でしっかりと持ち、右手はほとんど添えるだけの状態で振るうから、手袋は左手だけでよい。この両手使いを考慮して、陣内の太刀は打ち刀のように柄が長かった。

ついでに触れると、この時代で言う「太刀」と江戸時代にざっくり「太刀」と呼ばれる刀では、誂《あつら》えが違う。この時代の太刀は柄がやや短く、腰に吊《つ》り下げて佩《は》く形態をしている。柄が短いのは、馬上で左手は手綱《たづな》を取り馬を操りながら、右手一本で扱うためである。

帯に差さずに腰に吊るのも、馬に跨《また》がった状態での腰周りの動きが悪くなることを避けるためであろう。

この「太刀」より遅れて、帯に差して固定させることで抜き打ちを素早くできるようにし、歩兵が両手で振るうことを主に考えた刀の拵《こしら》えが生まれた。本来の名称としては、「打ち刀」と呼ばれる。

鉄砲の発達や歩兵による集団戦が当たり前になって、馬上での戦闘が重視されなくなってくると、だんだん太刀が廃れて打ち刀が主流になっていく。江戸時代には、日常で昔風の太刀が使われなくなったため、それまで打ち刀と呼んでいた物とそれまでの太刀との区別が曖昧《あいまい》になった。

なお、打ち刀が主流になった理由として抜き打ちが素早くできることを理由に挙げている書が多いように見受けられるが、鞘《さや》を吊るした渡り緒（太刀緒）を腰に巻いていちいち結んだり解《ほど》いたりしないと着脱できない太刀に比べ、打ち刀は帯から抜き差しするだけで済むという簡便性が、より大きな理由ではないかと筆者には思われる。

江戸期の話であれば不要だが、この話の時代にはまだ太刀と打ち刀の両方が混在しているため、ここでは区別をして表記している。差料《さしりょう》は打ち刀の意味で、大刀や長刀は両者を包含する言葉として使ってきた。なお幹是軒は、普段は馬に乗らないときでも太刀を佩いているが、山入りにあたり徒《かち》での行動の邪魔にならないように、打ち刀に差し替えている。武芸者師弟は、当然のことながらずっと打ち刀で通してきた。

集落の中で爆発が起こったとき、幹是軒と茂造の二人も、里の前まで到達していた。茂造は、案内の最後で幹是軒とともに道をはずれた。途中まで見つからずに来られたことで、これなら実際の襲撃まで気づかれずにすむかもしれないと踏んでのことだ。

そして今二人は、里の入り口近くに広がる空き地の外側、藪《やぶ》の中にいた。夜の闇の中で気づくことはなかったが、二人のすぐ近くには、小才次が斃《たお》した野伏せりの死体が転がっていた。

爆発音に続く騒ぎの中で、幹是軒は手に持った鑓《やり》に細工を加えていた。いったん石突をはずし、刀と共に腰に差していた棒を鑓の柄《え》に継ぐ。そして、継いだ棒の尻《しり》に石突を付け直す。

幹是軒がこの山入りで手にしていた鑓を、造り上げた刀鍛冶《かたなかじ》は「継鑓《つぐやり》」と呼んでいた。せっかく造り上げた逸品を、その鍛冶はただ同然で、興味を示した幹是軒に譲り渡したのだった。

「こんな下手物《げてもの》、好んで使いそうな物好きは、お前さんぐらいしかいねえ」

それが、鍛冶が幹是軒に渡す際に告げた言葉である。

確かに、柄まで金属をふんだんに使い、長さも変えられるような余計な仕組みまで取り入れている珍奇な品を、自身の得物として愛用する変人は滅多にいなかろう。それだけの重さのある得物を自在に操れるだけの人物ならば、実際の戦闘まで得物は長いままの状態で鑓持ちに預けておける。それに得物の重量を増すのならば、鑓先を大身《おおみ》にするなど、戦闘時の役に立つ工夫が他にいくらでもあった。

幹是軒も、こたびの山入をするまでは、手入れのとき以外はほとんど蔵に仕舞い込んだままの道具であったのだ。


完成した継鑓は、これまでの短鑓《たんそう》から長鑓に変じていた。

幹是軒は、継ぎ手の部分を確かめながら、里の中のことを思った。集落脇でも、確かに騒ぎが起きているようだった。

——無二斎とその弟子が、無償の約束を果たしてくれている。奥の爆発は事故だろうか。

あるいは小才次、と思いかけて、考えるのをやめた。今は、無益な期待に想いを向けているときではなかった。

幹是軒は、自分の後ろで里を窺《うかが》う茂造を振り返った。

「ここよりは、儂《わし》独りでよい。汝《なんじ》は戻れ」

茂造は答えず、ただ首を振った。地に膝《ひざ》をつくと背から矢箱をはずし、弓と共に手許《てもと》に置いた。

幹是軒はそれを見て言った。

「なれば、気の済むまで射《う》った後に下がれ。我が背中を狙うてもよいぞ」

あの凄《すご》みのある笑いを口元に浮かべたが、茂造はなぜか、それを怖いとは思わなかった。

「矢はよく狙《ねろ》うて放て。数打ち（乱射）するでないぞ。常に残りの数を頭において、手許に五本までとなったら、もうやめよ。残りの矢は汝が下がるときのために取っておいて、ここより離れるのじゃ。判ったな」

嚙《か》んで含めるように言う幹是軒の笑みは、いつの間にか温かいものに変わっていた。幹是軒の言葉が心に沁《し》みた。自分のような者を気遣ってくれているのが、よく判った。

――なんで俺なんぞにこんな言葉を掛けてくれるんだろうか。

幹是軒は腹当の脇から巾着《きんちゃく》を取り出すと、押し付けるように茂造の手に握らせた。

「さらばじゃ。世話になったの」

その言葉を残し、幹是軒は立ち上がると歩き始めた。もう、一度も振り返りはしなかった。

その堂々とした背中を見ながら、茂造は心潰《つぶ》れる思いがしていた。胸の内からこみ上げてくるものを、必死でこらえた。

右の二の腕を嚙んで、去っていく幹是軒に目を凝らす。視線をはずしたほうが気持ちは落ち着くかもしれないが、どうしてもその姿を目に焼き付けておきたかった。

泣いてはならなかった。泣けば、視界がゆがみ、矢先も震える。今は、今だけはそんなことにはなるまいと、心に決めていた。

二十、鮮紅

1

風嶽党最後にして最奥《さいおう》の根拠地、「奥の里」正面の入り口に、一人の武者が堂々と近づいてきた。武者は、長鑓は手にしているものの、鉢金付きの鉢巻に面頰、腹当に籠手《こて》と脛当《すねあて》だけの徒で、兜《かぶと》も正式の鎧具足《よろいぐそく》も身に着けていない。格好だけからいえば雑兵か野伏せりだが、歩く姿にそうとは見せないだけの威厳を備えていた。

里の入り口を守る五人の門番は、集落の中の騒ぎや爆発に気を取られており、武者に気づくのが遅れた。武者が間近まで迫ってから、ようやく番人の一人が気づいて大声を上げる。

慌てて弓を持った仲間が、矢をつがえようとした。が、武者の後ろから飛んできた矢に貫かれて、意図を果たせぬまま斃《たお》れた。

別の一人が警告のための呼子《よびこ》を口に咥《くわ》え、呼気を送り込む前に同じようにして死んだ。

そのときにはもう、武者はすぐ目の前まで近づいていていた。武者は、急ぐでもなく歩んでくると、これまた悠揚《ゆうよう》迫らぬ態度で鑓を構えた。

が、そこからは速かった。一瞬、武者の肩から先がぶれたように見えたときには、もう二人が胸元を刺し貫かれて死んでいた。

武者は、残る一人にひたりと鑓を向けた。

狙われた野伏せりは、身動きすることも叶《かな》わなかった。野伏せりは、腰の刀に手をかけることもできずに、仲間の後を追った。死ぬまで武者を見ていたその胸には、矢が突き立っていた。

武者は、その場の敵全員が無力化されたことを目で確認すると、里の中に入っていった。やはり急ぐでもなく、ゆったりと歩を進めていた。

茂造は、茂みの中で構えていた弓を降ろした。幹是軒は里の中に入った。自分の役目は終わった。が、その場を立ち去る気にはなれずにいた。

風嶽党副頭目の高垣陣内は、頭目である柿沼方円入道の館《やかた》に着いたところであった。訪《おとな》いをいれると、返事も待たずに中に踏み込んでいく。

対応に出た柿沼の手下が慌てたが、陣内は気にも留めなかった。

広間のほうで人の集まっている気配と声がする。さすがに襖《ふすま》を開ける前に、中に声を掛けた。

「陣内にござる」

一瞬間が空いて、入れという返事が聞こえた。

予測どおり、中には方円入道以外に、風嶽党を構成する各豪族のうちの主《おも》だった者三名がいた。いずれも、入道に近い立場の人物である。

方円入道を除く三名全員が、陣内を敵意の籠《こ》もった目で見た。

「これは皆様、お揃いで」

陣内は、平然とした顔で中に入った。

「何か用か」

疲れた様子で、方円入道が陣内に訊《き》いた。

「これはしたり。皆様、外の騒ぎへの備えでお集まりでござろう。遅れ申したが、我もそのために参上した次第」

入道の右隣の男が声を発した。

「外の騒ぎは何じゃ」

「はて、確かめさせてはおりますが、まだ判然としてはおりませぬ。単なる故障（事故）か、佐双の兵が紛れ込んだか、いずれにせよ対応のための兵は出してござる」

「そこもとの出した兵で、この里を押さえようというのではあるまいの」

別の男が口を出す。陣内は失笑してみせた。

「なぜにそのような真似をせねばなりませぬ。この陣内も、皆様のお仲間の一人。風嶽党の一員にございまするぞ」

「それが危うい」

陣内は、皆まで言わせず方円入道へ向かい鋭い声を発した。

「方円入道殿、これはいかなることか。まるでそれがしが咎人《とがにん》のような扱いではないか」

入道は、両手で顔を拭《ぬぐ》うようにしてから返事をした。

「皆、疑《ぎ》心暗鬼《しんあんき》になっておる。先ほどの爆発も——煙硝倉かと思うが、内乱を企てる者の仕業ではないかと言う者がおる」

「そのような企てを今行おうとする者がおらば、それは愚か者にございますな」

陣内は冷たく言い放った。この中の誰かが、自分に罪をなすりつけるためにやったのであれば、その者に聞かせるための言葉だった。

「確かにそのような企てを行う者は愚かだわ」

ただ相鎚《あいづち》を打つためだけに、入道が言葉を発する。陣内は、即座に否定した。

「それがしは、今行うは、と申した」

意味を図りかねて入道が陣内を見る。陣内は言葉を足した。

「内乱を企てるが愚かか否《いな》かは、それが成功するかどうかで決まり申す。今は、佐双の軍とことを構えている最中。たとえ斬り従えて風獄党の実権を握ったとて、その混乱で弱まったところを佐双の連中に揉《も》み潰されかねませぬ。従って、今事を起こすは愚《ぐ》。そう申し上げた」

人に内乱の罪をなすりつける時期でないのも同じ、という意味であったが、陣内の言葉そのままに受け取った者が反応した。

「貴様、内乱を企てても成功するならばよいと」

「よさぬか」

強い声で頭目が窘《たしな》めた。陣内は、いったん退《ひ》くことにした。

「申し上げたは、今はそのようなときゆえ、ことを起こすような愚を、この陣内はし申さぬ、ということにござる」

平然と持論を展開する副頭目を、男たちは己らとは違った生き物を見るような目で見ていた。

2

幹是軒は、「奥の里」の集落の中に踏み入ったところであった。

自分には、小才次のような探索の技はない。であるなら、それらしいところを手当たり次第に調べ上げ、捕まえた者を脅し上げて捜し出すよりないと思っていた。

集落の一軒目に差し掛かったとき、建物の陰より二人の野伏せりが駆け出してきた。幹是軒に気づき囲もうとする。しかしすでに一人は、幹是軒の鑓捌《やりさば》きの前に倒れ伏していた。

幹是軒は、奥にいたもう一人に鑓を突いた。と、隠れていた家の陰からさらに一人が駆け現れた。

二人目より鑓先を抜いたときには、手許《てもと》近くまで付け入られている。咄嗟《とっさ》に一歩引くと、鑓を右脇に抱え込んで身体ごと右側に大きく振った。

途中で重みが加わったが、構わずに引いた足に力を入れて振り切る。幹是軒の膂力《りょりょく》と八弥を驚かせた鑓の重みが、野伏せりの突進に勝《まさ》った。

幹是軒の内懐まで入り込みかけた野伏せりは、上手く為《し》のけたと思ったであろう。しかし次の瞬間、その身体は大きく吹き飛ばされていた。

地に転げた男は、口から血の泡を噴いて、起き上がることができずにいた。鑓の振り回しで折られた肋《あばら》の骨が、肺腑《はいふ》に突き刺さった結果であった。

幹是軒は、その男には構わず先へ歩を進めた。目は油断なく辺りを覗《うかが》いながら、今の衝撃で破損はないか、左手で鑓の継ぎ手の辺りを触り、無意識に確かめていた。


里の中では、別の争いも始まっていた。もとから外の警戒を行っていた者と、副頭目、高垣陣内に命ぜられて新たに見回りに出た者の間で小競り合いが始まったのだ。

もともと風嶽党の中では、「物見の塞《さい》」と「奥の里」は頭目である方円入道が采配《さいはい》を振り、「中の砦《とりで》」のことは副頭目の陣内に任せるということが申し合わされていた。「物見の塞」の人手不足が明らかになっても「中の砦」の反応が鈍かったことも、理由はここにあった。

無論、「奥の里」の警戒は方円入道とその息のかかった者の手下が行っていたが、陣内は配下に怠慢《たいまん》も妥協《だきょう》も許さぬ男ゆえ、命ぜられた陣内の配下もそのつもりでことに当たろうとした。

もともと上のほうでは一触即発の気配が見えていた。今、里は混乱を極め、皆が殺気立っている。ぶつかって当然、という状況が出来上がっていたのだ。

壬四郎は、暗くなった牢《ろう》の中で辺りの気配を探っていた。なにやら外では騒がしい気配がしているのに、自分の前に現れる者が誰もいなくなった。問い掛けたくとも相手がいない。

ついで、何かが爆発したような大音響が響いた。

「福坂……」

壬四郎の頭に最初に浮かんだのが、それだった。

助かる期待を抱いたのは、ほんの一瞬だ。後は、来るな、とだけ思った。自分のために人が死ぬのは、もうたくさんだった。

――外の騒ぎが、自分とその見知り置きの人々とは何も係わりのないことであるように。

壬四郎は、ただひたすらそれを願っていた。

頭目館の広間では、まともな結論が出ぬままにお開きとなるところであった。

もともと、副頭目の居ぬ場で、その排除を頭目に訴えるための集まりであった。宥《なだ》めようとする頭目に、三人の棟梁《とうりょう》が揃って反発していた。そこに排斥すべき当の本人が現れたのでは、話を進められるはずはなかった。

その後は、混乱する里をどう治めるかを話し合うためとの、表向きの議題について、まずは原因の究明と、余分な動揺を起こさぬよう皆の慰撫《いぶ》が大事、という結論ともいえない結論を出して、終わりにした。そこで言う「大事なこと」を、誰が責任を持ってやるのか、ということも曖昧《あいまい》なままの会合の終わりであった。

普段ならこのような始末を決して許さぬ陣内であったが、今日は大人しく衆意に従った。本当の会合の目的が何だったのか、理解しているがゆえのことだった。

方円入道以外の全員が立ち上がった。棟梁たちは、自分が座る横に置いた打ち刀を腰に戻した。

太刀を腰からはずしていなかった陣内は、そのまま立ち上がっただけであった。この場に太刀を佩《は》いてきたのも、万一預かると言われたときに、着脱の面倒さを理由に断れるようにしておく、との用心からであった。それを押してなお預かると言い募られるほど、副頭目の威厳は落ちていないはずだ。

後は、別れを告げて外へ出るだけだったが、そこへ、柿沼統の手下が顔を出した。

「里の中で、警固の者と高垣様のご一統が争うております」

頭目館《とうもくやかた》の奥では、新たな騒ぎが起き始めていた。最初は、煙硝倉の爆発と外の騒然とした様子に驚き慌てた端女《はしため》が、燭台《しょくだい》を倒しただけだった。わずかに騒ぎにはなったが、辺りを少し焦がしただけで大事には至らなかった。

本当の騒ぎは、その後に起こった。奥の女主《おんなあるじ》の居室から、次々と火の手が上がりだしたのだ。

原因は、お蓮の方であった。硝煙倉爆発の大音響が最後の一線を越えさせたのであろうか、あるいは下女が燭台を倒したことが呼び水となったのか、お蓮の方は、姪《めい》の千代を右腕に抱きかかえながら、左手で次々と灯《あか》りを倒していった。

自分の周囲で、ゆらゆらとゆれる炎が美しかった。可愛い千代は、しっかりと自分に抱きついている。廊下には、悲鳴とけたたましい笑い声が響いた。

頭目館の奥は、離れとなって母屋《おもや》とは隔離された造りになっていた。近くで控えるべき手下の者どもは、頭目の命で爆発の原因を探り、あるいは騒ぎを鎮めるために、ほとんど外へ出てしまっている。

いまだ収まらぬ外の騒ぎも加わり、奥の出来事が母屋のほうに伝わるのが遅れていた。

幹是軒は、頭目館の出入り口まで達していた。集落で一番大きな館と見当をつけて、領主嫡男はここに囚《とら》われている可能性が高いと踏んでのことだった。

すでに、鑓は元の短鑓《たんそう》の状態に戻っている。

幹是軒の継鑓の継ぎ手が、差し込んで止める型か捻《ね》じ込んで止める型かはともかく、鑓という武具自体が刺して引き抜くものであり、また「しごく」と称して手首の捻《ひね》りで回転を与え、貫通力を増して抜き差しするものである。

いずれの型であっても、この時代の素材と加工技術では、そうそう耐久性の高い道具にはなり得なかった。携帯に優れた道具は、その分強度に弱点を持つのだ。ちなみに、雌雄《しゆう》の螺旋《らせん》を使った「ネジ止め」の構造は、火縄銃の発射機構の一部として伝来したと言われている。

継ぎ手が完全に壊れたのか、付け替える手間を惜しんだのか、幹是軒の短鑓は、石突も取れた状態のままであった。面頬も、壊れたか邪魔になったのか、はずされている。

幹是軒は、右手一本で鑓を持って館に踏み込んだ。

中で、何かの騒ぎが起こっていた。幹是軒を出迎えるものは、一人もいなかった。

3

高垣陣内は、外で自分の配下と他の者の手下が争っていると聞いて舌打ちした。

――無益なことをする。我が配下を含めて、この里にいるのは馬鹿ばかりだ。

座を囲んでいた男たちの一人が激高した。

「陣内、今事を起こす愚は、犯さぬと申したな」

ほう、呼び捨てか、と陣内は冷静に受け止めた。

「騒ぎで頭に血が上った者同士の小競り合いでござろう。我が手の者が、騒ぎを大きくする算段で立ち働くようなまねは、致しませぬ」

「今は、と言うておったな」

別の男が言った。

陣内はただ、諄《くど》い、と思っただけだった。返事をする気にもなれない。部屋を出るため後の問いを発した男に背を向けた。

その行為が、男に最後の決断をさせた。

——高垣陣内は信ずるに値せぬ。何より、先達である我々に敬意を払う意思を全く持たない。

この男をのさばらせておいては、風嶽党のためにならなかった。男は、広間の入り口でこちらを向いている仲間に目配《めくば》せし、声を発した。

「陣内」

男たちが何を考えているか、陣内は戸口に立つ男の目の色が変わるのを見てあっさりと読んだ。そうでなくとも、背後から立ち上る殺気で十分気づいたであろう。

高垣陣内は、戸口に立つ男が己のすぐ背後に立つ形にならないところまで来てから、自分を呼ぶ声に応《こた》えて振り返った。

陣内を呼んだ男は、帯から扇子を抜くと近づきながら陣内へ向けそれを放った。

右手で取れば刀を抜くのが遅れる。左手で取ると鯉口《こいぐち》が切れない。鯉口を切ってから左手で取っても、抜き口を左手で固定していない太刀は吊《つ》っている分不安定になって、うまく鞘走《さやばし》らせることができないはずだ。

風嶽党に参加する前、諸国を放浪しながら一芸を極めたと噂のある陣内だったが、咄《とっ》嗟《さ》の反応で扇子を手に取ったときが命の終わるときであった。

陣内は、無造作に右手で扇子を握った。

斬れた、と思いながら打ち刀を引き抜いた男は、次の瞬間に頸《くび》の血筋を断たれていた。陣内の刀の鍔《つば》は、小振りな上に妙な窪《くぼ》みがつけられている。

陣内は、左手で鯉口を切って刀をはじき出すと、そのまま同じ左手で刀身を握って、向かってくる男の頸を逆手で刎《は》ね斬った。鞘の中の刃を上向きの状態で帯に差す打ち刀ではなく、下向きに腰に吊るす太刀だからこそできる技であった。

刀身を持ち逆手になった分、間合いが近づいている。刀身を握った左手の親指で鍔を押さえることで、自分の持つ刀を安定させていた。鍔の大きさと形は、そのためのものだった。

日本刀は、切っ先三寸という。先端からほぼ十センチまでのところが、本当にものが切れる部分だという意味である。

ならば、それより根元のほうまで刃がついているのは無駄である。陣内は、二尺（約六十センチ）を超える太刀の先端七寸（二十センチ強）だけに刃をつけさせ、それより根元は刃引き（研がない状態）にさせた。

そういう刀を、長さと拵《こしら》えを違えて何振りも用意させたのである。これまでの鍛錬で、どの刀でも物打《ものう》ち所《どころ》（切っ先三寸の部分）だけを使って斬ることのできる自信があった。刃引きの部分で相手と刀を打ち合わせれば、相手の刀だけが大きく刃こぼれし、うまくいけば折れるとの読みもあってのことだ。

またこれが、陣内が左手に革手袋を嵌《は》めているもう一つの理由であった。先ほどの抜き技は、刃引きの刀と革手袋による手指の保護の両方がそろって初めて成り立つものである。剣技を磨いていた間に身に付けた、陣内の工夫であった。

目の前の男の頸を刎ねた陣内は、扇子を捨てた右手で相手の襟足を摑《つか》み、力の抜けた身体を右後ろへ回し投げた。

陣内が前に出た分、背中に立つことになった戸口の男は、刀を抜いて振りかぶったが、仲間の身体が自分のほうに倒れこんできたことで一瞬躊躇《ちゅうちょ》した。

次の瞬間には、右手に太刀を持ち直した陣内の刺突《しとつ》に、咽元《のどもと》を貫かれていた。

残る一人には、両手で普通に刀を持って対峙《たいじ》したが、もう、陣内の敵ではなかった。対応が遅れて刀を抜きかけただけの男を、陣内はあっさりと斬り捨てた。

柿沼の配下も、可哀想ではあるが刀を抜いたので、斬った。

血刀を残心の位置においたまま、陣内は倒れた男たちの様子を覗《うかが》った。皆、二度と立ち上がれぬことを確認し、刀身を下げた。

「何ということを……」

座したまま、呆然《ぼうぜん》とした方円入道が呟《つぶや》いた。

「先に抜いたのは、この者らのほうでござる」

陣内の声は、ここに至ってもなお冷静だった。方円入道が陣内を見上げた。

「このままでは済まぬぞ」

「身を守るため。他に手立てはあり申さなんだ」

方円入道は、首を振った。

「ありのままに言うても、皆が信じるかどうか……」

それだけ陣内は、直接の手下以外からは人望がないということだった。

「そのとおりにござるな」

珍しく、陣内が意見を変えて方円入道に同意した。陣内は、別のことを考えていた。

「今、事を起こすは愚かと考えており申した。されど、こうなってしもうては、成し遂げるのみか」

方円入道を見据えて、一歩、二歩と近づいていった。

見上げる入道に、為《な》す術《すべ》はなかった。腰には小脇差があるだけだったが、たとえ長刀を手にしていても、一瞬で四人を斬り倒すような男相手に、勝ち目はなかった。

「お主では、風嶽党の者どもはついていかぬぞ」

命乞《いのちご》いではなく、事実として口にした。

「なれば、ついてくる風嶽党に作り変えるのみ」

陣内の決意は変わらない。

――この男の風嶽党。血も涙もない集団になろう。我が息子のときの風嶽党か。いや、それ以上であろう。なれば、我が息子が騙《だま》し討ちに遭い、党が消滅しかけたのとは違《ちご》うて、大きく強い党になるのか。

近づいてくる男を見ながら、方円入道は、そうであっても自分は見たくないと思った。見ずに死ぬることは、むしろ幸せなことであった。

4

陣内の足が止まったのは、背中から声を掛けられたからであった。

「取り込み中のようだの」

入道の逆襲を警戒する必要はない。

それでもゆっくりと振り向いた陣内の目に、短鑓《たんそう》を抱えた雑兵態《てい》の男が映った。しかし、その男の発する威風は雑兵のものなどではあり得なかった。

「佐双の将か」

里の混乱の因《もと》が実際には佐双の手勢だったと知って、陣内は意外の感に打たれた。

相手は、気軽に応じた。

「将とは名ばかり、一人働きの客分だがの」

——佐双家の客将。そうか、この男が居《お》ったか。少人数で短日のうちに「物見の塞《さい》」を覆滅せしめたのも、なるほど、そういうことか。

「福坂幹是軒……」

かの蓬莱寺合戦において、すでに決まっていた両軍の勝敗を、最後の最後にあっさりと引っ繰り返してしまった男。

「我が名を存じおるか」

幹是軒が、凄《すご》みのある笑みを浮かべた。

陣内の肚《はら》の底から、胴震いにも似た懼《おそ》れと歓喜《かんき》が沸《わ》き上がってきた。自分の内にこのような情があったのかと戸惑いながら、陣内は刀を持ち直した。

「館《やかた》に火が回ったようだ。ときがない」

幹是軒の言葉に、奥に座った方円入道が反応した。

「お主が火をつけたのかっ」

幹是軒は、苦笑で応えた。

「まさか。何のために、一人でここまで来たと思うておる」

入道には、幹是軒の言葉などどうでもよいようだった。

「火は、どこに」

「左手の、奥のほうのようだの」

入道の口から悲鳴が漏れた。

「千代っ」

「……縁者か」

「孫よ」

方円入道は即座に答える。一瞬黙った幹是軒は、別の問いを発した。

「壬四郎君はいずくに」

「この館の座《ざ》敷牢《しきろう》じゃ」

入道にも余裕はなかった。幹是軒の様子にわずかな望みを抱いて、答え続ける。

「場所は」

「この建物の奥、突き当たりを右へ進めば辿《たど》り着く」

「牢の鍵《かぎ》は」

「入り口の外に錠前の鍵を掛けておく釘《くぎ》がある。が、その鑓《やり》なれば、容易に壊せるほどのもの」

奥、と聞いて一瞬眉《まゆ》をひそめた幹是軒は、次の問いを発した。

「孫姫の居場所は」

「奥の離れじゃ。突き当たりを、逆に左へ」

「火は、どうもそちらのほうからのようじゃの」

方円入道は、声にならない悲鳴を上げた。

幹是軒は、戸口より離れて浅く二歩ほど中に踏み込んだ。入道に言う。

「行け」

陣内が口を挟んだ。

「よいのか。風獄党の頭目じゃぞ」

「もう、お主が次の頭目であろう」

「ほう、判るか」

「自分でそう言うていたではないか」

陣内は鼻先でせせら嗤《わら》った。そろそろと立ち上がろうとする方円入道を目の隅で捉《とら》えてはいるが、幹是軒に牽制《けんせい》されて動けない。

幹是軒が先ほどの問いに答えた。

「ご老人には、よいことを教えてもろうた。ご老人が孫姫を救い、儂《わし》が若君をお救《たす》けするによって、あいこじゃ」

陣内のせせら嗤いが大きくなった。

「甘いのう」

やっと、奥へ続く襖《ふすま》にたどり着いた方円入道が、壊す勢いで開けると、転げるように駆け出した。

部屋には、死骸《しがい》を除けば二人だけが残った。幹是軒が短く問う。

「名を聞いておこうか」

「高垣陣内」

「陣内。お主を仕留めれば、風嶽党は終わりのようじゃの」

老人にはもう党を率いる気力は残っていない。先ほどからの姿を見て、幹是軒はそう判断していた。

謙遜《けんそん》など糞《くそ》の役にも立たぬと思っている陣内は、幹是軒の言葉を否定せずに応じた。

「御許《おもと》を倒せば、佐双の箍《たが》もはずれる」

「何の、佐双のお家は多士済々《たしさいさい》よ」

幹是軒の脳裏には、真っ先に小此木の兄弟が浮かんでいた。

――自分がいなくとも、佐双の世は続く。しかし、どうしても欠かせないお人が、一人だけいる。

「お主一人で持つ風嶽党とは、そこが違う」

陣内が幹是軒を睨《にら》んだ。口調から皮肉であることはわかっても、なぜこの言葉が皮肉になるのか、この頭のよい男が、理解できずにいた。

武庫川無二斎の剛剣を間近に見、その達人との仕合を想定していた幹是軒には、自分がいかに鑓を繰り出そうとも、この陣内という相手には必ず止められるであろうことが察知できた。それでも、幹是軒は、また一歩足を進めた。

ほとんど、双方の間合いに入っている。火の気配がここまで忍び寄ってきていた。

――壬四郎君。

ときがなかった。

自分と相手の力量も、ときが相手に味方をしていないことも、陣内は理解していた。余裕をもって、幹是軒の仕掛けを待った。

幹是軒が踏み出した。陣内が応じる。

幹是軒の右手から繰り出された鐔は、その手を離れて更に突き進んだ。

陣内は、それを予期していた。軽く躱《かわ》すと、右手を刀にかけようとしている幹是軒に詰め寄った。

──抜く前に斬れる。

と、思った瞬間、幹是軒の手は長刀ではなく、脇差を摑《つか》んだ。

「何っ」

大刀は届くが小刀にはまだ遠い間合いである。短い分早く抜ける脇差を、幹是軒は間近に迫った陣内の咽元《のどもと》めがけ、手首の捻《ひね》りだけで叩《たた》き付けるように投じた。

二度まで刃《やいば》が飛んでくるとは思わなかった陣内は、膝《ひざ》を折ってあやうく脇差を避けた。

が、体勢が大きく崩れていた。

左足を何とか踏ん張って、右腕一本で下から擦《す》り上《あ》げる太刀を遣った。

幹是軒の右手が脇差を投げたとき、その左手はもう長刀の鯉口《こいぐち》を切っていた。膝と腰をたわめて低く抜き上げるや、諸手《もろて》で存分に斬り落とす。

「ヌン」

「ムッ」

二人の、声にならない気合が錯綜《さくそう》した。

そのまましばらく、二人の身体は止まったままだった。

いち早く幹是軒の脇腹に入った陣内の太刀は、先端をはずれ、刃引きの部分で腹当に止められていた。防具も切り裂いて深手を負わせたはずの一撃は、刃がないために板金を窪《くぼ》ませ、亀裂《きれつ》を入れるまでで衝撃を全て吸収され、遮られてしまった。

「く、卑怯《ひきょう》……」

それが、陣内の最期の言葉だった。

流れた身体を何とか踏ん張ろうとしている状態での咄嗟《とっさ》の擦り上げが届かないことを畏《おそ》れて、陣内は無意識に肘《ひじ》を伸ばして斬りにいった。

幹是軒は、天井を気にして低く抜き上げた分、刃を存分に届かせるために前のめりに振り下ろした。その、僅《わず》か一、二寸ずつの差が合わさっての結果であった。

「これが戦ぞ」

斬り落としの体勢から腰を伸ばした幹是軒は、皹《ひび》の入った肋《あばら》の痛みに顔を蹙《しか》めながら、すでに聞く者のいない返答を放った。

左手で血振いをしただけの刀を右手に持ち替えると、拭《ぬぐ》いもせずに鞘《さや》に収める。自分の放った得物のうち脇差には見向きもせずに、鐺だけを拾うと奥へ急いだ。

5

「千代っ！　どこじゃっ、どこにおる。千代っ」

辺り一面の火の海の中で、柿沼方円入道は孫の姿を捜し歩いた。大声で呼び掛けるが、返る声はない。炎と、立ち上る熱気が、方円入道の呼び掛けも助けを求める声も掻《か》き消しているように思われた。

入道は必死であった。ここで孫に死なれたのでは、なんのために今まで無理をしてきたのか判らない。

たった一人の息子を蓬萊寺合戦の折に佐双の騙《だま》し討ちで失い、嫁もその直後に佐双が行った根絶やしの戦の中で喪《うしな》った。千代は、嫁が自らの命を犠牲にして守らんとした忘れ形見であった。そして蓮と千代は、この世に残る方円入道のただ二人だけの血族である。

火勢をものともせず、入道は炎渦巻く離れの奥へと踏み込んでいった。ふと、炎が揺らめいた先に倒れる人影を見た。

――あれは。

蓮であった。俯《うつぶ》せに倒れる蓮の右腕が炎から庇《かば》うかのごとく、袖《そで》の下に隠すように、小さな人影も倒れている。

「おおっ、蓮、千代っ」

入道の呼び掛けにも、二人は全く反応しなかった。

方円入道は、炎の熱さも感じぬように真っ直ぐに二人のほうへ歩み寄って行った。すでに、その着物の袖と後ろ襟からは、白煙が上がり始めていた。


頭目館《とうもくやかた》の離れより発した火は、母屋に燃え移る前に隣家に広がっていた。今は炎上しているのが表からはっきりと見える状態にまでなって、屋根の庇《ひさし》を嘗《な》めるように立ち上る火の手も見え始めていた。

ここに至って、野伏せりたちの中に、風嶽党の行く末を見限る者が現れ始めた。何とか火を消そうとする者たちから離れて、集落の二つの出入り口のいずれかに向かおうとする影が少しずつ増えていった。

ここは、「物見の塞《さい》」や「中の砦《とりで》」と違って、将来の生活拠点となるべき場であった。従って、頭目の館ばかりでなく、佐双家の殲滅《せんめつ》戦を生き延び、あるいはその後に生まれ娶《めと》られた女子供も、わずかとはいえ住まいしていた。

集落として成立したばかりでもあり、かつて皆殺しの憂き目に遭った者どもにとっては、襲撃された際に死守すべき場所というより、いざとなれば早めに見限って身内を落ち延びさせるべき、仮の拠点でしかなかったのかもしれない。そうした心情は、家族を持たない者たちにも伝播《でんぱ》していたのである。

煙が充満する中で、壬四郎は端然と居住まいを正していた。挫《くじ》いた足の痛みなど、今さら気にしても仕方がないことであった。

牢《ろう》の見張りは、しばらく中と外の両方を気にしながらうろうろしていたが、火の気配が強くなるとどこかへ行ってしまった。戻ってくる様子はない。

炎は、まだこの牢の中からはほとんど見えなかった。しかし、煙と熱気で息ができない状態になりつつあった。

咳《せ》き込みつつも、壬四郎は牢格子に近づこうとはせず、中央で座し続けている。その想いはただ一つ、もうこれ以上、無力な自分のために死ぬ者が出ないように、ということだけだった。

目を閉じて、壬四郎は、ただそれだけを願っていた。


虜囚であった袋井茂造は、まだ里の入り口近くの繁みにいた。幹是軒が中に入ってから、もうだいぶときが経っているはずだったが、戻ってくる気配はまだなかった。

集落の中に火の手が上がるのが見えていた。野伏せりどもが自分で火をつけるわけはないから、幹是軒たちの働きだろうと思った。

最初は心が躍ったが、その後も中の様子が判らないままで、だんだん不安のほうが勝ってきた。

茂造は中に入っていきたくて、しかし行っても助けにならず、下手を打てば足手まといになってしまうことが判っているから躊躇《ちゅうちょ》していた。

中の騒ぎから想像すると、自分が忍んでいっても、野伏せりはこちらを見つけるどころではないのでは、とも思えてくる。もう、幹是軒の「去れ」という言葉はどこかにふっ飛んでいた。

ふと火の上がる集落から入り口のほうへ意識を移すと、数名の野伏せりがやってくるのが目に映った。野伏せりたちは、背後を気にしながら、急ぎ足でこちらに向かっていた。

何をしに来るのかは判らない。しかし、ここで外へ出して、幹是軒たちが退却するときに、待ち伏せされてはならなかった。

茂造は弓矢を手にした。的は後ろから炎で照らされているので、さっきよりはずっと狙いやすかった。


炎の中には、脇道に続く入口に現れ警戒する者どもを襲った鬼がいた。師であり仇《かたき》である男を殺され、その鬼は人ではなくなっていた。

師を殺されたことが悲しいのか、仇が死んで嬉《うれ》しいのか、この身を庇おうとして背に竹槍《たけやり》を受けた姿を見て喜ばしいのか無念なのか、ただ感情が入り乱れて整理がつかず、内側から爆発してしまいそうであった。

だから、人の心を捨てた。

鬼は、両手に太刀を持っていた。柄に柄紐《つかひも》の代わりに葛《つた》の蔓《つる》を巻いたような乱雑な扱いをされた、粗末な数打ち物（量産品）である。自ら用意した刀を使い潰《つぶ》し、殺した敵から奪い取った物に相違なかった。

刃物は、生き物を切ればその脂《あぶら》で切れ味が鈍ってくる。通常の場合、日本刀では二人ほど斬るのが精一杯だという。それを超えると刃先が肉の繊維に引っかからず、斬ろうとしても打撲だけになってしまうのだ。

風嶽党の副頭目、高垣陣内であっても、柿沼統の配下を含む四人を斬った後では、入道、幹是軒の二人を相手にするのがやっとであったろうと思われる。

無二斎のような達人ですら、一本の刀で二桁《ふたけた》の人間を斬ることは難しいに違いない。剣客師弟が、「奥の里」襲撃に備えて、通常の大小以外に背中と後ろ腰に刀を差したのは、そういう理由からであった。

鬼は、まだ血を求めていた。贄《にえ》が足りなかった。この身を滅ぼす者が現れるまで、血の渇きは已《や》まないのかもしれない。次の獲物を求めて、鬼は燃え盛る炎の中に足を踏み入れた。

里から離れようとする野伏せりたちは、自分の仲間に矢が突き立つと、最初は逃げ出そうとする者への制裁かと思い怖れた。次に矢が里の外から放たれていることに気づくと、今度は佐双の軍の襲撃ではないかと恐慌に駆られかけた。しかし、矢を射てくるのは、どうやら一人のようであった。

入り口の辺りが空き地になっているのは、こうなってみると野伏せりたちにとって不都合だった。木立や建物の陰に身を隠す以外に、飛来する矢から逃れる術《すべ》はなかった。そこから先の開けたところには、矢が怖くて踏み出せない。

やがて、逃げ出そうと里の入り口に近づく者も増えてきた。

互いに逃げようとしていることを責め合う必要はない。中へ向かって矢を射ってくる敵に、共同で対処するため集まっただけ、との建前を認め合えば済むのだ。

集落へ応援を呼びに行かないのは、向こうは向こうで大変だから。それが、ここにいる者らの中での暗黙の了解だった。

敵の矢から身を隠した上で最初にすることは、敵がどこに潜んでいるか知ることだった。ただ、矢の射程を前提に隠れられそうなところを絞っていけば、見当をつけることはそう難しくはない。

その辺にあった古い楯《たて》を持った者が囮《おとり》になり、実際の居場所はほぼ突き止めた。仲間で弓を持ち出してきた者もいるから、そいつに応射をさせておいて回り込む。いつもやっているのと同じ手順だ。

こちらへ向かってくる者らのうち、最初の二人ほどは、簡単に射倒せた。が、後は用心深くなって、姿を現さなくなった。幹是軒の残した言葉からは、もうこのあたりで退《ひ》くことが最善であったが、茂造の頭からは、そうした考えは失《う》せていた。楯を持ってちょろちょろする奴がいるのは目に障る。そのうちに、こちらに射返してくる奴も出始めた。茂造は、上手《うま》くいかないことに苛立《いらだ》ち始めていた。

不意に、繁みの奥のほうで枝の折れる音がした。

反応した茂造は、繁みの中の気配に矢を放った。悲鳴が上がる。藪《やぶ》の闇の中が、騒々しくなった。

気配がこちらに押し寄せてくる。茂造は、闇の中に矢を射まくった。幹是軒より禁じられていた数打ちであった。

次の矢を求めて手を矢箱に伸ばして初めて、茂造は矢が尽きたことに気づいた。一瞬で、これまでの高ぶりが醒《さ》めた。咽《のど》に舌が貼り付きそうだった。

さっきまでの狩人《かりゅうど》と獲物の関係は、完全に逆転していた。藪を分けて、黒い影が現れた。茂造には、もう逃げる術もなかった。怯《おび》えで足腰が萎《な》えて立てもしなかった。

藪を分け出た野伏せりは、か細い悲鳴を上げて這《は》うように逃げる男に大股《おおまた》で迫ると、後ろから斬りつけた。のけぞるところを刺し貫く。

男は、あっけなく倒れた。どうということもない山賊か猟師のような男だった。このような男に自分たちがしばらく釘付《くぎづ》けにされていたかと思うと腹立たしい。野伏せりは、もう一度倒れた男の背中を突き刺した。

集落で、大きな音がした。顔を上げると、頭目館が焼け落ちたようで、館の黒い影はなく、火の粉が舞っていた。邪魔な男を斬り殺した野伏せりは、向きを変えると山を下り始めた。

長居は無用。仲間が続いていた。

6

「中の砦《とりで》」の抵抗は、小此木参右衛門が覚悟していたほど強くはなかった。依然、頑強に守ってはいる。しかし、こちらの攻めに応戦してくるだけで、機を見て自分たちから逆襲しようとの意志は見せてこない。

連日の攻防に、矢玉が尽きかけているのかもしれなかった。考えたくはないが、こちらが攻撃を再開する前に、「奥の里」へ向けて兵を戻した可能性もあった。

夜になり、山の向こうから大音響が響いてきてから、砦の抵抗が目に見えて弱まった。やがて音のしたほうの山が赤く照らされているのが判るようになると、砦からは、攻め口とは反対側へ、野伏せりが逃げ出していると報告が入った。期してはいなかった砦攻略が、成ったようであった。

主攻の軍勢とは反対側の口には、砦の柵門《さくもん》からやや離して、備えの兵だけを置いていた。

「敵が出なければただ待機していよ。逃げ出してきても、決して追い戻すな。逃げ道を閉じれば、弾正の寄せをまた繰り返すことになる。追い散らせればよい。もう『奥の里』の方角は判っているから、そちらに直接向かわせさえしなければ、それでよい。たとえ野伏せりが向かったとしても、大きく迂回《うかい》した上なら全てが終わった後であろうから」

それが、弟が残した策を採った参右衛門の、備えの兵への命であった。

「福坂様……」

参右衛門は思った。

——無事であられよ。若君様も、どうかご無事で。

赤く染まる山の稜線《りようせん》を見ながら、参右衛門は祈っていた。

茂造は、もう指一本動かすこともできなかった。夜の闇を見ていた目に、白い光が広がってきた。光の先には、修験者がいた。僧兵くずれの男は、顔一杯の笑みを浮かべて茂造の肩を抱いた。

この男に悪態をついた憶《おぼ》えしかない茂造には、なぜこれほど歓迎してくれるのか、全く理由が判らなかった。

修験者に押し出されるようにして進んだ茂造は、光の先にもう一つの人影があることに気づいた。今の自分と同じほどの歳ごろの女のようだった。

その女に見憶えがあるような気がしたが、思い当たる相手は、もう何年も前に皺《しわ》くちゃで枯れ枝のようになってしまったはずだった。

自分が進んでいるのか相手が寄って来たのかは判らないが、光が薄れて、女の顔がはっきりしてきた。

「お母……」

五つの歳に戻った茂造が、母と手をつないで光の先に消えていった。

自分の生まれた地で眠りたいとの母の最後の願いを、一度は遺髪まで持ち込みながら果たしてやれなかった茂造は、牢《ろう》を出るとき返されたわずかな荷物にそれを見つけ、懐の奥深くにしまいこんだまま、その身を大地に横たえることで、ようやく、叶《かな》えた。

二十一、帰結

1

「中の砦」を陥落させた翌日、小此木参右衛門は、残敵掃討の兵を準備させるとともに、昨晩の爆発と火災があったと思われる場所へ案内できる山人を探させた。兵の士気は砦を落としたことで高まっていたが、前夜は、砦の攻めと攻略後の平定で徹夜に近い働きをさせた後であり、大事を取って、後始末はゆっくりと進めることにした。

その間、幹是軒のほうから何らかの連絡があるかと期待していたが、「奥の里」に向かった者は誰も戻ってはこず、参右衛門の不安をいや増すことになった。

案内の山人はその日の昼過ぎには見つかったが、刻限を考え、翌朝まで待機させることにした。

参右衛門は、できれば自分で迎えに行きたいと思っていたのだが、結局、断念せざるを得ない状況が生じていく。

参右衛門は、残敵掃討も途中で取りやめ、「奥の里」への迎えの兵の派遣も行うことなく山を下りることとなった。報告のため領主館《りょうしゅやかた》に戻った弟、与左衛門より、「隣領、香西・伏木の両軍勢、「領境《りょうざかい》に迫る」との急報が入ったのだ。

参右衛門は配下に兵の撤収の取りまとめを委《ゆだ》ねると、自身は少数の騎馬の者だけを伴い先行して山を下りた。

それより前、話はいったん、小此木の弟与左衛門が日下部弾正以下を引き連れて山を下りたときまで遡《さかのぼ》る。

小此木兄弟から世子略奪さるとの急使を受けて、領主館からは、咎人《とがにん》と捕虜を受け取るための役人が山の麓《ふもと》まで出向いてきた。与左衛門は弾正以下の咎人を引き渡すと、自分と配下の二騎で、急ぎ館へ向かった。

残りの兵は、別の配下に任せて後続させている。領主への報告を最優先するための手順であった。

役人に引き渡された弾正は、館に送還される途中で隙を見て脱走した。部将である弾正に対し、役人が格に応じた扱いをしようとしたため、通常より拘束も監視も緩かったのである。この後弾正は、潜伏先から現れて、侵攻してきた香西の軍勢に合流することになる。

「弾正奔《はし》る」の報を受け、領主顕猛から出た命は、残る全員の処刑であった。

山を下ろされた咎人と捕虜は、領主館に入ることなく、全員が首を打たれた。風獄党の捕虜を取り調べることもなく全て斬首《ざんしゅ》したことは、顕猛が未《いま》だ行方の知れぬ側妾《そくしょう》に、実は全く執着をもっていなかったことを表している。

また弾正とともに身分を偽った右筆の佐治田孫兵衛や、継戦を拒否して山を下ろされた物頭がこの際に一緒に処刑されたばかりでなく、野伏せりと区別なく首を晒《さら》されたことは、弾正の一族郎党が老若男女《ろうにゃくなんにょ》を問わず撫《な》で斬りにされたことと並べて、顕猛の精神の荒廃が相当に進んでいた証《あかし》とされている。

なお、参右衛門から弾正を引き取って逃げられた役人は、領主佐双家の別家の筋である。佐双別家は香西との領境の守備を受け持ち、この方面の砦を任されていたが、弾正脱走とこれに対する領主の処置に震撼《しんかん》し、先手を打って香西の兵を国内に招きいれたとも言われている。

しかし、兵を集めるにはそれなりの時間や手間が必要であるにもかかわらず、ときを措《お》かずして香西の軍が領境に集結したところから見ると、佐双別家が以前より香西や伏木と通じていたとの、もう一つの説のほうが正しいものと思われる。

別家は、事前に打ち合わせていた裏切りと時期を合わせたかのように弾正が罪人扱いとなったため、役人として派遣される配下を使って弾正に脱走を唆《そそのか》し、香西に加担させるための便宜を図ったということになる。領主より求められたこの役人の引渡しについて、勝手に処刑し首にして献上したことも、顕猛の威光を畏《おそ》れた末というより、生きたまま引き渡して口を開かれると裏切りがばれるためという説のほうが、筋が通っていると思われる。

香西城主は、領境に兵を集結させた後、弾正が自軍に加わると聞いて実際の侵攻を決断したとも言う。俗談ではこの場面について、「幹是軒なる角行《かく》を山に雪隠詰《せっちんづ》めにし、弾正なる飛車《ひしゃ》を己の手駒にしたゆえ、いよいよ小館に入る」、と将棋《しょうぎ》に喩《たと》えて表現している。守備側が内通しているため、香西の軍が領境を侵犯することは容易であった。

計算違いがあったのは、そこから佐双の館までの道のりで、佐双家配下の遅延後退戦術に嵌《は》まり、侵攻が遅れたことであろう。

一方、香西軍の侵攻が始まって以後の佐双別家は、宗家に対してあまりにも無防備であった。香西軍の侵攻の早さを過信していたとも、宗家が香西・伏木両方の領境への対応に手一杯で、他に兵を向ける余裕はあるまいと高を括《くく》っていたとも言われる。

実際の顕猛は、二つの領境への対応を削ってまで別家の攻撃に執着し、一瞬にして揉《も》み潰《つぶ》している。このころの顕猛の常で、主だった者は文字どおり鏖《みなごろし》にしてみせた。なおこれに関しても、戦後に余計な不満因子を残さないため、香西城主がわざと侵攻を遅らせ、別家討伐の小部隊を見逃したとの説がある。

一方、伏木の軍勢のほうは、香西軍が小館領の奥深くへ侵攻するまで様子見を続けた。香西の軍勢が佐双の屋敷を取り囲んだあたりでようやく進軍を開始したが、香西軍との衝突を避け、領境近辺を侵すにとどまった。

農繁期に無理をしてでも手勢を集めた香西城主と、無理をさせなかった伏木の領主で、佐双領をほとんど占有するか、領境近辺の領有だけで終わるかの差が出た。伏木の消極性は、この後、先に伏木家が滅亡するとの結末に至る。

結果として、小此木参右衛門の小館帰還はかろうじて間に合った。参右衛門は、弟与左衛門が新たに編制した兵をまとめて、領主館の守備に参陣したのである。

参右衛門の参戦を待っていたかのように、香西勢の佐双家領主館攻めが始まった。戦国武将の住まいする館は、城ではなくともある程度の防御力を備えている。香西の軍は、表裏両門に兵を厚く配置して、佐双の館を取り囲んだ。当然攻め口は、主にこの両門である。

本来物頭でしかない小此木の兄弟は、「中の砦《とりで》」攻略の勲功を認められ、裏門の守りを任された。佐双に残るわずかな有力部将は香西の進軍を遅延させるのに消尽《しょうじん》され、表門を守る者がやっといるか、という有り様だったのだ。

寄せ手の香西の軍勢において、裏門の攻略には返《かえ》り忠《ちゅう》（寝返り）の新参者、日下部弾正が自ら名乗りを上げた。さすがの弾正も、攻めの花道である正門への攻撃は、先人に譲ったということだ。

それでも弾正は、新たな主君に自らを高く売り込むべく、臨時に配下としてつけられた物頭どもとその手勢を使い潰す勢いで、守りの兵を攻め立てた。要は、どこからの攻めを担ったかではなく、一番乗りを挙げられればそれが手柄だとの考えである。あるいは裏門の守備が小此木の兄弟と聞き、与《くみ》し易《やす》しと考えたかもしれない。

参右衛門と与左衛門の兄弟は、この弾正の火の出るような猛攻を、両三度まで凌《しの》ぎ切った。兄弟についた雑兵どもも、勝ちが全く見えぬ戦でありながら、逃げ散ることなく最後までその下知に従った。

空濠《からぼり》を越えて塀を破った別手の香西の兵によって、やっと領主館から火の手が上がったとき、裏門はまだ、一兵も敵を内に踏み込ませてはいなかったという。

結局、この空濠からの攻めが起点となって館は陥《お》ち、佐双顕猛は炎の中で自刃して果てた。顕猛に残されたただ一人の子、小太郎は、香西の兵に捕らえられた後、斬られることになる。

小此木の兄弟も、勇戦虚《むな》しく戦塵《せんじん》に消えた。参右衛門が山を急ぎ下りて小館に帰還した、その翌々日のことであった。

2

「福坂幹是軒来たる！」

その衝撃が雷鳴のように香西城下に轟《とどろ》き渡り、瞬《また》く間《ま》に広まったのは、佐双家滅亡より半月ほど後のことである。

佐双の客将であった男は、どこで手に入れたか錦糸《きんし》織《おり》の目にも鮮やかな陣羽《じんば》織《おり》を身に着け、螺鈿《らでん》を巻いた長鑓《ながやり》を肩に、黒毛の駿馬《しゅんめ》に跨《また》がって堂々と現れた。どこで雇ったか、二人の従者にもきらびやかな衣をまとわせていたという。

幹是軒は自らの正体を隠そうともせず、城下でも有数の商家を訪ねて高額な買い物をし、さらにはわざわざ名乗りを上げて、その家に寄宿を求めたのだった。

その知らせを受け、捕縛の兵が出ようとするのを止めたのは、香西城主その人であった。城主は使いを幹是軒が泊まる商家に送り、丁重に城へ招いた。

幹是軒の答えは、諾《だく》である。

幹是軒は、何ら怖れる様子もなく独り堂々と香西の城門を潜った。城主との対面のために城の中を行くときも、周囲の敵意ある目に臆《おく》することは全くなかった。

鐺を持たせた従者と未練げもなく離れ、身に着けた太刀をさばさばと渡すと、案内に従い悠然と歩いた。

ただ尊大なところは一つも見せず、接した相手には身分の上下にかかわらず丁寧に応対した。城主の待つ広間に着く前には、城内の過半の好意を得ていた、と俗談では語られる。

幹是軒と対面した香西城主がまず尋ねたのは、山での風嶽党とのことであった。

佐双の元の客将は、老剣客の剛毅《ごうき》、その弟子の俊逸、熊野生まれの修験者の勇猛、身分低い足軽の献身について、とうとうと語った。小此木の兄弟については敢《あ》えて多くは語らなかったが、その至誠《しせい》は闘った当の相手である香西の主従のほうがよく知っていた。

幹是軒は、これらの者どもと共に風嶽党と闘い、ついには滅ぼしたのである。香西の城中において、その勇名は一段と高まった。またこの話を伝え聞いた城下においては、こたびも激戦の中、ただ一人生き残った「味方殺し幹是」の悪名が、更に喧伝《けんでん》されることになったのである。

香西城主は次に、幹是軒が触れなかった佐双家世子壬四郎について訊《き》いた。

幹是軒は、壬四郎が父に疎まれているのではとの疑念と不安の中にあったこと、それでも元よりの資質から、先々には仁将《じんしょう》になっていたやもしれぬことを淡々と語った。

「中の砦」無理攻めから逆襲に遭い、乱戦の中で行方知れずになってしまった話を聞き、香西城主は大きく嘆息した。城主は、小館攻略はやむを得ぬ仕儀であったが、幼い小太郎まで殺し、名門佐双家を滅ぼしてしまったことを悔いている、と吐露《とろ》した。

幹是軒の応えは、「すでに終わったこと。我にとり全ては夢にござった」というものであった。

俗談では、香西城主と幹是軒は、座を移して二人だけで語る時間を持ったということになっている。小姓まで座をはずさせようとする香西城主に、幹是軒が脇差も腰から抜いて預けようとすると、

「そこもとがその気なれば、ぐるぐる巻きに縛っておっても儂《わし》一人ぐらい簡単に殺せよう」

と笑いながら言ったという。しかし奇妙なことに、二人だけで何を話し合ったのかは

伝わっていない。

この後香西城主は、「年貢を取るほどの石高なし」として、風嶺《ふうれい》の山奥には役人をほとんど入れていない。また風嶺の山々も、佐双領であった時代とは異なってよく治まったため、治安上の必要性から役人が山へ入る回数も激減したと言う。

あるいは、このあたりの統治について、意見のやり取りがあったのかもしれないが、それでも二人だけで密談した理由にはなっていない。やはり、単なる風説の類《たぐい》であろうか。


ひととおり話が終わると、香西の城主は幹是軒に仕官を勧め、あるいは客分としての寄食《きしょく》を求めた。幹是軒は、いずれも謝絶した。

このときの香西城主の様子として、また俗談を引用すると、列席する家臣団の隅に縮こまる弾正を見ながら、「猪狗《ちょく》を得て龍虎《りゅうこ》を野に放ったか」と嘆《なげ》いた、という。人あしらいのうまいこの男が実際に皆の前でかような言動を行ったとは思えないが、その場に居た者は全て、主君の内心が手に取るように判ったであろう。

ただし、弾正が隅で肩身の狭い思いでいたというのは、間違ってはいまい。幹是軒が語らなくても、なぜ乱戦になり領主世子が囚《とら》われたかは、兵をまとめるため山を下りるのが遅れて領主館《りょうしゅやかた》の闘いに加われなかった小此木の配下などから、まごうかたなき真実が語られたに違いないからだ。

佐双の館での無理攻めで仲間を磨《す》り潰された者どもにとって、聞いた話を否定する根拠は何一つなかった。ちなみに、幹是軒とは関わりのないことではあるが、日下部弾正はこの二年ほど後、佐双館攻めの際に使い潰《つぶ》した物頭の縁者の手によって、香西城内で刺殺されることになる。

結局香西の城主は、幹是軒に、この近隣諸国では絶対に仕官しないことを固く誓わせただけで赦《ゆる》した。城主はその場で家臣団に、幹是軒には一切手出しをしないよう、念を入れて申し渡した。

幹是軒は平伏し、城主の寛容と仁恕《じんじょ》を大きく讃《たた》えた。幹是軒が城を下がる際には、城主までが楼《ろう》の上より見送った。

幹是軒は、香西の城を出たその足で、畿内《きない》へ向かったとされている。

3

畿内での幹是軒の様子はほとんど伝わっていない。おそらく、小才次を通じて金を預けていた京や近江の商人のところへ立ち寄ったものと思われる。

幹是軒のこの後の行動を見ても、商人たちの利殖の能力の高さ（あるいは幹是軒の人を見る目の確かさと言ったほうがいいのかもしれないが）は、大いなるものがあったと言うことができる。なお、幹是軒が山を下りた直後に、小館在住時よりも麗々《れいれい》しい伊達《だて》振《ぶ》りで香西の城下に現れることができたのは、これら商人のいずれかの出店《でだな》（支店）が、香西領の近くにあったからだと思われる。

幹是軒はこの畿内滞留の間、心身を癒《いや》すとともに、京を中心とする先進地域の最新の情報に触れ、肌で感じる機会を得たはずである。

三ヵ月後、幹是軒は再び小館の地に還《かえ》ってきた。

幹是軒はこの再度の小館入りの前に、香西城主に断りを入れている。来訪の目的は、佐双家とその家臣団の慰霊とされた。

香西城主は幹是軒の願いに対し、自らも祭壇に供物《くもつ》を提供する形で応《こた》えた。

幹是軒は、小館の地の社《やしろ》で、旧主とその家臣の慰霊を大々的に執り行った。小館地方に今でも残る「スズシロ（鈴白）様」の祭りは、それまでにあった新嘗《にいなめ》の祭り（収穫祭）を前倒しして、この慰霊祭と併せたものが起源であるとも言われている。なおその説によれば、スズシロは壬四郎の訛《なま》り、あるいは新領主である香西の城主に遠慮しての言い換えだということになっている。

町中での慰霊を大々的に行った後、幹是軒は、今度はかつての山入りの仲間と領主世子の霊を慰めるために、一人で山に入った。

山を下りた幹是軒はこの地を去り、再び訪れることはなかったという。

小館の地を新たに領土として加えた香西の城主は、仁政《じんせい》と呼んでよい治世を行っている。さすがに蓬萊寺の門徒には、前領主の施政を継承して徹底的な弾圧で臨んだが、国人たちには一定の条件をつけて元の自分の領地に戻ることを許した。

その甲斐《かい》もあってか、風嶺の山地ではその後国人たちの大きな反乱が起こった記録はない。

幹是軒が風嶽党を覆滅したとの噂がやがて伝説のように人々に語られるようになるのは、むしろこちらが本当の理由なのかもしれない。

終章

幹是軒はこのごろ、無二斎と立合う夢をよく見る。

無二斎は、腰と膝《ひざ》を落とし両足を開くようにして、両手で軽く握った大刀を体の前に置いている。介者剣法《かいしゃけんぽう》の構えである。

対する幹是軒は、右手一本であの山入りのときの鑓《やり》を持ち、左手には脇差を提げて立つ。いくぶん上体が前に傾《かし》いではいるが、ほぼ自然体で無二斎に対している。

鑓は、継ぎ手をはずした短鑓《たんそう》の状態であるが、きちんと石突が付いているから、奥の里の戦闘の結果そうなったのではなくて、それが夢の中の幹是軒の選択のようであった。

高垣陣内に使ったようなケレンの技が、この老剣客に通用しないことは、幹是軒も十分承知している。やるべきは、無心に、自分が持っているありったけのものを、ただひたすら無二斎にぶつけることだけであった。それが、無二斎の厚情に応えるため自分にできる唯一の手立てである。

夢の中にあっても、生死は超越していた。

二人はしばらく対峙《たいじ》すると、次の瞬間、交錯する。が、そこまでは憶《おぼ》えているが、どのような攻防があってどちらが勝ったのか、目醒《めざ》めた幹是軒の記憶にはいつも全く残っていない。

技量の差は明らかだろうに、と幹是軒は自分ながらに思うのだが、あるいは、勝ち負けは二の次にして、勝負の一瞬の緊張を何度でも味わいたいと、無二斎が望んでいるのかもしれない。

山はすっかり秋めいてきた。幹是軒は、かつて風嶽党の「中の砦《とりで》」が存在した場所の近く、廃屋《はいおく》となった炭焼きの小屋の前にいた。幹是軒は知らないが、小才次が不覚を取り、囚われていた小屋であった。

小屋の前に広がる斜面には、古い切り株に、一人の若者が腰を下ろしている。

若者、というのはその雰囲気から覗《うかが》えることで、当人は頭の先から腕、足に至るまで、粗末な服より表に出した身体のほとんどを、晒《さらし》に覆われていた。

幹是軒と晒の若者の二人は、秋の気配漂う爽《さわ》やかな風に吹かれながら、遥《はる》かなる風嶺の山々を眺めている。

碧々《あおあお》と晴れ渡った空を、薄くたなびく雲がゆったりと流れていった。

幹是軒は山から視線を戻し、自分が佇《たたず》む隣に座す若者の顔を見た。

子供のような無心な瞳《ひとみ》で、若者は風の色を見ていた。若者は、これまでの記憶を全て失っていた。

「今日は、別れを告げに参った」

幹是軒は、穏やかな声で話し掛けた。

若者は、聞こえていないのか、視線を向こうにやったままである。

下方の坂を、誰かが登ってくるのが見えた。若者の世話を頼んだ山人の娘であった。

幹是軒は言葉を続けた。

「これよりは、ご自身で途《みち》を見つけられたがよい。名流佐双家の忘れ形見、壬四郎勝元《かつもと》殿でも、一介の牢人《ろうにん》、南八弥殿でも、いずれでもお好きな道を歩まれるがよろしかろう」

急ぎ足で坂を登る娘を見ながら、「あるいは、名もなき杣人《そまびと》でも」、と、幹是軒は心の中でつけ加えた。

幹是軒は数歩下がると、若者の後ろ姿を、その全身をじっと見つめた。

「おさらばにござる」

深く頭を下げ、背を向けると、娘が登るのとは違う道を採った。歩み出してからは、一度も振り返ることはなかった。


乙女が駆けてくる。額や首筋に汗を光らせ、風と自らの足取りに髪を揺らし、上気した顔で小さな包みを大事そうに抱えて、小走りに坂を登ってくる。

息を弾ませ、瞳を輝かせて、最後の登りを踏み越えた。

視界が開けると、あの可哀想な若者がいた。いつものように、山を見ながら一人で座っている。

――なんとか元気づけてやらんと。

乙女は、心からそう思っていた。決して恋心などというものではない。しかし、真摯《しんし》な想いは、いつか若者にも伝わるかもしれない。


小屋に立てかけた鑓を拾って肩に乗せた幹是軒が、秋の山道を一人下ってくる。穏やかな木漏れ日が射すのを頭上に見上げたとき、声が聞こえた。

「これよりは、どうなさる」

——小才次か。生きていたのか。

「どうなさると言われても、これよりほかにやれることはなし」

先ほどからの話の続きのように、鑓を少し掲げて言った。

「まだ暴れ足りませぬか」

姿の見えない声が、呆《あき》れたように返す。

——これまで姿を現さなんだは、よほどの怪我を負っていたのか。

軽口に紛らわせた丁寧な言い方が、気に掛かった。

——あるいは、別れを告げに来たか。

そう思ったが、口には出さなかった。

「何を言う。これまでも普通に勤めてきただけじゃ。暴れるなぞとは心外な」

「周りの誰がそう思うてくださろうか——して、今度はどこへ災難を振り撒《ま》きに参られます」

「こやつ……」

秋の山々に、幹是軒の高らかな笑い声が響き渡った。

あとがき

このたびは、拙著『風燃ゆる』をお手に取っていただき、たいへんありがとうございます。

物書きになってから十年を超えて、初めて「あとがき」なる物に手を染めることになりました。

先に本篇を読んでお気づきになった方がいらっしゃるかもしれませんが、この作品は、とある日本映画の名作に対するオマージュです。

当時中高生《ちゅうにびょう》だった私が、封切りから二十数年後にテレビで放映されたその映画に感激し、「何とか自分なりに話の続きを考えられないものか」と夢想していたのが全ての始まりになります。

その後浪人、大学生を経て企業に入社し社会人生活に入ったのですが、もともと向かなかったのでしょう、自分から白旗を上げることになりました。ところが仕事の引き継ぎは、後任が次の定期異動でやってくるところからでしたので、退職日時はだいぶ先の設定となりました。

辞めることが決まっている人間に先々まで続く案件が任されることはありませんでし

たから、残業ナシの定時退社が定例化し、時間的に（それに精神的にも）だいぶ余裕ができました。そこで「この時間を使って記念に何かやってやろうか」と一念発起したことが、本作執筆の動機でした。

それで完成した物が、大学時代の先輩のご助力もあってある編集者さんの目に留まり、三年ほどのインターバルを経て何とか物書きとして収入を得られるようになり、今に至っております。

このたび株式会社KADOKAWAさんにお声掛けをいただき、無理を言って時代小説家芝村凉也誕生のきっかけとなった本作を出していただけることになりました。作者としては望外の喜びで、感謝に堪えません。

上梓《じょうし》するにあたって読み直しをしつつ改めて筆を入れましたが、先行きが見えないながらも締切りに追われることなく、書きたいことを好きなだけ自由に書けた当時の状況を思い出し、懐かしい想いで一杯になりました。

物語の展開や合間に挿入した蘊蓄《うんちく》の内容など、今なら絶対やらないであろうという面《おも》映《は》ゆさを覚えた部分も少なからずありましたが、あのころの自分の志を大事にしたいと考え、多くはそのまま残しております。どこがそうかお気づきになった方には、作者とともに悶《もだ》えながら読んでいただくのも一興かもしれません。

当時はもとより、現在でも基にした名作映画に近づけるだけの力量があるとは考えておりません。それでも、わずかでも共感し、心に訴えるものを覚えてもらうことができたなら、作者としてこれ以上の喜びはありません。

二〇二三年八月吉日

芝村涼也

本書は書き下ろしです。

風《かぜ》燃《も》ゆる

芝《しば》村《むら》凉《りよう》也《や》

令和５年 10月25日　初版発行

発行者●山下直久

発行●株式会社KADOKAWA
〒102-8177　東京都千代田区富士見2-13-3
電話　0570-002-301（ナビダイヤル）

角川文庫 23866

印刷所●株式会社暁印刷
製本所●本間製本株式会社

表紙画●和田三造

◎本書の無断複製（コピー、スキャン、デジタル化等）並びに無断複製物の譲渡および配信は、著作権法上での例外を除き禁じられています。また、本書を代行業者等の第三者に依頼して複製する行為は、たとえ個人や家庭内での利用であっても一切認められておりません。
◎定価はカバーに表示してあります。

●お問い合わせ
https://www.kadokawa.co.jp/（「お問い合わせ」へお進みください）
※内容によっては、お答えできない場合があります。
※サポートは日本国内のみとさせていただきます。
※Japanese text only

©Ryouya Shibamura 2023　Printed in Japan
ISBN 978-4-04-113768-0　C0193

◇◇◇

角川文庫発刊に際して

角川源義

第二次世界大戦の敗北は、軍事力の敗北であった以上に、私たちの若い文化力の敗退であった。私たちの文化が戦争に対して如何に無力であり、単なるあだ花に過ぎなかったかを、私たちは身を以て体験し痛感した。西洋近代文化の摂取にとって、明治以後八十年の歳月は決して短かすぎたとは言えない。にもかかわらず、近代文化の伝統を確立し、自由な批判と柔軟な良識に富む文化層として自らを形成することに私たちは失敗して来た。そしてこれは、各層への文化の普及滲透を任務とする出版人の責任でもあった。

一九四五年以来、私たちは再び振出しに戻り、第一歩から踏み出すことを余儀なくされた。これは大きな不幸ではあるが、反面、これまでの混沌・未熟・歪曲の中にあった我が国の文化に秩序と確たる基礎を齎らすためには絶好の機会でもある。角川書店は、このような祖国の文化的危機にあたり、微力をも顧みず再建の礎石たるべき抱負と決意とをもって出発したが、ここに創立以来の念願を果すべく角川文庫を発刊する。これまで刊行されたあらゆる全集叢書文庫類の長所と短所とを検討し、古今東西の不朽の典籍を、良心的編集のもとに、廉価に、そして書架にふさわしい美本として、多くのひとびとに提供しようとする。しかし私たちは徒らに百科全書的な知識のジレッタントを作ることを目的とせず、あくまで祖国の文化に秩序と再建への道を示し、この文庫を角川書店の栄ある事業として、今後永久に継続発展せしめ、学芸と教養との殿堂として大成せんことを期したい。多くの読書子の愛情ある忠言と支持とによって、この希望と抱負とを完遂せしめられんことを願う。

一九四九年五月三日

角川文庫ベストセラー

賊将　池波正太郎

西南戦争に散った快男児〈人斬り半次郎〉こと桐野利秋を描く表題作ほか、応仁の乱に何ら力を発揮できない足利義政の苦悩を描く「応仁の乱」など、直木賞受賞直前の力作を収録した珠玉短編集。

闇の狩人　(上)(下)　池波正太郎

盗賊の小頭・弥平次は、記憶喪失の浪人・谷川弥太郎を刺客から救う。時は過ぎ、江戸で弥太郎と再会した弥平次は、彼の身を案じ、失った過去を探ろうとする。しかし、二人にはさらなる刺客の魔の手が……。

忍者丹波大介　池波正太郎

関ヶ原の合戦で徳川方が勝利をおさめると、激変する時代の波のなかで、信義をモットーにしていた甲賀忍者のありかたも変質していく。丹波大介は甲賀を捨て一匹狼となり、黒い刃と闘うが……。

俠客　(上)(下)　池波正太郎

江戸の人望を一身に集める長兵衛は、「町奴」として、つねに「旗本奴」との熾烈な争いの矢面に立っていた。そして、親友の旗本・水野十郎左衛門とも互いは心で通じながらも、対決を迫られることに——。

西郷隆盛　新装版　池波正太郎

薩摩の下級藩士の家に生まれ、幾多の苦難に見舞われながら幕末・維新を駆け抜けた西郷隆盛。歴史時代小説の名匠が、西郷の足どりを克明にたどり、維新史までを描破した力作。

角川文庫ベストセラー

高家表裏譚1
跡継
上田秀人
幕府と朝廷の礼法を司る「高家」に生まれた吉良三郎義央（後の上野介）は、13歳になり、吉良家の跡継ぎとして将軍にお目通りを願い出た。三郎は無事跡継ぎとして認められたが、大名たちに不穏な動きが――。

高家表裏譚2
密使
上田秀人
幕府と朝廷の礼法を司る「高家」に生まれた吉良三郎義央は、名門吉良家の跡取りとして、見習いの役目を果たすべく父に付いて登城するようになった。だが、そんな吉良家に突如朝廷側からの訪問者が現れる。

高家表裏譚3
結盟
上田秀人
幕府と朝廷の礼法を司る「高家」に生まれた吉良三郎義央は、名門吉良家の跡取りながら、まだ見習いの身分。だが、お忍びで江戸に来た近衛基熙の命を救ったことにより、朝廷から思わぬお礼を受けるが――。

高家表裏譚4
謁見
上田秀人
朝廷から望外の任官を受けた吉良三郎義央は、その首謀者である近衛基熙に返礼するため、京を訪れた。だが三郎は、自らの存在が知らぬうちに幕府と朝廷に利用されていることを聞かされ――。書き下ろし。

武士の職分
江戸役人物語
上田秀人
表御番医師、奥右筆、目付、小納戸など大人気シリーズの役人たちが躍動する渾身の文庫書き下ろし。「出世の重み、宮仕えの辛さ。役人たちの日々を題材とした、新しい小説に挑みました」――上田秀人